死了兩次的男人

IL FU MATTIA PASCAL

Luigi Pirandello 盧易吉·皮蘭德婁

吳若楠 —— 譯

Luigi Pirandello

盧易吉・皮蘭德婁 ｜ 作者

1867-1936

西元一九二一年，《六個尋找作者的劇中人》在羅馬的瓦勒劇院（Teatro Valle）首演時，作者皮蘭德婁在觀眾鼓譟叫囂著「瘋人院」的情況之下，被迫離開劇院，但同一劇作同年在米蘭上演，卻使得作者一舉躍上國際舞台，成為舉世聞名的劇作家。盧易吉・皮蘭德婁 (Luigi Pirandello) 一八六七年六月二十八日出生於義大利西西里島的阿格里真托 (Agrigento)，他的一生跟《六個尋找作者的劇中人》一劇一樣，被一股神秘而孤寂的氛圍所壟罩，又充滿著爭議性。他在一九三四年獲頒諾貝爾文學獎，隨後卻將諾貝爾金牌捐獻給法西斯政權，支持義大利侵略衣索比亞，然而，據稱他也曾在盛怒之下撕毀了法西斯黨證。一九〇三年的一次山崩摧毀了皮氏家族的礦產，他的妻子無法承受重擊而成了嫉妒偏執症患者，直到一九一九年皮蘭德婁才將她送入精神療養院；皮氏最負盛名的小說《死了兩次的男人》便是這個時期的作品。由此可見，無論是身為一個公眾人物，或在私領域，皮蘭德婁的生命都是疏離而孤獨的。他曾說：「要麼體驗人生，要麼書寫人生，若非透過書寫，我未曾體驗過人生。」一九三六年，皮蘭德婁逝世於他在羅馬的住所，相較於當時報紙大篇幅報導英王愛德華八世放棄王位的消息，這位義大利文學巨匠的死訊只刊登在不顯眼的角落，彷彿複製了他筆下《死了兩次的男人》的人物阿德里亞諾・麥斯的命運。

吳若楠 ｜ 譯者

吳若楠，因《六個尋找作者的劇中人》赴義研讀戲劇，畢業於羅馬智慧大學戲劇研究所。目前任職於輔大義大利文系，並從事自由譯者的工作，譯有《他人房子裡的燈》（商周出版），並與人合譯有《印度真瑜伽：從入門到深層修行》（大家出版）、《天才藝術家系列：提香》（閣林出版）等。

Contents

Chapter

I

前言

這世上我所確知的事情有那麼一兩件，其實應該說就那麼一件，那就是——我曾經叫做馬悌亞・琶斯卡。而我也充分利用了這個事實。每當有朋友神智不清到來找我指點迷津、開示解惑，我都會聳起肩膀，瞇著雙眼回答他說：

「我叫做馬悌亞・琶斯卡。」

「謝了，親愛的。這點我知道。」

「而你不覺得這很了不起嗎？」

老實說，當時我自己也不覺得這有什麼了不起。那時候，我還不知道連這一點都不能確定有多悲哀，不知道有那麼一天，當我又被問到相同的問題，我將無法一如往常地回答：

「我叫做馬悌亞・琶斯卡。」

知道了我的處境，有些仁兄想必會要同情我（反正同情要不著幾毛錢），想像某年某月某天某個可憐蟲突然發現……發現自己什麼都不是……那種天打雷劈的感覺——這人父不詳、母不詳、生平不詳、生卒年不詳；然後他也必定會為此感到義憤填膺（義憤填膺的成本甚至比同情還要低），撻伐世風日下人心不古，感嘆這個可悲的年代如何陷這無辜的可憐蟲於不義。

那他請便。不過，我必須提醒這個人，事情其實不是這樣的。事實上，我可以在此將我祖宗十八代的世系全盤托出，並且證明我不但認識我的父親，也認識我的母親，還可以詳述列祖列宗歷來的事蹟，甚至包括他們一些令人無法稱許的勾當。

不過，這又如何？

事情是這樣的：我的遭遇非比尋常，格外地曲折離奇；正因如此，我決定要把它講出來。

1803 年某個名為博卡馬查的神父臨死時捐了一座圖書管給我們偉大的市政府，大約有兩年的時間，我就在那兒擔任著一個不知道該稱為捕鼠員還是圖書館員的工作。神父先生對鄉親同胞們的性情與習性顯然所知有限，也或許他期望有朝一日這些唾手可得的書籍可以在鄉親朋友們的心中點燃追求知識的火焰。不過，到目前為止，這點我可以作證，連個火星都沒看到——而我這麼說，對鄉親朋友們可絲毫沒有貶損之意。對於博卡馬查的捐贈，市政府至今連個半身塑像都沒有為他設立，顯然一點感激之情也沒有。年復一年，那些書籍就那樣堆放在一個寬闊而潮濕的倉庫裡，諸位可以自行想像藏書的慘狀；後來有一天，他們又把這些書本安置到一座位於市郊、名為「解放的聖瑪利亞」[1]的教堂裡，一所教堂不知為何已被改為俗用的小教堂。在那兒，市政府以慈善事業的名義，將這個看守書籍的無責俸祿隨隨便便地託付給某個尋找閒職的傢伙，一天付

[1] 在天主教會的觀念中，聖母是神計劃中的一個重要部分，她把人從罪惡的束縛中解放出來，因而有『解放聖母』的稱呼。

他個兩個里拉，要他負責「看好」那些書（當然，他大可以看都不看那些書一眼），一天花個幾個小時，待在那兒忍受那些舊書腐敗發霉的氣味。

此等命運也降臨到我身上；自始至終，我對書本的敬意就少得可憐，管他是印刷書或者是手抄本（本圖書館也藏有幾本年代久遠的手抄本），以至於現在的我打死也不會想要寫作，但就如同我先前所說過的，我的遭遇曲折離奇，假使有朝一日，終於有好奇的讀者冒險犯難地光臨了這座圖書館，實現博卡馬查神父那已然作古的願望，我的故事或許能對他發揮教導感化的作用。我會把這份手稿留給圖書館，但我有個條件——這份手稿要在我第三次，也是最後一次確切死亡的五十年之後，才能公諸於世。

因為，目前為止（天知道這令我多麼痛心疾首）我已經死了……嗯，我已經死了兩次；我的第一次死亡是個意外，而第二次呢……且聽我娓娓道來。

Chapter

II

前 言 二

（哲學性前言）作為一種辯解

開始寫作的點子，或說建議，來自於我那德高望重的朋友埃利舟・裴雷格里諾托神父。博卡馬查的藏書目前便由他所保管。完稿那天，要是真有那麼一天的話，我將會把手稿託付給他。

我待在這個改為俗用的小教堂裡，利用教堂圓頂的採光塔那兒所傳來的一點微光寫作；我把自己關在這個被木製矮欄圈著、專門保留給圖書館員的後殿裡頭。一旁，埃利舟神父則氣喘吁吁地忙著他英勇地承擔下來的任務，試圖在這個雜亂無章的圖書墳場裡整理出個秩序來。我想他這麼辛苦，恐怕到頭來是白忙一場。在他之前，從沒有人肯浪費自己的力氣朝書背瞥個一兩眼，大致瞭解一下博卡馬查大人究竟捐了些什麼給市政府。大家都順理成章地認為，這裡所有的，或幾乎所有的書籍，想必都是些宗教書籍。如今，裴雷格里諾托神父欣慰不已地發現，事實上博卡馬查大人的藏書種類包羅萬象。這兒的狀況不是一個亂字了得，因為當初從儲藏室取書的時候，是東拿幾本、西拿幾本，然後隨手堆放在這裡的。這些書籍緊緊地依偎在一起，彼此之間締結了某種非比尋常的友誼；比如說，埃利舟・裴雷格里諾托神父曾告訴我，他費了不少勁才把安東・慕丘・波羅的《關於愛女人的藝術》與《法烏斯悌諾・馬特入奇——來自波里若內本篤會，人們口中的真福者——的生與死》分開來。前者寫於 1571 年，後者是一本聖徒傳記，1625 年出版於曼托瓦。兩冊書的封皮受了潮，同袍情深般緊緊地黏在一起。值得注意的是，那套傷風敗俗的書的第二卷花了不少篇幅描述修士生活的點滴及其風流韻事。

裴雷格里諾托大人整天攀在修燈匠使用的長梯上，從圖書館的書架裡挖出了許許多多稀奇古怪而饒富趣味的書籍。每找出一本書，他就會身段優雅地從上頭把書扔到教堂中央的一張大桌子上，這時，小巧的教堂裡會轟隆作響，並揚起一陣濃密的灰塵，兩三隻蜘蛛連忙驚慌逃離。我會跨過圍欄，從後殿趕到現場，先拿那本書把蜘蛛從灰噗噗的大桌上驅走，然後打開書本，稍微地翻閱一下。

就這樣，慢慢地，我養成此類的閱讀嗜好。埃利舟先生告訴我，我寫的書應該以他陸續挖掘出來的這些書籍為範本，模仿它們那獨特的「風味」。我聳聳肩，回答他說那不是我做得來的。而此外，還有其他的因素令我卻步。

大汗淋漓、灰頭土臉的埃利舟先生從長梯上爬了下來，走到菜園裡呼吸新鮮空氣，這菜園是他設法在後殿後側的空地裡開闢出來的，被乾樹枝和岩塊層層保護著。

「欸，我敬愛的朋友，」當他忙著照料著他種的萵苣，我則坐在矮牆上，下巴靠在手杖頂端的圓頭上對他如此說道：「在我看來，現在已經不是寫書的年代了，就算寫懷著開玩笑的心態也不例外。關於文學，以及其他所有的一切，我只能再重複一遍我那套老生常談：都是哥白尼惹的禍！」

「呦呦呦，這關哥白尼什麼事！」埃利舟先生站起身來，大聲嚷嚷道，草帽下的那張臉泛著赤火般的色澤。

「埃利舟神父，哥白尼脫不了關係的。因為，從前從前，地球還沒有開始轉動的那個時候……」

「您又來了！亙古以來地球都在轉動！」

「不是這樣的。由於古人不知道這件事，地球等於是沒在轉動。對於許多人而言，即使是現在，地球都沒在轉動。幾天前，我向一個老農夫提到這件事，您知道他怎麼回答我嗎？他說這種說法是幫醉鬼脫罪的一個好藉口。況且，容我這麼說，即使是您也不能質疑約書亞讓太陽停止移動一事。不過我們暫且不談這個。我說，當地球還沒有開始轉動的時候，人們是那麼的體面，不論他們穿的是希臘服還是羅馬裝，他們感覺自己是如此的崇高美好，並且對於自身的尊嚴感到沾沾自喜，我認為假使我鉅細靡遺地描繪他們逍遙生活的點滴事蹟，我的書便可以引起讀者良好的迴響。歷史是用來說故事，而不是佐證的，教導我昆提利安[1]的作品中曾經提到這個道理的人不就是您本人嗎？」

1 昆提利安（Marcus Fabius Quintilianus）生活在公元 35-100 年間，是羅馬帝國西班牙行省的雄辯家、修辭家、教育家、拉丁語教師、作家，也是古代羅馬教育史上最著名的教育思想家。在其著作《雄辯術原理》（Institutio oratoria）第十卷的第三章中，他將歷史歸在詩歌的文類之下，他認為歷史的功用不在於證明事件，而在於描述事件以及幫助人們認識並沉思古人遺留給我們的高貴情操。

「我不能否認這一點，」埃利舟先生回答道：「但話說回來——就暫且採用您的說法好了——打從地球開始轉動以來，書籍的內容就變得越來越詳細，可說是鉅細靡遺，充滿了所有最私密的生活細節，而這可是前所未有的現象。」

「對呦！伯爵大人特地提早起床，正好在八點半，分秒不差……伯爵夫人穿上一套丁香色的禮服，頸子一帶點綴著許多蕾絲花邊……小特瑞莎餓得奄奄一息……盧可瑞綺雅為愛傷神……噢，老天啊！這些到底干我啥事？我們不就像是坐在一只看不見的陀螺上頭，在一絲陽光的細線鞭策牽引之下，這渺小得如滄海一粟的星球便瘋狂地轉呀轉地轉個不停，不知道原因，永遠到不了盡頭，彷彿它就喜歡那樣子轉，讓我們一下子感覺溫暖些，一下子冷一些，讓我們在轉了五、六十圈後死去——而那時我們往往帶著一種幹過一連串小小的傻事的感覺，我們不就是這樣過了一生的嗎？我說埃利舟神父啊，這個哥白尼，哥白尼他摧毀了人性，這已無法補救。隨著時間，如今，人類已經養成了一個新觀念，我們把自己看得無限渺小，甚至看得比宇宙的虛無還要微小，即使我們發現、發明了那麼多美好的事物。撇開我們那些渺小得可憐的人事，就連那些所謂驚天動地的天災又有幾分價值？人類的歷史好比螻蟻列傳。你們是否曾讀過發生在安地列斯群島的那個小災小難[2]？沒有。可憐的地球並沒有遵照那位波蘭神職人員的願望，她對於此種毫無意義的旋轉已感厭倦，於是她不耐煩地做了個手勢，用她許多張嘴的其中一張吐出了一點火焰。天知道是什麼事情惹得她肝火大動？或許是人類的愚昧吧，或許有史以來，人類從沒像現在這樣令人厭煩。夠了。我們是成千上萬被烤得乾癟的小蟲。我們就這樣死皮賴臉地活著。如今，誰還會費心去提起這件事？」

然而埃利舟・裴雷格里諾托神父還是提醒我，為了我們好，設想周全的大自然創造出千變萬化的種種幻覺，無論我們花再多力氣去掠奪、摧毀，都不可能突破這個處境。幸好，人類很容易分心。

這是事實。按照行事曆上所標記的，某些夜晚，我們偉大的市政府不會點亮街燈，假使又適逢多雲的夜晚，我們往往身陷黑暗。

這基本上意謂著，時至今日我們仍然相信，月亮之所以高掛在天空中，是為了在黑夜裡帶給我們光明，就好像白天的太陽一樣，而繁星之所以閃耀，是為了提供我們一場壯麗的表演。絕對是這樣的。而我們往往很樂意忘掉自己是由無限渺小的原子所構成的，這麼一來，我們才有辦法相互尊重，彼此欣賞。而另一方面，我們會為了爭奪一小塊土地鬧得不可開交，為某些事件憂心忡忡，然而要是我們能夠真切認清自己的本質，就會發現那不過都是些雞毛蒜皮的小事。

所以說，幸好上天安排人們分心，加上我所遭遇的一切曲折離奇，我將談論自己的遭遇，但

2 這裡所指的是位於法屬殖民地馬丁尼克的培雷火山於1902爆發一事。

我會盡可能的簡短，只提到那些我認為必要的事物。

當然，其中有些不是很光榮的事；然而，有鑑於我的現況是如此的非比尋常，以至於我幾乎可以認定自己已經處在人生之外，換言之，如今的我已不再有任何的義務與顧忌。

開始說故事吧！

Chapter

III

一家與鼴鼠

一開始的時候我曾說過我認識我的父親，我話說得太快了。我沒能認識他。他死的時候，我四歲半。當時，為了打點生意上的一些事情，他乘著自己的帆船前往科西嘉島，從此一去不返。他染上惡性瘧疾後三天就死了，享年三十八歲。儘管如此，他身後留給他的妻子和兩個兒子——馬悌亞（可以說就是我，或說我曾經當過的那個人）以及大我兩歲的哥哥柔貝爾托——頗為富裕的環境。

村里的一些老頭至今還很喜歡繪聲繪影地暗示，我父親的大筆財產……嗯……有點來路不明（如今那些錢再也不會困擾他們了，因為錢老早就落入其他人的手中）。

他們聲稱，那一大筆錢是父親在馬賽，靠著玩牌，從一位英國蒸汽船船長那兒贏來的。這位船長把身上所有的錢——據說數目還不小——輸光以後，也把貨船上的一大批硫磺連帶輸掉了。那批貨是在遙遠的西西里島裝載上船的，原本要運送到利物浦港，載去給那個包了船的利物浦商人（利物浦？他們竟然連這等細節都知道！那當事人的名字呢？）因此，船啟航以後，走投無路的船長便跳海溺斃。就這樣，當輪船停靠到利物浦港邊時，不只因為貨物下落不明，也因為少了船長而減輕了重量。幸虧有我那些鄉親們的惡毒充當壓艙物，才補足了重量。

我們家擁有大批的房舍與土地。由於我父親感覺敏銳又喜歡冒險犯難，他的生意從來都沒有一個固定的總部，他總是乘著他那艘帆船四處漂泊，一旦發現哪個地方貨色好而且價格便宜，他便會買進那些貨品，隨即轉手賣出；為了不要讓自己一不小心生意做得太大，搞得風險太高，他不時用賺來的錢在家鄉購置土地與房產，他當初想必在心裡盤算著能夠早點退休，然後與妻兒共享這些辛苦掙來的舒適，共度平靜快樂的生活。

就這樣，他先買下了長滿了橄欖樹和桑樹的「雙濱之地」，然後又買下了同樣很肥沃的「雞籠農場」，農場邊有一處豐沛的泉源，後來水被引去推動水車；之後，他也買下整座「斯裴若內」緩坡，那是我們那一帶最好的葡萄園；最後，他買下了「聖．柔基諾」，並在那兒建造了一座美麗的莊園。村子裡面，除了我們自己住的那棟房子之外，他也買了其他兩棟房子和一整個街區，如今後者經過整修，已經被拿來當作兵工廠使用。

他突然撒手人寰，使得我們家道中落。我的母親沒有能力接掌這些遺產，不得不把這項工作交付給一個人，這個人接受了我父親許多恩惠，藉此提昇了自己的社會地位，母親估計他多少會對我們存有一點感激之情。此外，誠實而盡心地為我們賣點力，也不會讓他蒙受任何損失，因為我們付給他優渥的薪水。我母親，那聖人般的女人！她秉性恬靜靦腆，對於生活和人情世故的種種可說是毫無經驗！她說起話來帶著一種鼻音，就像是個小女孩一般，不只說話，她甚至連笑聲都帶著鼻音，因為她笑的時候總是抿著嘴，一副非常不好意思的模樣。她的體型是那麼的纖瘦，父親過世了以後，她的健康情形總是不穩定，但她從不抱怨自己的苦，我想她也從來沒有對自己的處境失去過耐性；她認命地接受這些痛苦，視其為喪夫的自然結果。她原本可能以為自己會死於喪夫之痛，但她拜上蒼所賜存活了下來，得以照顧兩個稚子，她想必很對上蒼滿懷感激，即使活著意味著痛苦與磨難。

她對我們有一種幾近病態的溫柔，只要有任何一點風吹草動，她便擔驚受怕。她要我們一直待在她身邊，生怕會失去我們似的。如果我們當中有人稍微離開了她的視線範圍，她就會叫女僕們在大房子裡四處找人。

她曾盲目地跟隨著自己的丈夫，因此沒了丈夫以後，在世上她感覺茫茫不知所以。星期天一大早，她會在兩個被她視為親人的年老女傭的陪伴下，到鄰近的教堂望彌撒，除此之外她足不出戶。即使在屋子裡，她的活動範圍也只限於其中的三個房間，其他的房間都交給僕人隨意處置，而那也是我們兄弟倆大肆嬉戲的場所。

那些房間裡，所有的古董家具、褪色的窗簾都會發出一股古物特有的潮濕霉味，彷彿是從另一個年代嘴裡所呵出的氣息。而我記得，不只一次，當我環顧四周，看見那些老舊的物品就這樣年復一年、無聲無息地堆放在那兒，毫無用處、了無生意，心裡便升起一股莫名的惶恐。

最常來探視母親的訪客中，有一位姑媽，她是個脾氣古怪的老處女，一對眼睛像是矇眼貂一般，她有一頭棕髮，性格高傲。她名叫絲柯拉絲堤卡。不過，她每次來訪，總是待不到一下子就走人，因為聊著聊著，她會猛地勃然大怒，然後不向任何人打聲招呼就一拍屁股走人。小時候，我怕她怕得不得了。我總是目瞪口呆地盯著她，特別是當她火冒三丈地跳起來，然後氣沖沖地將一隻腳蹬在地上，衝著我的母親大吼的時候：

「底下被掏空了，妳感覺不到嗎？鼴鼠！下面有鼴鼠！」

她指的是我們的管家馬拉尼亞，他正偷偷摸摸地在我們的腳下挖坑。

絲柯拉絲堤卡姑媽（這是我後來才知道的）無所不用其極地慫恿我母親改嫁。一般而言，丈夫的姊妹們不會有這種念頭，也不會提出此類建議。但她有一種尖酸刻薄的正義感。多半是出於這種感覺，而不是出於對我們愛護有佳，她才無法容忍那個男人如此肆無忌憚地竊取我們的財物。照她看來，我母親是那麼無可救藥地盲目與無能，除了讓她改嫁，沒有更好的補救方法。姑媽甚至親自指名了一個名叫杰若拉繆．波密挪的可憐傢伙。

那人是個鰥夫，有一個兒子，後者還活著，跟他父親一樣都叫杰若拉繆，我跟他非常親近，比朋友還要親近，待會兒我便會解釋這點。他小時候就會跟著他父親來我們家，是我和貝爾托[1]哥哥的死黨。

他父親年輕的時候就一直渴望能娶絲柯拉絲堤卡姑媽為妻，但她對他不屑一顧，對別的男人也一樣。這不是因為她不想愛人，而是一旦她想到自己所愛的男人可能會背叛她，甚至只是思想上的背叛，她就會因此「犯罪」——她是這麼說的。在她看來，天底下所有的男人都是虛偽狡猾的叛徒。波密挪也是嗎？不，事實上，波密挪不是這樣的男人。只不過她太晚才體會到這一點。在所有向她求過婚、後來另娶他人的男人中，她探聽出某些人有了外遇，她也為此幸災樂禍不已。唯有波密挪，他的生活無瑕可擊；甚至可說是被自己的妻子管得死死的。

那麼，姑媽為什麼現在不自己嫁給他呢？問得好，就因為他是個鰥夫！因為他曾屬於另一個女人，因此難保他有時候不會想起她。而且，也因為……我就直說吧！從幾百里外也看得出來，儘管他是那麼地羞澀，那個可憐的波密挪先生……他已經墜入愛河了。他愛上了誰？解答昭然若揭！

想也知道我母親絕不可能同意。對她來說，那會是一種徹底的褻瀆。這無辜的女人，也許她壓根沒相信過絲柯拉絲堤卡姑媽是當真的，當她的大姑，當著驚叫連連的波密挪的面，珠連砲地把他捧上天時，母親只管用她那特有的方式笑著。

我可以想像有多少次他曾經在那張木椅上不安地蠕動，彷彿那是一張刑具，並不時失聲叫道：

---

1 按照義大利文的使用習慣，Berto（貝爾托）是 Alberto（阿爾貝爾托）或 Roberto（柔貝爾托）之類以 -berto 結尾的人名之暱稱或小名。

「哎喲，老天爺行行好！饒了我吧！」

他長得乾乾淨淨，身材矮小，有雙眼神溫文的淡藍色眼眸，是個悉心打扮自己的男人，我想他臉上應該有上粉，不時也會忍不住稍微撲上薄薄一層的胭紅。到了這個年紀還保有這麼多頭髮，他顯然以此為傲，他很講究地把頭髮梳成中分，還會不時伸手整理頭髮。

如果母親不是為了自己，而是為了我們這些孩子的將來著想，聽從了絲柯拉絲堤卡姑媽的建議嫁給了波密挪，我不知道我們家族的事業會有怎樣的下場。不過，不可能比把我們交給馬拉尼亞——那隻鼴鼠！——來得糟糕。這點毋庸置疑。

我和貝爾托哥哥長大以後，我家的財產大半已蒸發得精光，但要不是那個竊賊染指我們的家產，我們原本至少可以保住其中的一部分，足以讓我們過一種——假使說不算富裕——至少算得上衣食無缺的生活。我們兄弟倆都是游手好閒之輩，我們什麼都不想操心，長大以後仍然過著母親讓我們自小過慣了的生活。

母親甚至不願意送我們去上學。我們有個叫做鉗子大叔的家庭教師。他的真名是弗然切斯可，或是舟萬尼，姓德勒．欽奎，但大家都管他叫鉗子大叔，他也對人們給他的這個稱號習以為常，也自稱鉗子大叔。

他長得骨瘦如柴，瘦得令人倒抽一口氣，他的個子則高得不得了，而老天爺啊！要不是他的上半身突然長累了，不願再抽高，而選擇在後腦杓下方恰到好處地駝了起來，他原本可能還會長得更高。他的頸子奮力地從駝背的地方伸展而出，看上去像隻禿毛公雞，而他那巨大而凸出的喉結不停地上下移動著。鉗子大叔總是費力地抿著嘴，彷彿想要咬碎、壓制、隱藏他那特有的刻薄微笑，但他的努力是白費的，因為那微笑會掙脫雙唇的囚禁，從他的雙眼流露出來，並顯得分外地尖銳與嘲諷。

他想必用他那雙小眼睛，看見了許多我們家的事，那些母親和我們無法看見的事。他什麼也沒說，也許是因為他覺得他沒義務說些什麼，也或許，他暗地裡幸災樂禍地欣賞著這一切——而我認為後者可能性更高。

我們兩兄弟愛怎麼對他，就怎麼對他，他也任隨我們這麼做，但他會在我們最意想不到的狀況下出賣我們，彷彿是要對自己的良心有個交待。

比如說，有一天，母親吩咐他帶我們到教堂去，那時復活節即將到來，我們必須去告解。告解完畢後，我們原本的計畫是，匆匆地去探視一下馬拉尼亞臥病在床的妻子，然後馬上回家。這行程有多無趣，可想而知！但上路以後，我們立刻慫恿鉗子大叔放我們去蹓躂蹓躂。假如他允許我們去雞籠農場挖鳥巢，而不是要我們去教堂和馬拉尼亞家，我們會買足足一公升的酒來報答他。鉗子大叔欣然同意，他搓揉著雙手，雙眼炯炯有光。他先喝了酒以後，我們便去了農場，差不多有三個鐘頭的時間，他跟我們兄弟倆瘋成一團，他先扶我們爬到樹上，然後自己也爬上來。但晚上，回到家之後，當母親問起我們告解的事，問我們是否拜訪了馬拉尼亞，他居然厚顏無恥地回答道：

「夫人，事情是這樣的……」然後他便將我們所做的一切，一五一十地向她全盤托出。

之後我們費盡心機報復他出賣我們，但都徒勞無功。儘管我記得我們可是來真的。比如，我和貝爾托都知道，他習慣在門廳裡的一張凳子上坐著打盹，等待著晚飯時間的來到，於是，某天晚上，我們躡手躡腳的從床上跳下來（為了處罰我們，他要我們提早上床），弄來一條約莫兩個手掌長、用來灌腸的錫管，我們在洗衣桶裡讓錫管灌滿了肥皂水，然後，帶著這個武器，小心翼翼地走向他，把管子靠向他的鼻孔——然後，「嗤」的一聲——只見他整個人跳起來，幾乎彈到天花板上。

跟著此等家庭教師，我們的學習成效能有多好，便不難想像。但這也不全是鉗子大叔的錯，相反的，為了讓我們多少學點東西，他將方法和紀律都拋在腦後，不惜採取千百種策略，只為抓住我們的注意力，一分一秒也好。這些招數在我身上往往會生效，因為我生性纖細敏感。但他淵博的學識自成一格，淨懂一些稀奇古怪的東西。比如，他精通各種押韻的「文字遊戲」——他既通曉晦澀難懂的拉丁詩文，也熟知模仿拉丁的諧謔詩、布爾切婁[2]式內容艱澀的詩文、列波瑞[3]式的駢儷詩文。他能夠自如地引用所有那些閒閒無事的詩人所撰寫的頭韻、合轍韻、對應韻、連環韻、反向韻，以及不少他本人親自撰寫的怪異詩文。

我還記得，某天，他要我們面對聖．柔基諾對面的丘陵，反覆背誦一首他寫的回聲詩：

女人心中的愛情撐得久不久？——不久。

我所衷心的佳人愛我有多少？——少。

在我眼前啜泣的妳是誰？——誰。

他要我們解開一連串的詩謎，有的是朱里歐．切撒雷．克羅切[4]用八行詩體寫的，有的是牟內堤[5]的十四行詩謎，還有個不務正業、化名為加圖．烏堤謙西斯[6]的傢伙同樣用十四行詩的形

---

2 布爾切斐原名多梅尼可．迪．舟萬尼（Domenico di Giovanni）的布爾切斐（Burchiello）是十五世紀的義大利詩人，他撰寫的十四行詩語帶矛盾、似是而非，並因此聞名於世，後來甚至擁有一批追隨者，形成了一個學派。

3 盧多維可．列波瑞（Ludovico Leporeo）是十六至十七世紀的義大利詩人，他在傳統詩律中增加了大量的頭韻、雙關語、怪異的自創新詞等元素，形成不和諧的音韻，並以這種「列波瑞式」韻腳聞名於世。

4 朱里歐．切撒雷．克羅切（Giulio Cesare Croce）是十六至十七世紀的義大利喜劇作家、謎語作家和吟遊詩人，為義大利波隆那方言文學之父。

5 牟內堤（Francesco Moneti）是十七至十八世紀的義大利神職人員、天文學家和文學家，以諷刺、滑稽、戲謔的風格聞名當世。

6 人稱小加圖的加圖．烏堤謙西斯（Marcus Porcius Cato Uticensis）生活於羅馬共和末期，是一位政治家和演說家，也是一位斯多葛學派的追隨者，以堅忍、固執和正直的性格而聞名。

式寫成的謎題。鉗子大叔用菸草色的墨水，把這些謎題都抄寫到一本頁面泛黃的舊筆記本上。

「來，你們聽聽這一首斯堤里阿尼寫的詩謎。很優美喔！解答是什麼呢？你們聽著：

我既是一，也是二，
我把原本是一的變成二，
一用他的五
對付眾人頂上的多
我的腰身以上長了一張嘴，
沒長牙齒，卻比牙齒更能咬。
我有兩個背對背的肚臍，
我的眼睛長在腳上，手指頭插在我眼裡。」

我彷彿還能看到他在我眼前誦詩的模樣，他雙眼微闔，手掌握拳，整張臉散發著一股怡然自得的氣息。

家母確信鉗子大叔教我們的東西足以應付我們教育上的需求。聽到我們背誦克羅切或斯堤里阿尼所編纂的謎語，她大概以為我們已經學有所成。絲柯拉絲堤卡姑媽可不是這麼想的，她沒能把我母親和她最中意的波密挪湊成一對，於是開始處處為難我和貝爾托哥哥。但由於我們兄弟倆有母親當靠山，並不是很在意她，她因而感到火冒三丈。要不是可能會被人聽見或看見，她鐵定會把我們打到皮開肉綻。我還記得有一次她又氣得七竅生煙，正要離開我家時，在家裡的一個廢棄的房間裡面撞上了我。她一手抓住我的下巴，很用力地掐著，然後對我說：「小可愛！小可愛！小可愛！」她一邊講著，一邊靠向我，她的臉朝著我的臉愈逼愈近，兩眼發直地瞪著我的眼睛，最後，她發出一聲野獸般的低鳴，放開我，然後從齒間迸出一陣咆哮：

「狗臉！」

她對我特別有意見，即使我遠比貝爾托更認真地在學習鉗子大叔那些怪誕的教導。一定是我那張平靜、惹人嫌的臉把她給惹毛了。不知道是什麼原因，我的一隻眼睛會不自主地看向一旁，為了矯正這隻眼睛，我被迫戴著一付笨重的大眼鏡。

對我而言，那副眼鏡真是一種折騰。後來，我索性把它給扔了，讓那隻眼睛愛看哪裡就看哪裡。反正，就算這隻眼睛被矯正了，我也不會因此變得比較英俊。反正我頭好壯壯了，這就夠了。

十八歲那一年，我長了一臉又捲又紅的大鬍子，我那只小小的鼻子就此淹沒在鬍髯和我那寬闊的額頭之間。

也許，如果人可以選擇一個與自己的面孔相襯的鼻子，或者，如果哪天我們見到一個可憐的傢伙，憔悴的面孔上長了個不成比例的大鼻子，我們可以告訴他：「那鼻子很適合我，送給我吧！」我說，也許，在那種情況下，我會很樂意給自己換個鼻子，或眼睛，或我身上許多其他的部位。但我明白這根本不可能，所以我很認命地接受了自己的五官，沒花什麼心思在它們身上。

相反的，貝爾托的面孔跟體格都十分俊美（至少跟我比起來是如此），他沒辦法從鏡子前走開，總是不斷地梳妝打理，東摸一下、西摸一下的，他花大把銀子購買最新款的領帶、最雅緻的香水、內衣及外衣。某天，為了捉弄他，我從他的衣櫥裡拿了一套他新買的、顏色很亮麗的燕尾服、一件樣式高雅的黑色絨布背心，以及一頂折疊高禮帽，然後便穿戴著這些東西打獵去了。

那陣子，馬拉尼亞總是在我母親面前哭訴收成不好，逼得他非得舉債來供應我們過度的開銷，以及支付鄉下農地所需的經常性修繕費。

「又是一陣晴天霹靂！」他每次踏進屋子時，都會這麼說。

他一會兒說，一場大霧摧毀了雙濱之地才剛結果的橄欖，一會兒說，根瘤蚜摧毀了「斯裴若內」緩坡的葡萄藤，必須改種美洲葡萄樹，因為美洲品種對於這種病蟲害有抵抗力。結論就是，再度舉債。然後，他建議我們賣掉緩坡那塊地，以擺脫高利貸的糾纏。於是，我們首先賣掉了「斯裴若內」緩坡，接著賣雙濱、賣聖・柔基諾。賣到只剩房產、雞籠農場跟磨坊。我的母親心想，有朝一日，他可能會跑來告訴我們，連泉水也乾涸了。

的確，我們兄弟倆游手好閒又揮霍無度，但話說回來，地球上不可能誕生出比霸塔・馬拉尼亞更善於偷竊的盜賊了。考慮到後來我被迫跟他結為姻親一事，我這樣說他已經算是很厚道了。

我的母親還在世的時候，他很有本事地讓我們樣樣不虞匱乏。他讓我們任意妄為，享受的富裕的生活，而這一切，都是為了掩飾他偷偷地在我們腳下所挖掘的萬丈深淵。我的母親過世之後，那深淵便吞噬了我，只有我，因為我哥哥命好，適時娶了個富家女。

相反的，我的婚姻……

「埃利舟神父，難道我非得提到我的婚姻不可嗎？」

埃利舟・佩雷格里諾托神父攀在那把燈匠用的長梯上頭，回答我說：

「當然，不提到怎麼行？不過你得寫得乾淨一點……」

「什麼乾淨一點！您明明很清楚……」

埃利舟神父笑了起來，而這座已經改作俗用的小教堂也隨著他笑著。然後他給了我以下建議：

「如果我是你，親愛的琶斯卡先生，我會先去讀一兩篇薄伽丘[7]或馬特歐·班德羅[8]的中篇小說，以便找出那種語氣，那種獨一無二的語氣……」

埃利舟神父只對語氣有意見。唉！我寫得出什麼就是什麼。

好吧，那我就鼓起勇氣，繼續往下寫吧！

7 喬凡尼・薄伽丘是十四世紀的義大利作家與詩人，為義大利人文主義及文藝復興的重要代表性人物，與但丁、佩脫拉克和稱文學三傑。其代表作《十日談》諷刺宗教的守舊思想。

8 馬特歐・班德羅（Matteo Bandello）是十六世紀的義大利主教和作家。著有仿佩脫拉克體裁的十四行詩以及詳細記錄當時社會的中篇故事集。

Chapter

IV

就是這麼回事

某天打獵時，我停下腳步，一個怪異的物品令我吃驚不已——有個草垛，中間插著一枝竿子，一只小鍋蓋在竿頂上，看上去像是個肚子圓鼓鼓的侏儒。

「我認得你，」我對它說：「我可是認得你的……」

然後，我突然大叫道：

「霸塔．馬拉尼亞，接！招！」

我拿起地上的一把耙子，痛快地刺進它的大肚子裡，竿頂的小鍋差點沒掉下來。哈！眼前那不就是霸塔．馬拉尼亞戴著一頂遮住一邊眼睛的帽子滿頭大汗、氣喘吁吁的模樣嗎？

他身上的一切都向下滑落。眉毛與眼睛紛紛從他那張肥胖的長臉上滑落，他的鼻子滑到他那愚蠢的小鬍子和山羊鬍上，他的肩膀從頸子脫落下來，他那軟趴趴的大肚皮也幾乎垂到地上。他的大肚皮幾乎垂落到他那雙矮胖的短腿的高度，裁縫師為了遮住那兩條腿，不得不為他裁了一條寬得不得了的褲子，於是，人們要是從遠處看他，會以為他穿著一件袍子，肚子幾乎拖地。

好吧，我也不太明白有著此等面孔和身形的馬拉尼亞怎麼會有當賊的本錢。我認為，即使是做賊也應該要有做賊的該有的姿態，而他看上去並不具備那種姿態。他拖著他那下垂的大肚皮，走路的速度極為緩慢，雙手總是收在背後，得費好大一股勁才能發出他那有氣無力、尖銳刺耳的聲音！我很想知道，他這一樣一而再再而三地竊取我們的家產，讓我們蒙受損失，他如何向自己的良心交待。就如同我先前解釋過的，他根本不缺錢，因此，他這麼做，必定得幫自己找個理由或藉口。這可憐的傢伙！我推算，他這麼做，也許是為了要給自己找點消遣！

是的，他內心深處想必因為他的妻子而痛苦不堪，她是一個懂得如何駕馭丈夫的女人。

馬拉尼亞錯在選了一個社會階層較高的女子為妻，他本身來自下層階級。假使當初這女人嫁給了一個門當戶對的男人，她就不會用如此惱人的方式對待自己的丈夫了。但對他，一旦她有任何機會能證明自己出身高貴、炫耀她自己家人的做法如何講究，她自然不會放過那機會。而馬拉尼亞就乖乖地照著她所說的做這做那，好讓自己看起來像個紳士。但對他來而言，這一切的代價太高了！他總是不停地流汗，不停地。

此外，關達莉娜夫人婚後不久就染上了一種在她有生之年都沒能醫好的疾病。要把這病醫好，她得付出超出她能力範圍的犧牲，她必需放棄令她愛不釋手的松露點心，還有其他諸如此類的美食，尤其是她被禁止喝酒這件事。其實她也不是喝得很多，這點我敢打包票！畢竟她出身於一個好人家，但問題是，為了健康她必須滴酒不沾。

當我和貝爾托還是年輕男孩的時候，我們偶爾會受邀到馬拉尼亞家裡共進午餐。欣賞他一邊畢恭畢敬地對妻子宣導節制口腹之慾的重要，一邊狼吞虎嚥地大啖一道又一道美味多汁的佳餚，真是一大消遣：

「我不認同，」他會這麼說：「我不認同一個人僅僅是為了滿足一時的口腹之慾，比如說，為了品嚐這東西（然後一口吞掉手裡的食物），之後那人便得一整天受罪。這算哪門子的享受？我非常確定，假使我這樣子貪圖一時的口腹之慾，事後絕對會整天都感到鬱鬱寡歡。蘿西娜！（他呼叫女僕）再多給我盛一些過來！嗯……這美乃滋調得可真順口！」

「美乃滋！」這時他的妻子按捺不住，火冒三丈地說道：「夠了！你給我聽著，上帝應該讓你嚐嚐什麼叫做胃痛的滋味，那時你才學得會如何體諒自己的妻子！」

「關達莉娜！妳怎麼這麼說？難道我沒有體諒妳？」馬拉尼亞一面驚呼，一邊又順手給自己倒了點酒。

這時，他的妻子會二話不說地站起身來，從他手中奪走酒杯，然後將酒一把倒向窗外。

「為……為什麼？」他嗚咽著，杵在那兒。

而他的妻子回答道：

「因為對我來說那是毒藥！你見到我往自己杯裡倒了一點酒是吧？你應該從我手裡把杯子搶過去，然後拿去倒到窗外，懂了吧？」

馬拉尼亞的臉上掛著一抹微笑，滿面羞愧地看著我們，一會兒看向貝爾托，一會兒望向我，一會兒盯著窗戶和酒杯，然後這麼說道：

「老天爺啊！難道妳還是個三歲小孩嗎？難不成我得對妳動粗？不，親愛的，妳應該運用理智，發揮一下自制力……」

「怎麼個發揮法？」他的妻子厲聲道：「眼前老是充滿誘惑，要怎麼個發揮法？看著你跟我作對，大喝特喝，細細品嚐，還對著燈光鑑賞酒的色澤，要我怎麼發揮？你給我聽好，去你的！算我自作自受，嫁給你這種出身的男人，才會……」

最後——馬拉尼亞竟能做到這個地步！——為了給妻子樹立一個榜樣，教她自制，讓她不再受苦，那次以後，他再也沒沾過一滴酒。

但話說回來——他繼續竊取我們的家產……哼！我敢打包票他一定有這麼做！畢竟人還是得做點什麼的。

然而，不久之後，他發現關達莉娜夫人，就是她，她竟然暗地裡偷偷喝酒。彷彿，只要她丈夫沒有察覺，喝酒便不會傷害她的健康一般。因此，馬拉尼亞又開始喝酒，但為了不讓妻子難堪，他只在外頭喝。

他還是繼續偷竊，這是真的。但我知道他全心全意地想從妻子那兒得到某種報償，以補償她帶給他那些無盡的折磨，他希望有一天她會下定決心給他生個兒子。對！這才能解釋清楚他為了什麼樣的目的竊取我們的家產。人為了自己的孩子好，又能有什麼做不出來的？

但他的妻子卻一天比一天憔悴，關於他內心深處那熱烈的願望，馬拉尼亞連提都不敢提起。說不定她先天就生不出孩子。此外，還得考量她的病情。萬一她蒙主寵召，死於難產？……此外，還有流產的風險。

於是他認命了。

他是否表裡如一？關達莉娜夫人的死證明了他不是。他為她哭泣嗎？噢！他可是為她哭了好長一段時間，而且，他總是恭敬深情地懷念她，並沒有再娶另一位出身高貴的女人來取代她的位子——什麼？這怎麼可能呢？——其實他大可這麼做，畢竟他已經變得非常富有了，但他娶了一個農場管家的女兒，她健康、豐滿、強壯而且個性開朗，他會挑上她是因為這樣一來他一定可以如願以償地得到他所盼望的後代。他會這樣吃相難看……好吧，我們必需考慮到他已經不是個年輕的小伙子了，他沒有時間可以浪費了。

歐莉瓦是我們雙濱農場管家，皮葉特羅·撒爾翁尼的女兒，我跟她從小就很熟。

因為她的緣故，我讓母親心裡燃起許多不切實際的希望，誤以為我終於懂事，開始對鄉下的土地產生興趣。可憐的女人！欣慰之餘，她完全弄不清真相。但有一天，可怕的絲柯拉絲堤卡姑媽讓她睜開了雙眼：

「笨女人，難道妳看不出他老是往雙濱跑嗎？」

「是啊，他去採收橄欖。」

「沒錯，採收橄欖，歐莉瓦就是那橄欖，他唯一的目標！妳這心思單純的傻瓜！」[1] 後來，母親徹頭徹尾地數落了我一頓，告誡我最好不要犯下無法彌補的滔天大罪，別讓一個無助的少女掉入誘惑，墜入萬劫不復的深淵……

但根本沒這個危險。歐莉瓦是個好女孩，一個純潔無瑕的女孩，因為她深切地體認到要是她屈服於我的要求，會釀下何種大錯。正是這樣的體認使她免於假貞操觀念所帶來的愚蠢羞澀，因此，她大膽而且無拘無束。

她的笑容是多麼的甜美啊！她那櫻桃般嬌嫩的雙唇和玉齒！

然而，我從那美麗的雙唇那兒一個吻也沒得到，但有幾次，是的，她用她的玉齒咬我，作為一種懲罰，因為我抓住她的手臂，在她至少讓我親吻她的頭髮之前，不放開她。

---

1 歐莉瓦 oliva 一詞在義文中既可作為人名使用，也有「橄欖」之意。

我們之間僅止於如此。

現在，要一個這麼美麗、年輕和清純的女孩當霸塔．馬拉尼亞的妻子……唉！面對這樣的好運，誰會有勇氣扭頭就走呢？儘管歐莉瓦對於馬拉尼亞的致富之道了然於心！在我面前，她曾對他嚴詞批評，但，到頭來，正是為了他的錢，她選擇嫁給了他。

婚禮後，一年過了，兩年過了，關於孩子，仍然無消無息。

長期以來，馬拉尼亞確信，他和第一任妻子之所以沒生小孩，是因為她不孕，或她長期身體不適，他壓根也沒懷疑過問題是否出在自己身上。於是，他開始給歐莉瓦臉色看。

「還是沒動靜？」

「沒。」

他又等了一年，也就是第三年——還是沒消沒息。於是，他開始公開地斥責她，最後，又過了一年以後，他已經完全不報任何期望了，氣急敗壞之下，他開始毫不手軟地對她又打又罵、大吼大叫，說她用她那健康的外表讓他受騙上當，說他當初僅僅是為了要有個子嗣，才會讓她高攀到這個地位，而原先佔據這個位子的，可是個真正的淑女，要不是為了傳宗接代，他說什麼也不會冒犯自己對她的思念。

可憐的歐莉瓦沒有回嘴，她不知該說些什麼；她常來到我家向我的母親傾訴內心的苦楚，母親會用溫柔的話語安慰她，鼓勵她別放棄，因為，畢竟她還年輕，而且非常年輕：

「妳才二十歲，是吧？」

「二十二歲……」

所以說，放心吧！結婚十年，甚至是十五年以後才有孩子，這也時有所聞。十五年？但，他呢？他已經是個老頭，而要是……

早從第一年開始，歐莉瓦就開始起疑——怎麼說呢？在他和她之間，缺陷很有可能是出在他身上而不是她自己身上，縱使他堅決否認這一點。那是不是可以把這件事調查個清楚呢？歐莉瓦結婚時，曾暗自立誓要做個貞節的妻子，她不會違背自己的誓言，即使那樣子做可以讓她重獲安寧。

我怎麼會知道些事？問得好，我知道的事情可不少！……我已經說過，她會來我家傾吐心事；我說過我從小就認識她；眼前，我見到她因為那個齷齪老頭那愚蠢、挑釁的傲慢態度和卑鄙作為的架子而哭泣，我就……呃……我真的得說出一切嗎？話說回來，既然她當初給我的答覆為否，所以說，我也就不再多說了。

受拒之後，我很快地又打起精神來。那時候，我有，或說我自以為有（意思是一樣的）滿腦子的點子。我也有錢，錢這個東西可以給人許多東西，包括那些沒錢的人不可能想出來的點子。然而，該死的傑若拉繆．波密挪二世幫我花了不少錢，他身上從來沒有足夠的錢，因為他睿智的父親有勤儉持家的美德。

小密挪就像是我們的影子一樣；有時跟著我，有時跟著貝爾托哥哥，他像隻模仿貓一樣，隨著身旁是我或貝爾托，改變自己的行為舉止。纏在貝爾托身邊時，他會立刻化身為一名紈褲子弟，而他那同樣妄想成為高雅人士的父親，便會稍稍鬆開荷包。但他沒能跟著貝爾托多久。發現自己甚至連走路的樣子都被抄襲，我哥哥馬上失去了耐性，也許他怕自己因此被人嘲笑；於是哥哥極其能事地折磨他，終於把他甩開。小密挪於是回頭纏著我，而他父親則把荷包關得緊緊的。

我對他比較有耐心，因為我很樂意拿他來找樂子。但事後我又會後悔。我承認，因為他的緣故，某些事情我玩得太過火了，有時我違背自己的本性，有時只是為了嚇唬他或讓他惹上麻煩，我誇張地表現出自己的情感，當然，我自己最後也不免因此自食惡果。

有次打獵的時候，我們聊到馬拉尼亞，由於之前我曾對小密挪講過馬拉尼亞對他太太幹過的好事，小密挪也告訴我他自己看上了一個女孩，女孩正是馬拉尼亞的一個表妹的女兒，小密挪說為了她，他赴湯蹈火在所不惜。他的確做得到，尤其是，那個女孩子看起來也毫無反抗之意，但目前為止，他連跟她說話的機會都沒有過。

「你永遠不會有那個膽啦，算了吧！」我笑著說。

小密挪否認這點，但否認的同時，他的臉紅得有點誇張。

「可是我已經跟她家的女僕說到話了，」他急忙補充道：「而且你知道嗎？我探聽到一些很了不起的事呢！那女僕告訴我，你家那個的『馬爛膿』一天到晚在她家出沒，她覺得，看來，他已經跟自己的表妹——那個老巫婆——講好，想對那女孩圖謀不軌。」

「怎麼個圖謀不軌法？」

「哼！他去那裡哭訴自己無子無嗣的厄運。那個固執、暴躁的老女人便回答說他活該。據說馬拉尼亞第一任妻子過世時，她打定主意要讓他迎娶她的女兒，並且用盡一切手段促成這件事；後來，希望落空之後，她只能拼命指控那個老怪物的不是，說他與親人為敵，背叛自己的血統之類的，另一方面，她也怪罪自己的女兒沒能誘惑住舅舅。現在，那老頭一副很後悔自己當初沒能讓外甥女稱心如意的樣子，天知道那個巫婆又想出了什麼惡毒的點子。」

我用雙手摀住耳朵，對小密挪大叫：

「你給我閉嘴！」

雖然表面上看不出來，那時，我的確還很純真。儘管如此，聽到那些馬拉尼亞家族曾經發生以及正在發生的事，我認為女僕的懷疑並非空穴來風，因此，為了歐莉瓦的好，我決定試著去釐清事情的真相。我讓小密挪給我巫婆家的住址。小密挪還提醒我，要我別忘了那女孩屬於他。

「別擔心，」我回答他：「拜託好嗎？我不會跟你搶的！」

好巧不巧，隔天早上我母親告訴我有張匯票正好當天過期，我便拿匯票的事當作藉口，直搗培斯卡托瑞寡婦家去找馬拉尼亞。

我故意用跑的，滿身大汗、熱呼呼地衝進房裡。

「馬拉尼亞，匯票！」

假使我原本不知道他心理有鬼，那天也必然會明白這件事，因為他從椅子裡彈起來，面無血色、面容鄙陋、結結巴巴地說道：

「什……什麼匯……匯票啊？」

「就那張匯票啊！今天過期的那張啊……媽媽要我跑一趟，她很掛心這件事！」

霸塔・馬拉尼亞垮回椅子上，長長地「啊！」了一聲，將那瞬間壓得他喘不過氣的驚恐一吐而出。

「那已經辦好了！……通通辦好了啦！……哎喲！真是嚇我一大跳……我已經跟他們講好讓繳款日期延後了，好嗎？延後三個月，當然，得付點利息。你跑得那麼喘就為了這點小事？」

然後，笑啊笑的，他的大肚子上下抖個不停。他招呼我坐下，然後將我介紹給在場的女士們。

「這是馬悌亞．琶斯卡。這是我的表妹，培斯卡托瑞的遺孀，瑪莉安娜．棟迪。還有我的外甥女，蘿密爾達。」

他堅持要我喝點東西，讓一路跑過來的我喘口氣。

「蘿密爾達，能不能請妳……」

這人一副在自己家裡的樣子。

蘿密爾達站起身來，望向她母親，用眼神徵詢她的同意，然後，不顧我的再三推辭，不久之後，她端著一個托盤回到房裡來，盤子上有一個酒杯和一瓶苦艾酒。一看到那樣的款待，她母親馬上氣惱地站起身來，對她說道：

「不對！不是這樣！把盤子給我！」

她從女兒手上奪走托盤，離開片刻，不久之後便端著另外一個托盤回來，那是張漆器托盤，色澤新得發亮，上面放著一組華美的露酒器皿，容器長得像一隻鍍銀的大象，背上背著一個玻璃的酒桶，身上還掛著許許多多叮鈴作響的小酒杯。

要我選的話，我寧可喝苦艾酒，但最後我還是喝了露酒。馬拉尼亞和寡婦也喝了一些，但蘿密爾達沒喝。

那一次，我只待了一下子就離開，這樣我才有藉口可以再回來，我告訴他們我得趕快回家通知母親匯票的事，讓她放心，我也告訴他們幾天後我將再次登門造訪，更悠閒地享受與女士們共處的時光。

聽到我這麼說，從培斯卡托瑞的遺孀，瑪莉安娜·楝迪向我道別的態度看來，我覺得她不是特別樂意聽到我即將再度光臨，她勉強地伸出一隻手，一隻冰冷、乾癟、充滿骨節、膚色蠟黃的手，她目光低垂，緊閉著雙唇。但她女兒的反應彌補了這一切，她露出一抹友善的微笑，彷彿在告訴我她將誠摯地接待我，她的眼神夾雜著甜美與憂鬱，我從一開始便被那雙眼眸深深地打動——那對被長長的睫毛所遮蔽住的眼眸，深沈、熱烈，透著一股奇妙的綠色。那是黑夜般的眼睛，眼睛兩側，烏黑如黑檀的捲髮沿著她的額頭和太陽穴流瀉而下，彷彿特意要將她的白皮膚襯托得更加雪白。

她們的房子非常簡樸，但我還是注意到，在一堆舊傢俱之間，有許多新進成員自大而笨拙地炫耀著它們過於搶眼的新意——比如，兩個樣式奇特的花飾陶燈，全新的，搭配著毛玻璃燈泡，就這樣擱在一個極為樸素的架子上，架子的表面是一塊發黃的大理石，上面還放著一塊鏡面發黑、處處斑駁的圓框鏡子。在房裡，那張鏡子就像是一張已經餓到直打呵欠的嘴。此外，搖搖晃晃的破沙發前面還擺了張小桌子，桌子的四隻腳都鍍了金，彩繪的瓷製桌面色彩斑斕，房裡還擺著一只繪有日本漆畫的懸掛式小木櫃，和許許多多其他的東西。每當馬拉尼亞的眼光停留在這些東西上面的時候，他就會有一種隱藏不住的得意表情，就像當他看到培斯卡托瑞遺孀得意洋洋地端出露酒器皿組時一樣。

房間的牆壁幾乎貼滿了老舊但不醜陋的版畫，馬拉尼亞帶著我欣賞了其中的幾幅，他告訴我，那是他表妹的丈夫，弗然切斯可．安透紐．培斯卡托瑞的作品，他是個才氣縱橫的版畫家（馬拉尼亞輕聲補充道，他後來發了瘋，死在都靈），馬拉尼亞也讓我看了一幅他的自畫像。

「這是他自己照著鏡子，親手繪製而成的。」

方才，我看了蘿密爾達，然後又看了她的母親，心想：「她可能像爸爸！」現在，看著這幅的自畫像，我頓時不知道該作何想法。

我不想冒昧地做出失禮的推測。但，我估計，沒錯，培斯卡托瑞寡婦瑪莉安娜．棟迪這樣的女人什麼事都做得出來。然而，我壓根也無法想像，一個男人，更何況是個英俊的男人，有辦法愛上她。除非那人比她發瘋的老公還要瘋狂。

我把那次造訪的經驗告訴小密挪。我談起蘿密爾達時流露出熱情與欣賞，他馬上燃起了熱情，他很高興我也很喜歡她，很高興她得到我的認可。

於是，我問他有什麼打算。沒錯，那個當媽的看上去的確是個巫婆，但她女兒呢，我可以發誓，她是個純潔無瑕的女孩。馬拉尼亞對她有非分之想，這點無庸置疑。因此，我們必須儘快，不惜一切地去拯救那個女孩。

「怎麼個救法？」小密挪問我，他著迷地聽著我說話。

「怎麼救？我們就看著辦啊。我們首先必須弄清楚許多事情，深入調查，好好研究一番。你知道，我們不能沒頭沒腦地隨便做出決定。交給我吧，我會幫你。我喜歡這個挑戰。」

「呃……可是……」小密挪膽怯地反對道，看到我這麼興致高昂，他開始感到惴惴不安：「你是說……也許……我應該娶她？」

「我什麼都沒說，目前。但……你該不會是……怕了吧？」

「不，你為什麼這麼說？」

「因為我覺得你太急了。慢慢來，然後你再好好思考。要是到頭來我們發現她真的是個善良、有智慧、充滿美德的女孩（她很漂亮，這點毋庸置疑，而且你很喜歡她，不是嗎？）好的，我們先假設，假使因為她那個邪惡的母親和那個惡棍的緣故而身陷險境、受到殘害，被拿來做不名譽的交易，面對一個神聖的營救任務，一個令人稱許的善行，難道你會踟躕不前嗎？」

「不……我不會！」小密挪說：「可……可是我爸呢？」

「他會反對？他有什麼理由反對？為了嫁妝的問題，對吧？不會為別的！因為她，你知道嗎？她是個藝術家的女兒，她父親是個才華洋溢的版畫家，而這版畫家死於……嗯，他算是壽終正寢，總之，他死在都靈……而且你爸很有錢，你又是他的獨子，所以說，他會成全你，而不會去計較嫁妝的事！況且，要是你沒有辦法用好言相勸的方式說服他，那也不用擔心，你只要帶著她遠走高飛，便可以解決一切。小密挪，你該不會是個懦弱膽小之徒吧？」

小密挪笑了出來，於是，我匆匆地向他說明，他生來就是要當男子漢丈夫的料，就好像有人天生就是詩人那樣。我繪聲繪影，加油添醋地描述他和他的蘿密爾達結婚以後會有多麼幸福快樂，她會以真情、關懷和感激之心報答他，她的救命恩人。然後，我做了以下結論：

「現在，」我對他說：「你必須設法讓她注意到你，你可以找她說話或寫信給她。聽著，以目前的狀況看來，她已經被那隻蜘蛛羅織的毒網重重包圍、無可遁逃，或許，對她而言，你捎來的信會像是汪洋中的浮木一般。這期間，我會繼續去拜訪她家，留心觀察，然後，我會找機會介紹你們認識，懂了吧？」

「懂了。」

我為什麼急著想讓蘿密爾達嫁掉？不為什麼。我再重複一次——我只是喜歡嚇唬小密挪。我大放厥詞，而各個阻礙便一一消失。我非常急躁，而且玩世不恭。也許正因如此，我很受女人歡迎，即使我一隻眼睛歪向一邊，身體瘦得像張破板子。不過，我得承認，我這次反應如此熱切，是因為一想起可憐的歐莉瓦，我就想戳破那個齷齪老頭所羅織的邪惡陷阱，讓他無法得逞。此外，我也希望能為那一位女孩做點好事，而這又有何不妥？畢竟那女孩著實在我心中留下了深刻的印象。

到頭來因為小密挪太過於害羞，而沒能實踐我的指示，難道是我的錯？而儘管我老是提起他，蘿密爾達沒愛上他，卻愛上了我，這難道也是我的錯？培斯卡托瑞的遺孀，瑪莉安娜・棟迪那惡毒的女人讓我誤以為，我在很短的時間內用某種技倆成功地突破了她的心防，並且用我那三寸不爛之舌，奇蹟似的不只一次把她逗笑，這難道也是我的錯？我看見她一點一滴地卸下武裝，開始歡迎我，我以為，她看見一個家境富裕（那時我仍然以為自己家境富裕）的年輕人整天在她家走動，而這年輕人怎麼看都像是深深地愛著她的女兒，我以為她因此終於打消了邪惡的念頭，假使她曾經有過那樣的念頭。沒錯——最後，我居然開始懷疑她是否真的動過壞心眼！

沒錯，後來她只在早上接待我，而我再也沒有在她家碰到馬拉尼亞，我理當察覺事有蹊蹺。

但誰會注意到這種事呢？況且，這也沒什麼奇怪的，因為每次，為了能有更多的自由，我都建議到鄉間一遊，而這當然得在早上進行。但後來，我自己也愛上了蘿密爾達，即使我仍然繼續向她訴說小密挪仰慕她的事。我瘋狂地愛上了她那美麗的雙眼、小巧的鼻子、她的嘴唇，她所有的一切，甚至是她後腦勺上的一顆小疣和她手上一道幾乎看不出來的傷疤，我對著那疤痕，一次又一次，吻了又吻……我代替波密挪忘情地吻。

假使那天早上（我們那時在雞籠農場，而她母親被拋在後頭欣賞磨坊）蘿密爾達沒有覺得那位害羞的藏鏡人深深地愛著她的玩笑開得太久了，而突然抱住我的頸子抽泣了起來，並且顫抖地乞求我憐惜她，求我立刻、刻不容緩地帶著她遠走高飛，遠離她那可怕的母親，遠離所有的人……假使這一切沒有發生，或許就不會發生那麼嚴重的事了。

遠走高飛？我怎麼可能馬上就帶著她遠走高飛？

說真的，後來，有幾天的時間，仍然為她神魂顛倒的我，的確試著找到解決的方法，準備為她做出一切。我甚至已經開始幫我母親做心理準備，讓她能接受我即將結婚的消息。現在，結婚一事已經無可避免，這關乎我的良心，這時，我收到了一封來自蘿密爾達的信，信中她語氣堅決地要我不要再管她的事，並且不要再到她家去，說我們之間的關係已經永永遠遠地結束了。

是嗎？怎麼會這樣？發生了什麼事？

同一天，歐莉瓦哭著跑到我家，告訴我母親她是世上最不幸的女人，又說她家裡的安寧已經永遠被摧毀了。她的男人成功地證明了生不出孩子的事，問題不在他身上，他耀武揚威地向她宣佈了這個消息。

當時我在場。我到底怎麼懸崖勒馬沒有發作，我也不知道。對於母親的尊重制止了我。憤怒和憎惡使我感到窒息，我逃回房裡，把自己鎖起來，獨自一人，我抓著頭髮，開始問自己，蘿密爾達怎麼能在我們之間發生了這麼多事以後參與這麼無恥的勾當！啊！有其母必有其女！這兩個女人不只聯手用卑鄙的方法欺騙那老頭，也欺騙了我！而蘿密爾達就像她媽那樣，為了她那不名譽的目的、她那不誠實的欲望，她也不知羞恥地利用了我！害得可憐的歐莉瓦現在落到了這步田地！她毀了，她毀了……

黃昏時，情緒仍然激動的我出了門，朝著歐莉瓦的家走去。口袋裡裝著蘿密爾達寫給我的信。淚流滿面的歐莉瓦正收拾著行李，準備回到她父親那兒，到目前為止，她一點也沒向她父親透露過她被迫承受了多少痛苦。

「但，事到如今，我還留在這兒做什麼呢？」她對我說：「結束了！要是跟他來往的是別的女人，或許還……」

「所以，妳知道，」我問她：「他跟什麼人來往囉？」

她不斷抽泣，點了點頭，然後把臉埋在雙手中。

「一個女孩！」接著她舉起雙臂，大聲說出：「而那女孩的母親！她的母親！她也同意這件事，懂嗎？她的親娘！」

「妳還真的找對人說這件事了。」我說道：「拿，看看這個。」

然後，我把信遞給她。

歐莉瓦茫然不解地看了信一眼，她接過那封信，然後問我：

「這是什麼意思？」

她大字不識一個。她那眼神彷彿在詢問著我：在這種時候，難道她真的有必要費力地去讀懂這封信嗎？

「讀吧！」我堅持道。

於是，她擦乾淚水，打開那封信，開始緩慢地，一個音節、一個音節地，解讀那些文字。讀了前面幾個字以後，她的目光瞥向信末的署名，然後她瞪大眼睛看著我說道：

「你？」

「給我！」我對她說：「讓我來唸給妳聽，整封唸完。」

但她把信緊捧在胸口道：

「不！」她大叫：「我才不還給你！這個東西我用得上！」

「能有什麼用？」我一邊苦笑，一邊問她：「妳想把信拿給他看？可是那封信裡沒有一個字能夠說服妳丈夫不再相信他所樂於相信的一切。沒用的！妳已經落入他們的圈套了。」

「嗚……沒錯！你說得沒錯！」歐莉瓦哽咽了起來：「他衝上來，威脅說要打我耳光，並警告我不准質疑他外甥女的清白。」

「所以說？」我帶著苦笑說：「妳看吧！反駁他，妳也得不到任何東西。妳千萬不能這麼做！相反地，妳要對他說：對！對極了！說他的確有生育能力……懂了嗎？」

那麼，究竟什麼緣故，大約在一個月之後，馬拉尼亞先是怒氣攻心地揍了他的妻子一頓，然後，七竅生煙的他衝進我家，大聲要求我立刻還給他一個公道，因為我玷污並摧毀了他的外甥女，一個可憐的孤女？他還補充道，為了不讓醜聞傳開來，他原想保持沉默。基於他對那無助的女孩的憐惜，加上他自已沒有孩子，他甚至已經打定主意要在孩子出生後，把他當作親生骨肉來撫養。但現在，上帝終於讓他如願以償，讓他的妻子為他生了一個婚生子，因此，在良心上，他實在沒辦法同時擔任他外甥女即將生下的孩子的父親。

「馬悌亞，你要有擔當！馬悌亞，你必須給個交代！」最後他這麼說道，他因憤怒而滿臉通紅：「而且就是現在！你要立刻照著我的話做！此外，你不要逼我透露更多，或逼我做出某些不可挽回的舉動！」

到了這步田地，讓我們稍微做一點理性的評估。我經歷過各式各樣的事。除了被當成傻子，還有更慘的，說實在的，對我而言，這次的事根本算不上什麼大災大難。嗯，讓我再重複一次，我就像是處在人生之外，對於所有的事，我已經置身事外。因此，如果到了這步田地，我還想做一點理性的評估，純粹為了邏輯的緣故。

顯然，為了欺騙她的舅舅，蘿密爾達沒有做出什麼壞事。要不然，馬拉尼亞後來立刻厲聲指責自己的妻子背叛他，然後來到我母親面前怪罪我玷污了他的外甥女一事，要怎麼解釋得通呢？

沒錯，根據蘿密爾達的說法，我們那天出遊不久之後，她便向母親坦承了她跟我之間那份堅不可摧的愛情。她的母親勃然大怒，對她大吼大叫，說她絕對不會允許自己的女兒嫁給一個已經瀕臨破產的游手好閒之輩。但是，因為蘿密爾達已經給自己招來一個少女所能面臨的最大禍害，身為一個深謀遠慮的母親，她只能設法從這樣的處境裡找出最好的解套方法。哪種方法呢？我們心裡有數。當馬拉尼亞一如往常準時出現在那兒，做母親的找了個藉口離開，讓女兒和舅舅獨處。然後，蘿密爾達熱淚盈眶地跪到他腳邊，向他訴說她的不幸，以及母親要求她幹的那檔事。她乞求他出面干涉，說服她母親用比較清白的方式處置她，因為她已經屬於另一個男人，而她想要忠心地侍奉他。

某種程度上，馬拉尼亞心軟了。他告訴她，她尚未成年，因此，倘使她母親願意的話，她甚至有權對我採取法律行動。而且，憑良心說，即使是他也不會同意讓她嫁給我這種沒有腦袋、只會搗亂的無賴，因此，他無法向她母親推薦這樁婚事。他告訴她，面對母親正當而合理的憤怒，她多少該做些犧牲，而這樣的犧牲到頭來也會給她帶來好運。於是他做出以下結論，他能做的，便是撫養那即將出世的孩子，當他的父親——當然，他們得盡最大的力量保守這個秘密——因為，畢竟他自己沒有孩子，而長期以來他一直盼望能有個孩子。

我說：還能比這樣更清白嗎？

就是這麼回事：到頭來他將把從孩子的爸那裡所竊取的一切，還給那即將出世的孩子。

但後來我這個忘恩負義的傢伙搞砸了他精心策劃的這一切，他又何過之有呢？

兩個孩子，不！什麼？兩個？門都沒有！

他覺得兩個太多了，也許是因為，就如同我先前說過的，柔貝爾托娶了富家女，馬拉尼亞認為自己對他造成的傷害不大，不需償還他那一份。

結論是，落在一群好人之中，所有的壞事肯定都是我一個人包辦的。所以，我必須為此付出代價。

一開始，我憤恨地拒絕了。之後，在母親苦苦哀求之下——她已經看出我們的家族即將衰敗，她希望我可以藉著與敵人的外甥女結婚而拯救自己——我最後還是屈服了，我接受了這門婚事。

然而，培斯卡托瑞的遺孀的怒氣仍然在我的頭頂上籠罩不去。

Chapter

V

催熟

老巫婆仍然嚥不下這口氣：

「你幹了什麼好事？」她質問我：「你說啊！你像賊一樣，混入我家，誘拐我女兒，毀了她，這樣還不夠嗎？還不夠嗎？」

「噢，親愛的岳母，話可不是這麼說的！」我回答她：「要是我沒做到那個地步，那豈不就太便宜您，讓您稱心如意了嗎？」

「妳聽到了沒？」於是她對女兒尖叫道：「他在誇口，他竟敢誇耀他對那……那女人做的好事……」這時，她用一連串不入流的話痛罵了歐莉瓦一番，然後雙手反插在腰上，手肘向前翻轉：「看你幹了什麼好事？你這麼做不是把自己的兒子也給毀了？啊，是喔，他有什麼好在乎的？反正另一個孩子也是他的……」

她講到最後總不忘噴出毒液，她很清楚這麼說會讓蘿密爾達心裡很不是滋味，因為她非常嫉妒歐莉瓦那即將誕生於舒適的環境並被喜悅所包圍的孩子；而她自己的孩子，卻將誕生在狹窄的環境裡，面臨著不確定的未來，並被這種種的明爭暗鬥所包圍。村裡有些惟恐天下不亂的女人給她的消息更是令她妒火中燒。她們假裝自己什麼都不知道，給她捎來訊息，說她的馬拉尼亞舅媽是多麼的高興，多麼的喜悅，因為上帝終於賜福予她，啊！是的，她現在就像是一朵盛開的花朵，她從不曾如此美麗，如此健朗！

而蘿密爾達呢？她蒼白、虛弱、美貌不再，總是倒在沙發上，無時無刻都一副病懨懨的模樣，不願意說話，甚至不願意睜開眼睛。

難道這也是我的錯？似乎是的。她再也無法忍受看見或聽見我。而那之後，又發生了更糟的事，為了保住雞籠農場和磨坊，我們被迫賣掉城裡的房產，而我那可憐的母親只好搬來我這地獄般的家。

沒錯，賣房子根本於事無補。現在，為了他那即將誕生的孩子，馬拉尼亞已經不再有任何節制或忌憚，他對我們發出最後一擊——他跟高利貸勾結，以匿名的方式，花了幾個微不足道的錢買下了我們的房子。這樣一來，雞籠農場大部分的負債仍然無法償還，債主們於是向法院提出申請，讓農場和磨坊遭到託管。我們就這樣被趕盡殺絕。

現在該怎麼辦呢？在幾乎毫無希望的狀況下，我開始找工作，不管什麼工作都好，只要能讓我們家族應急。但我沒有任何的才能，而我少年時期所幹下的那些好事以及游手好閒的美名讓任何人都不會想要僱用我。而我的家裡每天吵得天翻地覆，我被迫目睹或參與這一切，心中再也沒有一絲安寧，也無法集中注意力去思考我到底有哪方面的才能，或可以做些什麼。

看到我的母親每天接觸培斯卡托瑞的遺孀著實讓我很反感。如今，我那聖潔的老母已經看清一切，但在我看來，她不必為已經鑄下的錯誤擔負任何責任，因為她當初不過是沒能洞悉人心險惡罷了。她封閉在自己的世界裡，雙手擱在大腿上，目光低垂，瑟縮在一個角落，一副無法確定自己是否能待在那兒的表情，一副如果上天允許的話，她隨時準備好要離開，一會兒便要離開！她連空氣也不敢打擾。偶爾，她會充滿愛憐地對蘿密爾達露出一抹微笑，但她不敢更靠近她，因為，有一次，在她剛搬來住的幾天後，她想驅身上前幫助蘿密爾達，卻被老巫婆無理地驅開。

「我來，我來！我知道該做什麼。」

出於謹慎，儘管蘿密爾達當時確實需要幫助，我還是沒有吭聲；但我保持戒備，防止老巫婆對母親不敬。

同時，我也察覺到，我對我母親的守護讓老巫婆和我太太心裡很不是滋味，我擔心她們會趁我不在家的時候虐待她，趁機一吐滿腔的怨毒與怒火。我非常確定母親決不會找我訴苦。而這個念頭令我好生苦惱。有多少次，我仔細地凝視她的眼睛，就是為了檢查她是否哭過！而她會對我投以微笑，並用眼神關懷我，然後問道：

「你為什麼這樣看我？」

「媽，你還好吧？」

她輕輕地比了個手勢，然後回答我：

「我很好，難道你看不出來？去，去找你的太太，她很不舒服，可憐的女孩。」

我寫信給住在歐內利亞的柔貝爾托，請他把母親接過去住，我這麼做純粹是為了她著想，而不是想幫自己減輕負擔，因為，縱使我經濟拮据，我還是很樂意承擔奉養母親的責任。

貝爾托回答我他沒辦法，因為自從我們家破產以後，他在妻子以及妻子的家人面前的處境便極為艱難。他現在靠著妻子的嫁妝度日，絕不可能要求她負擔起照顧婆婆的責任。此外他還說，就算換到他家，母親同樣不會有好日子過，因為他跟岳母同住，沒錯，他岳母是個好人，但跟親家母同在一個屋簷下，免不了產生嫉妒和摩擦，也難保她不會使壞。因此，媽媽最好還是繼續待在我家。況且，這樣一來，她便不需在晚年還離鄉背井，也不必被迫改變生活方式與習慣。最後，他說，基於上述理由，他也必需非常痛心地對我宣佈，他甚至沒辦法在金錢上提供給我最微薄的幫助，儘管他全心全意地想這麼做。

我沒讓母親知道這封信的事。或許，假使那時激動的情緒沒有模糊了我的判斷力，我應該不會那麼生氣。按照我的天性，我大概會做出以下思考——一隻夜鶯要是失去了尾巴上的羽毛，牠仍然可以說：「我還有歌唱的天賦！」，但假使同樣的事發生在一隻孔雀身上，牠還剩下什麼？柔貝爾托千方百計才找到一個平衡點，讓他可以還算有尊嚴地躲在妻子的肩膀後過活，一旦這個平衡遭到破壞，即使只是些微的破壞，對貝爾托而言都會是極大的犧牲，無法彌補的損失。除了他那體面的外貌、溫文有禮的形象，以及紳士風範之外，他便沒有任何可以給他妻子的東西了，他甚至沒辦法獻給她一片真心，而那真心或許可以彌補我那可憐的母親可能給她帶來的不滿。唉！上帝把他打造成這個模樣，卻只給了他一丁點大的真心。可憐的貝爾托，他又能如何呢？

那期間，我們的家境愈來愈拮据，而我完全束手無策。媽媽的金飾，那些珍貴的紀念品，也被拿去變賣。培斯卡托瑞的遺孀擔心我和母親不久之後必需靠著她那每個月四十二里拉的嫁妝利息過活，她一天比一天陰鬱，態度也愈發兇惡。母親跟我們住在一起，又處處忍讓，這使得培斯卡托瑞的遺孀怒火中燒，我想她那積壓已久的怒氣隨時有可能爆發。看到我像一隻無頭蒼蠅般在家裡閒晃，那女人對我投以雷電般的目光，預告一場風暴的來臨。這時，我會出門晃一晃，算是中斷電源，防止電擊的發生。但之後，我還是會回家，因為我擔心媽媽的安危。

然而，有一天，我沒能及時到家。那天，兩個我們家舊日的女僕登門拜訪媽媽。就為了這件無關緊要的小事，一場風暴一發不可收拾。

其中的一個女僕沒有積蓄，因為她得撫養她一個守寡並帶著三個小孩的女兒。離開我家之後，她立刻換到另一個地方工作。另一個女僕瑪爾格莉塔比較幸運，她在世上已經舉目無親，終於可以靠著她多年來在我家服務一點一滴攢起來的積蓄，安享老年時光。嗯，看到這兩位善良的女子，兩位多年來相互扶持的好夥伴，母親想必向她們傾吐了自己這些日子以來悲慘、心酸的處境。而瑪爾格莉塔，那個好心腸的老太太，早已對此起疑，但一直以來她都還不敢說些什麼，現在，聽見母親親口這麼說，她斷然地建議母親立刻跟著她離開，住到她家裡去。她家有兩個乾淨的小房間，一個面向大海的陽台，上頭種滿了花朵。她們倆可以一起待在那兒，過著安安靜靜的生活。喔！此外，她也很樂意能夠再次服侍她，能夠再次表達自己對她的關愛與忠誠。

但我的母親哪能聽從那個可憐的老太太的建議？這也是培斯卡托瑞的遺孀發怒的原因。

我走進家門的那一刻，看見老巫婆正朝著瑪爾格莉塔的方向拳打腳踢，而瑪爾格莉塔則勇敢地對抗著她。另一邊，母親眼眶裡含著淚，驚恐萬分地攀在另一個女僕身上，彷彿在尋求一個避風港。

看到我的母親那個模樣，我立刻失去了理智。我抓住培斯卡托瑞遺孀的一隻手臂，一把將她甩得遠遠的，摔得她滿地亂爬。她飛快地從地上爬了起來，準備再次朝我這邊撲過來，但最後，她在我面前停了下來。

「出去！」她對我尖叫：「你！還有你媽！都給我出去！滾出我的家！」

「聽著，」我對她說，極力壓抑怒氣的我聲音不住發顫：「聽著，妳走，立刻就走，妳自己走出去，不要挑戰我的耐性。為了妳自己的好，走！妳給我出去！」

這時，蘿密爾達又哭又叫地從沙發爬了起來，走過來撲倒在她母親懷裡：

「別走！媽，妳留在我身邊！別丟下我，別把我一個人丟在這兒！」

但那個名符其實的母親將她一把推開，火冒三丈地說道：

「妳要他，不是嗎？那現在妳就把這個賊留在妳身邊啊！我自己一個人離開！」

但顯然，她並沒有真的離開。

兩天後，絲柯拉絲堤卡姑媽就像平常那樣，氣沖沖地來到，我推想，應該是瑪爾格莉塔找她來把媽媽帶走的。

這天所發生的一幕值得好好描繪一番。

那早，培斯卡托瑞的遺孀正在做麵包，她把袖子挽了起來，裙子也捲起來塞在腰間，以免弄髒。看到姑媽進門，她只是稍稍地轉身，然後便扭頭繼續篩麵粉，好像什麼都沒看到一樣。姑媽並沒有理會她，況且，她進門時原本就沒跟任何人打招呼，她迅速朝我母親走去，如入無人之境。

「好了，立刻穿好衣服！妳跟我走！消息已經傳開了，所以我來了。快！我們走吧！把東西收好！」

她斷斷續續地講著。她膚色黝黑，並如黃疸病患般微微發黃，臉上那隻驕傲的鷹勾鼻顫動著，不時還會皺一皺，而她的雙眼目光如炬。

培斯卡托瑞的遺孀一聲不吭。

她篩完麵粉之後，用水將麵粉揉成生麵團，然後，她高高地舉起麵團，故意很用力地把它甩到擀麵桌上——這便是她給姑媽的答覆。而後者也不甘示弱。這下子，她便愈甩愈用力，彷彿在說：「可以啊！當然可以！怎麼不可以？最好是這樣！」然後，好像這樣還不夠似的，她還拿出擀麵棍，放在擀麵桌旁邊，彷彿在宣示——我還有這項武器呦。

這下子，一發不可收拾！絲柯拉絲堤卡姑媽馬上跳起身來，氣沖沖地脫掉肩上的小披巾，將它丟給母親，然後說道：

「好了！妳什麼都別拿了。馬上離開這裡！」

她自己則是走去站在培斯卡托瑞的遺孀面前。為了不要跟姑媽那麼靠近，後者向後踏了一步，擺出一副她隨時準備好要揮舞擀麵棍的態勢，給自己助威。絲柯拉絲堤卡姑媽一把抓起擀麵桌上的那一大一坨麵團，把它摔到寡婦頭上，沿著她的臉往下拉，然後，一不做二不休，這裡……那裡……鼻子、眼睛、嘴巴……一處都不放過。最後，她一把抓住我母親的手臂，把她給連拖帶拉地把她給帶走了。

接下來的一切便由我一個人買單了。培斯卡托瑞的遺孀一邊發出憤怒的獅吼，一邊把麵團從臉上和已經黏成一塊塊的頭髮上扯下來，然後把麵團甩到我臉上，我笑得不可開交，笑到全身抽搐不止。她拉扯我的鬍鬚，用指甲亂刮我的皮膚，然後，像個瘋子一樣地仆倒在地，開始撕扯自己身上的衣服，並且在地上發狂似地滾來滾去。我的太太在一旁嘔吐了起來，並不時發出淒厲的叫聲，而我則對地上的寡婦大叫：

「腿！妳的腿！拜託，別讓我看見那雙腿！」

我可以說，那次經驗以後，我便培養出將所有的不幸和折磨置之一笑的態度。那一刻，我感覺到自己是個再也滑稽不過的悲劇演員，我的母親就這樣跟那個瘋女人逃走了，而我的妻子，在那兒……就別提了！瑪莉安娜．培斯卡托瑞躺在地上，而我呢，麵包也沒了，往後的日子也沒有著落，我的鬍子沾滿了麵糊，整張臉被抓得面目全非，不知道是留著血，還是因為笑得太多而淌著淚。我來到鏡子前面查看——是眼淚，但臉的確也被抓得一塌糊塗。啊！我的那隻眼睛，那瞬間我有多喜歡它啊！出於絕望，它自動望向另一邊，比從前更歪了。於是我逃出家門，心裡打定主意，一定要設法養活自己和妻子，即使只能勉強餬口也好，在我辦得到這一點之前，我不會回到那屋子。

那時我對自己多年來的漫不經心感到惱怒，我稍作思考，便理解到沒有人會同情我的不幸，甚至根本沒人會關心我。我罪有應得。只有一個人——把我們家財產掠奪一空的那個人——他有可能會同情我；但得了吧！在我和馬拉尼亞之間發生過那些事之後，他怎麼可能會覺得自己有義務給我雪中送炭？

而我萬萬沒想到，給我雪中送炭的竟然會是……

那一整天我都待在外頭，傍晚時，我意外撞見波密挪，他裝作沒看見我，想繼續向前走開。

「波密挪！」

他回頭，沉著一張臉，然後停下腳步，目光低垂地說道：

「你想幹麼？」

「波密挪！」我又叫了他一次，這次音量更大，我用手搖他的肩膀，嘲笑他的不悅：「你該不會是認真的？」

噢！不知感恩的人類啊！波密挪竟然在生我的氣，他認為我背叛了他。我沒能說服他，其實是他背叛了我，其實他不但應該感謝我，而且應該謝我謝得五體投地，親吻我所走過的每一吋土地。

我那時仍然陶醉於照完鏡子後，那種悲極生樂的感覺。

「你看到這些抓痕了嗎？」後來，我對他說：「是她的傑作！」

「你是說蘿……嗯……你太太？」

「她媽！」

然後，我向他描述事情的來龍去脈。他面露微笑，但不做任何表示。也許，他以為換作是他的話，培斯卡托瑞的遺孀並不會抓傷他，因為，他的經濟情況與我大不相同，而且，他有不同的性情和一顆不一樣的心。

這使得我很想問他，如果他當初真的如此傷心欲決，他為什麼沒有聽從我的建議，在他那可笑的羞怯或猶豫不決搞得我不幸愛上蘿密爾達之前，及時將她娶進門，或者帶著她遠走高飛？除此之外，由於我當時情緒激動，我還有更多的話想對他說，但我忍了下來。相反地，我伸出一隻手，問他這些日子以來，他都跟誰往來密切。

「誰也沒有！」他嘆一口氣說道：「誰也沒有！我好無聊，無聊死了！」

從波密挪說話時那副激動的模樣，我瞬間意識到他傷心欲絕的真正原因。真正令他遺憾的，不是沒有得到蘿密爾達，而是他沒有了伴。貝爾托離開了，而為了蘿密爾達的事，他也不能再跟我混在一起，那麼，可憐的他還有啥事可做？

「親愛的朋友，娶個老婆吧！」我對他說：「到時候你就會知道結婚多令人開心了！」

但他搖了搖頭，表情嚴肅，雙眼緊閉。他舉起一隻手，說道：

「絕不！門都沒有！」

「做得好，波密挪！繼續堅持下去！如果你需要陪伴，有我在，要我通宵達旦陪你都沒問題。」

然後，我告訴他我離家時所發的誓，也讓他知道我目前走投無路的處境。波密挪為之動容，像真正的朋友那樣，然後他把他身上帶著的那點錢都給了我。我由衷地感激他，但我告訴他，那點幫助對我來講於事無補，因為隔天我又會落入原來的處境。我需要的，是一個穩定的工作。

「等等！」波密挪大叫：「你知道我父親目前在市政府工作嗎？」

「不。但我可以想像。」

「市政府的教育政務委員。」

「這我就萬萬料想不到了。」

「昨天晚餐的時候……等等！你認識羅米特里嗎？」

「不認識。」

「怎麼會不認識！就在那邊那個，在博卡馬查圖書館的那個啊！他耳朵已經聾了，眼睛也幾乎瞎了，腦袋不清楚，腿也撐不住了。昨天晚餐時，我爸告訴我，那座圖書館已經破舊不堪，必須儘快採取一些措施。你有工作了！」

「圖書館員？」我大叫：「你也知道，我……」

「你怎麼不行？」波密挪說：「如果連羅米特里都行的話……」

這個說法說服了我。

波密挪建議我，讓他父親去跟絲柯拉絲堤卡姑媽提這件事。這樣會比較恰當。

隔天，我去拜訪母親，然後向她提起這件事，因為絲柯拉絲堤卡姑媽見都不想見我一面。就這樣，四天之後，我成了圖書館員。月領七十里拉。比培斯卡托瑞的遺孀還要富有！我可以在她面前耀武揚威了。

一開始的幾個月，和羅米特里共事非常有趣。我沒辦法讓他瞭解到，他已經被市政府辭退，不必再來圖書館工作了。每天早上，他會在同一個時間，分秒不差地，以四隻腳的方式出抵達圖書館（兩根拐杖，一手一根，比他的腳還管用）。他人一到，就從背心的小口袋裡掏出一個老舊的銅製懷錶，然後用一條長得不得了的鍊子將它掛在牆上。接著，他會坐下來，用兩條腿夾著那兩根拐杖，然後從口袋裡拿出小瓜帽、煙盒和一條紅黑相間的格子手巾。他會吸一大口煙，把自己弄乾淨，然後打開小桌的抽屜，取出一本館藏的破書——一七五八年於威尼斯印行的《現存或已故音樂家、藝術家和業餘愛好者的歷史辭典》。

我向他大叫：「羅米特里先生！」只見他心平氣和地依序完成這些程序，根本沒注意到我的存在。

我在對誰說話呢？眼前的這個人，就算是大砲的聲音也聽不見。我搖動他的一隻手臂，他這才回過頭來，瞇著眼睛，整個臉皺成一團地瞄了我一眼，然後，他會露出他那黃黃的牙齒，他這麼做也許是在對我微笑。接下來，他又會把頭垂得低低的，幾乎貼到書上，彷彿想把書本當作枕頭一般；不是啦！其實那是他讀書的方式，他的臉和書本之間只有兩公分的距離，他只用一隻眼睛看書；一邊看，一邊大聲朗讀：

「畢爾鮑姆，舟萬尼．阿布拉摩……畢爾鮑姆，舟萬尼．阿布拉摩，印製了……畢爾鮑姆，舟萬尼．阿布拉摩，一七三八年，在萊比錫，印製了……一七三八年，在萊比錫，印製了……一本八開的小策子《關於音樂家兼樂評的一段樂章的公平的論述》。密茲勒……密茲勒將……這篇文章收錄在他的音樂叢書的第一冊中。一七三九年……」

他就這樣子進行，將人名和日期複誦個兩三次，彷彿想藉此把它們塞到腦袋裡頭。至於他為什麼要唸得這麼大聲，我也不知道。我再重複一次，就算是大砲的聲音他也聽不見。

我常常吃驚地望著他。一個像他這種一隻腳已經踏入墳墓的人（事實上，我當上圖書館員後的四個月內他就過世了），舟萬尼・阿布拉摩一七三八年在萊比錫印製了一本八開的小冊子，究竟對他能有什麼重要性可言？而對他而言，要把那唸出來，可要花費多大的力氣啊！我們只得承認，儘管他聾得這麼厲害，對他而言，關於那些直到一七五八年為止是死是活的音樂家、藝術家和業餘愛好者的日期和資訊，是不可或缺的。也或許，有鑑於圖書館的功能在於教人閱讀，而他從沒見過有人來到圖書館，於是他以為自己有義務要閱讀，而他之所以挑中那本書，這點純屬巧合，其實他也很可能挑中別本？也或許是因為他已經癡呆得很嚴重了，而這個推測極可能為真，甚至比第一種推測更站得住腳。

圖書館中央的那張大桌子上，積著一層起碼有一指深的灰塵，灰塵多到我可以用某種方式利用它來彌補我的鄉親們的忘恩負義——我在上面刻畫出以下幾個大字：

獻給慷慨樂捐的

博卡馬查大人

本市同胞以此碑文

見證其綿延不絕的感恩之情

三不五時，會有兩三本書從書架上掉落下來，緊接著，會有幾隻肥得像兔子一樣的大老鼠竄出。

對我而言，那現象好比牛頓的蘋果。

「我知道了！」我高興地大叫：「我知道羅米特里讀他的畢爾鮑姆的時候，我可以做些什麼了！」

首先，我寫了一封鉅細靡遺的申請書，很正式的那種，發函給市政府的教育政務委員，傑出的傑若拉繆．波密挪騎士大人，請求他以最大的關注為又名解放的聖瑪利亞圖書館的博卡馬查圖書館提供至少兩隻的貓，我說明這並不會給市政府的財政帶來任何負擔，因為上述動物大可以藉著捕獵所得把自己填飽自己的肚子。我也補充說明，最好可以一併提供五、六個捕鼠器，以及必要的誘餌。我不想提到像「乳酪」這麼低俗的字眼，以下屬的身份，我認為向市政府的教育政務委員提起那樣的字眼是很不合宜的。

起初，他們送來了兩隻小貓。可憐的小貓看到那些大老鼠立刻嚇得半死，而為了不要餓死，牠們鑽進捕鼠器裡頭吃乳酪。每天早上，我都會看到牠們被困在那裡，牠們又瘦又醜，受盡折磨，看起來連喵喵叫的力氣和意願都蕩然無存。

我發函提出抗議，於是，來了兩隻健壯、敏捷、稱職的成貓，牠們不浪費一點時間，立刻開始執行任務。而捕鼠器也很有用，可以幫我抓到活生生的老鼠。羅米特里全然無視我的辛苦和功勞，如果說老鼠只有啃書的義務，他便只有讀書的義務，對此我心裡頗不是滋味。一天晚上，我決定在下班前活捉兩隻老鼠，偷放到他那張小桌的抽屜裡。我期望這——至少在接下來的那個早上——能打擾到他那千篇一律、無聊透頂的閱讀習慣。但門都沒有！我看見他打開抽屜，而那兩隻小野獸從他鼻子底下一溜煙地竄逃而去，然後他回頭望向我的模樣，便我忍不住一陣大笑了起來，然後，他問我：

「那是什麼？」

「羅米特里先生，是兩隻老鼠！」

「喔，老鼠喔……」他平靜地說。

那個地方原本就常有老鼠出沒；他早就習以為常。因此，他又回去閱讀他那本破書，彷彿什麼都沒發生。

在舟萬·維透里歐·索德利尼[1]的《論樹木》一書中，我們可以讀到：果實的熟成「部份靠熱，部份靠冷。因此，存在於萬事萬物中的熱，因其具有加熱的能力，是果實熟成簡單要素」。換句話說，舟萬・維透里歐・索德利尼沒有注意到，除了熱以外，水果商人也發明了另一種熟成的方法。為了及早把水果帶到市場並以高價出售，他們在水果——不管是蘋果、桃子還是梨子——自然而然地發育到成熟美味之前，就將它們摘下，然後刻意碰傷它們，將它們催熟。

而我那原本青澀的靈魂，也是這樣子被催熟的。

在很短的一段時間內，我變成與原先的我截然不同的一個人。羅米特里過世後，我便自己一個人待在這個與世隔絕的教堂裡，被沉悶的生活所吞噬，被書本包圍著。即使我不想有人作陪，我還是孤單得發慌。其實，我大可以在那裡待個幾個小時就離開，但是，淪落到此種悲慘田地的我不想在城裡的街坊上被人撞見。我逃獄似地逃離自己的家；因為這個緣故，我不斷告訴自己，還是待在這裡好了。但要做些什麼事呢？嗯，可以抓老鼠，但這能滿足我嗎？

第一次發現自己手裡已經不知不覺地拿著從其中一個書架所取下的一本書時，我感到毛骨悚然。難道我已經步上了羅米特里的後塵，覺得自己身為圖書館員有義務代替那些不上圖書館的人讀書？我猛然把書扔到地上，但之後又把它撿起來，唉……是的……沒錯，我也讀起書來，並且跟他一樣只用一隻眼睛，因為我的另一隻眼睛對這件事不感興趣。

---

1 舟萬・維透里歐・索德利尼（Giovan Vettorio Soderini）是十六世紀的義大利農藝師。

就這樣，我東讀一點，西讀一點，雜亂無章地讀，但讀的大部份是哲學類的書。這些書很沉重，但要是把它們當糧食，放到身體裡頭，整個人便會開始感到虛無飄渺。但它們對腦袋的干擾程度還更大，儘管人類的大腦本身就不太穩定。當我覺得自己的頭腦已經開始冒煙，我就會關起圖書館，前去一條陡峭的小徑，或到一個人跡罕至的海灘去。

一見到海，我便會陷入一種無法言喻的悲傷之中，而這種悲傷會逐漸地轉變為一種令人無法忍耐的壓迫感。我坐在海灘上，低著頭，不讓自己看到大海，但我可以一邊聽著整條海岸的浪濤聲，一邊讓沈重而細密的沙子緩緩、緩緩地從我的指縫間滑落，一邊低語道：

「就這樣，永遠這樣，直到死亡，絲毫沒有變化，沒……」

我的存在陷入了一種動彈不得的處境，這使我突然有了某些異想天開的瘋狂奇想。我跳了起來，彷彿想把這一切甩開，然後我開始沿著海岸漫步，但這樣一來，我便看見大海一刻也不停地，將她那疲憊而昏昏欲睡的浪濤，推到那兒，推到岸上，我看見沙子被拋棄在那兒；我揮舞著拳頭，悲憤地大吼：

「為什麼？究竟是為什麼呢？」

我的雙腳被浸濕。

大海將波海濤推得更遠，彷彿是在告誡我：

「親愛的，你看到了吧，在某些問題上追根究底，能有什麼好處呢？你只會把腳沾濕。回到你的圖書館去吧！鹹水會把你的鞋子泡爛，而你沒有揮霍的本錢。回到你的圖書館去，丟掉那些哲學的書吧，去！你最好也去讀一讀，讀畢爾鮑姆．舟萬尼．阿布拉摩1738年在萊比錫，印製了一本八開的小冊子：這對你的人生比較有好處。」

終於，有一天，有人過來通知我，說我的妻子已經開始陣痛，要我立刻啟程回家。我像頭鹿般地衝了出去，但主要是為了逃離自己，為了不用跟自己面對面，不用去思考，我！落到這部田地的我，即將有個孩子，一個孩子！

一到家門口，我的岳母便過來抓住我的肩膀，將我向外頭推：

「去叫醫生！快去！蘿密爾達快死了！」

猛然聽到這樣的一個消息，會讓人想要停下來思考一下，不是嗎？但我聽見「快去」。我已經感覺不到自己的雙腿，也不知道自己正往哪個方向奔跑，我一邊跑著，一邊聽見自己不由自主地大叫「醫生！快去叫醫生！」，路上的人停下腳步，一副等著我向他們解釋發生了什麼事的模樣。我感覺有人拉住我的袖子，我的眼前探出一張張蒼白、驚恐的臉。我穿過人群，不斷大叫：

「醫生！快去叫醫生！」

而同一時間，醫生已經到了那兒，到了我家裡。去過鎮上的每個藥房以後，當我氣喘吁吁、慘兮兮、既生氣又絕望地回到家時，我的第一個女兒已經呱呱墜地，而醫生正奮力地接生另一個女兒。

「兩個！」

我彷彿還能看到她們在那兒，躺在搖籃裡頭，一個依偎著另一個。她們用小小的手彼此抓來抓去。那小手雖然纖細，卻長得像爪子一般，彷彿還帶有某種野蠻的本能，讓人既畏懼又憐惜。而她們看起來那麼楚楚可憐，比每天早上我在捕鼠器裡找到的兩隻小貓更惹人憐愛。就像小貓已經沒有喵喵叫的力氣，她們也沒有嚎啕大哭的力氣，對，她們只能彼此抓來抓去！

我將她們移開，碰觸到那柔軟、冰冷的皮膚的一瞬間，一股難以言喻的溫柔在我心中升起，我感到一種前所未有的顫慄——她們是我的骨肉！

幾天後，其中的一個女嬰過世了，另一個女嬰決定給我時間愛上她，讓一個一無所有的父親可以全心全意地將這個親生的小生物當作自己生命唯一的目的；但當她快滿一歲時，她竟殘忍地選擇了離開我，那時，她已經長得好生漂亮，我會將她那金色的捲髮纏繞在自己的手指上，不能自己地親吻她。她叫我「把拔」，而我會馬上回答她「女兒」，然後她會再叫一次「把拔」……就這樣，毫無理由地叫喚著彼此，就像鳥兒彼此鳴叫那樣。

她和我的母親同時死去，同一天，幾乎同一個時辰。我不知道該怎麼分配自己的關愛與悲痛。我的小可愛一入睡，我便暫時丟下她，奔向我母親，母親對死亡的威脅一點也不在乎。她會問起小孫女的狀況，她一想到自己沒辦法再看見她，沒辦法在死前再次親吻她，便傷心不已。而這種折磨整整持續了九天！經過九天九夜不眠不休的奮戰……我該實話實說嗎？許多人也許無法啟齒，但那也是人之常情——嗯，在那個當口，我沒感受到一絲悲慟，有一段時間，我只是處在某種茫然、駭人的陰鬱中，然後我睡著了。沒錯。我當然得先睡一覺。睡飽了以後，醒來了以後，傷痛才兇暴、猛烈地向我發動攻擊。我的稚女、我的母親，她們走了……我幾乎陷入瘋狂。一整夜，我在城裡、在鄉下的田野間漫無目的地遊蕩，不知道自己心裡在想些什麼，我只知道，最後，我來到了雞籠農場，來到了磨坊的貯水池邊，而一個在那兒看管磨坊，名叫菲利普的老磨坊主人，收留了我，他把我帶到樹叢下坐著，然後花了好長好長的時間訴說關於媽媽的事，也談到了我父親過世前的那段美好的舊日時光。他告訴我，我不應該這樣子哭泣、絕望，因為，為了照顧我的寶貝女兒，心地善良的奶奶已經趕到另一個世界去，奶奶會把女孩兒抱在膝上，不斷地向她談起我，奶奶絕對不會放她孤單一個人，絕不會的。

三天後，柔貝爾托寄了五百里拉給我，彷彿用來償付我流過的淚水。他說，那是為了請我幫母親辦一個體面的葬禮。但絲柯拉絲堤卡姑媽已經打點好了一切。

有一段時間，那五百里拉就躺在圖書館某本破書的書頁之間。

之後，這筆錢派上了用場，並且——這我待會兒會講到——成了我第一次死亡的原因。

Chapter

VI

噠咔噠咔噠咔

她，那顆象牙製的小球，隻身在那兒，在輪盤裡，朝著與數字轉盤相反的方向優雅地奔跑著，彷彿在嬉戲：

「噠咔噠咔噠咔」

只有她在嬉戲，那些凝視著她、被她反覆不定的舉動搞得一顆心七上八下的賭客則不然。她的腳下，許許多多的手祈願一般地奉上了大把大把的黃金；現在，那些手顫抖著，下意識地觸碰著其餘的金幣，煎熬地等待著下一次下注的機會，而那些人的眼神彷彿訴說著：「優雅的象牙小球，殘酷的女神啊！妳究竟想在哪兒落腳？究竟在哪兒呢？」

我之所以會出現在這兒，在蒙地卡羅，純屬意外。

跟岳母和妻子一如往常地大吵了一架，加上近來痛失母親和女兒的雙重打擊，使我抑鬱寡歡、頹喪消沉，心中升起了一股難以忍受的憎惡感。我再也無法壓抑自己對這種生活方式的厭煩，甚至是不恥。我很痛苦，我墜入淒慘、駭人的悲涼中，感覺自己的人生沒有任何改善的可能或希望，不可能得到一絲一毫的補償，並永遠失去了我的心肝寶貝所帶給我的撫慰。然後，我突然不知怎地下定了決心，徒步逃離了我的家鄉，口袋裡只有貝爾托給的五百里拉。

路途中，我原本打算先到最近的城鎮的火車站，搭車前往馬賽。到了馬賽之後，我將會買一張三等艙的船票，隨便搭上一艘船，也許是一艘前往美洲的船，總之，我想把一切交給命運決定。

畢竟，有什麼會比我在家所忍受過，以及仍然在忍受的那一切還糟？也許我將會碰上其他的枷鎖，但對我而言，那不會比我正要從腳上扯下的那副枷鎖來得沈重。況且，我將會見到別的國家、別的人，以及另一種人生，那樣一來，我至少可以掙脫那壓榨著我、令我窒息的沉悶感。

但是，才到了尼斯，我便開始心情低落。我年輕時期的衝勁早已被撲滅，令人氣餒的蛀蟲早就把我的內在蛀個精光，近來的喪親之痛也所剩無幾。最令我灰心的是，我缺錢。沒有錢，叫我怎麼縱身躍入禍福未卜的命運中，毫無準備地迎向一無所知的生活？

因此，到了尼斯以後，我還在猶豫是否該掉頭回家，我在城裡閒晃了起來，然後，因緣際會之下，我在車站大道上的一家店鋪前停下腳步，店鋪的招牌上用金色的字體寫著：

精準輪盤零售店

店裡陳列著各種尺寸的輪盤、其他的賭博器材，以及各種封面刊登著輪盤圖片的書籍。

大家都知道，不幸的人容易變得迷信，儘管他們也會嘲笑他人容易受騙上當，或嘲笑自己某些時候出於迷信所產生的那些無法兌現的希望。

我記得，當我看到了其中一本書的標題——《輪盤遊戲贏錢法門》——之後，我帶著一抹輕蔑和同情的微笑走開了。但，走了幾步路之後，我又折了回去，而——這只是出於好奇，真的，沒別的原因！接著，我依然帶著那抹輕蔑和同情的微笑走進了店裡，買下了那本小冊子。

我完全不知道書的內容是關於哪方面，遊戲的規則為何，也不知道輪盤的構造。我開始閱讀那本小冊子，但讀不大懂書的內容。

「大概是因為，」我想：「大概是因為因為我不太懂法文吧。」

我的法文是我無師自學，在圖書館裡隨意瀏覽時，順便學起來的。我根本不確定法文怎麼發音，因此，我很擔心自己一開口，別人就會笑我。

起初，這個顧慮使我裹足不前，但我又想到，我當初出發是為了到美洲探險，我什麼都沒準備，也沒見過英文或西班牙文長什麼樣子。因此，走吧！既然我會一點法文，又有那本書引導我，我大可以到只有一步之遙的蒙地卡羅去探險一番。

「不管是我的妻子還是我的岳母，」我在火車裡告訴自己：「都不知道我皮夾裡還有這麼一點錢。我在那兒把錢花掉，藉此擺脫任何誘惑。希望到時候我還有足夠的錢可以支付回家的車票，要不然……」

我曾聽人家說賭場四周的花園裡種有不少粗壯的樹木。了不起最後我找棵樹，很省錢地用皮帶把自己吊死，而如此一來，我至少會聲名大噪。人們會說：

「天知道這個可憐的男子輸了多大一筆錢！」

說真的，賭場比我所想像的糟得多了。是的，入口還算不錯，看得出來他們似乎想用那八根大理石圓柱創立一座幸運女神的神殿。位於中央的大門兩側有兩扇小門，小門上面寫著Tirez（法文的「拉」），嗯，到此為止我還看得懂，而我也看得懂大門上的Poussez 一詞，顯然，這個詞的意思與剛剛的那個相反，我推了門，進到了裡頭。

真沒品味！而且令人倒胃口。他們至少可以為那些自願到那裡被榨個精光的傢伙們，提供一個比較不華麗，但稍微漂亮一點的場所。如今，所有的大城市都有一個專為這些可憐的動物所準備的屠宰場，並以此自豪。這些動物沒有受過教育，也沒辦法享受這一切。但說真的，大部份會去那裡的人也不在乎那五座廳堂的裝潢品味，就好像坐在那些長沙發上的人，在賭完一圈又一圈以後，他們通常無暇顧及沙發的鋪棉那令人不敢苟同的俗麗。

坐在那上面的，通常是些已經被賭博的熱情沖昏了頭的傢伙。他們坐在那兒研究所謂的機率法則，他們參考著先前出現過的數字紀錄，認真地思索該如何下注，並想出一整套遊戲攻略的對策。總之，他們想從偶然的機率中萃取出一套邏輯，而這無異於想從岩石中抽出血液。他們確信不已，今天，或者最晚明天，他們將會如願以償。

真是個無奇不有的世界啊。

「哇！十二！十二耶！」一個來自盧加諾的大塊頭──他的模樣讓人欣慰地思考起人類頑強的力量──對我嚷嚷道：「十二是數字之王，也是屬於我的數字！我押十二從來沒錯過！是的，它偶爾甚至可說是常常令我難堪，但到頭來，它總是會補償我，它終究會回報我對它的一片忠心。」

這個體型壯碩的男子愛上了十二這個數字，他開口閉口都在談十二。他告訴我，前一天這個他心愛的數字甚至連一次都沒有出現，但他並沒有因此而氣餒。一次又一次，他頑強地續押十二。一直到最後一刻，他都堅守崗位，直到莊荷宣佈：

「各位客官，最後三轉！」

結果，最後三次出擊的第一擊，沒中，第二擊也沒中，第三次，最後一擊，啪！十二出現了。

「它回應我了！」最後，他眼裡閃爍著喜悅的淚光，總結道：「它回應我了！」

其實他已經輸了一整天，下最後那一注時，他的賭注已經所剩無幾，因此，最終他也沒能贏回幾毛錢。但對他而言，這又有何重要呢？重要的是，十二回應他了！

聽到這番話，我的腦海中浮現了四首鉗子大叔的詩文；他創作的文字遊戲和古怪韻文的手稿，在搬家的時候被發現，現在存放在圖書館裡。我決定將這幾首詩朗誦給這位先生聽：

我已厭倦於等候幸運女神的到來。
任性的女神　遲早
會經過我的道路。
而她終於姍姍到來，但卻吝於施捨予我。

只見那位先生用雙手抱住自己的頭，整張臉痛苦地皺成一團。我先是訝異地看著他，然後，我慌張了起來。

「您怎麼了？」

「沒事。我在笑。」他如此回答我。

何等笑法！他頭很痛，痛得要命，他無法忍受笑的時候頭部的震動。

大家儘管去跟十二這個數字談戀愛吧！

儘管我不抱任何幻想，在試試手氣之前，我決定先觀察一陣子，瞭解一下遊戲進行的方法。

而那看起來一點也不複雜，就如同我那本小冊子給我留下的印象一般。

輪盤安置在賭桌中央一塊標示著數字的綠毯子上。男女老少、各行各業、來自各個國家的賭客，或坐或站地圍在桌邊，大家都神經緊繃地忙著把大堆小堆的盧易吉金幣、五法郎銀幣和鈔票放到方格裡黃色的數字上。沒辦法或不想靠近賭桌的人會口頭告知莊荷自己想押哪個號碼、哪種顏色，莊荷便馬上根據他們的指示，巧妙而熟練地用一根細細的棍子幫他們下注；接下來則是一陣沉默，一種奇異、痛苦的沉默，充滿著被壓抑的暴戾之氣。偶爾，莊荷那單調而催眠般的聲音會打破這沉默：

「各位客官，請下注。」

而另一頭，從其他的賭桌會傳來同樣單調的聲音：

「到此為止！停止下注！」

最後，莊荷把小球投擲到輪盤上。

「噠咔噠咔噠咔……」

這時，所有的眼睛神色各異地望向她，它們透露著不安、挑戰、焦急、恐懼。有人幸運地找到了座位，其他的賭客則站在他們的後方向前推擠，他們想在莊荷的棍子把賭金掃走之前再看它最後一眼。

最後，小球落在一個格子裡，而莊荷會用他慣用的聲調複誦一些慣用術語，然後宣佈勝出的數字與顏色。

我在第一個賭房裡左側的賭桌上押了我的第一筆賭注，只有少少幾個法郎銀幣。我隨便選了二十五這個數字，然後，自己也待在那兒注視著那顆幸災樂禍的小球，但我感覺到自己的肚子裡升起某種莫名的搔癢，臉上也因此帶著微笑。

小球落到了格子裡，然後：

「二十五！」莊荷宣佈：「紅色，奇數，下半段！」

我贏了！我伸長了手，想去拿那堆倍增的賭金，這時候，一位身材極為高大的先生，厚實的肩膀上頂著一顆小小的頭顱，扁鼻子上掛著一副金框眼鏡，窄額頭，垂在後腦勺上的筆直長髮跟他的山羊鬍和小鬍子一樣金中帶灰，他毫不客氣地把我的手推開，一把拿走我的錢。

我非常難為情地用我那彆腳的法文，想讓他注意到，他弄錯了——噢，是的，他當然是不小心的！

他是個德國人，法文講得比我還要差，但他說起話來就像是一頭獅子般勇猛。他向我開戰，聲稱弄錯的人是我，說錢是他的。

我向四周張望，感到訝異萬分：沒人敢吭聲，連我身旁那個人也是，即使他親眼看見我把僅有的那幾個籌碼放到二十五上面。我望向莊荷們：他們一動也不動、面無表情，彷如雕像。「啊，是嗎？」我低聲說，鎮定地拿起我之前放在賭桌上其餘的法郎銀幣，然後迅速離開。

「這就是所謂輪盤遊戲穩賺不賠的絕招啊，」我想：「我那本小冊子的作者可沒想到這一招。到頭來，這該不會是唯一的一招吧！」

但，不知為了實現何種妙不可言的目的，幸運女神以一種鎮重而令人難忘的方式反駁了我。

我靠向另一個賭桌，那桌玩得很大，我先在那兒待了好一會兒，打量圍在那兒的人。大部分的賭客都身著燕尾服，也有不少的女士，不只一個看起來行跡可疑。我看見一個滿頭金髮、身形矮小的男子，天藍色的大眼珠子裡佈滿血絲，被幾乎呈白色的長睫毛覆蓋著。起初，我覺得他很可疑，他也穿著一套燕尾服，但看得出來他不是很習慣這樣的穿著。我決定觀察他臨場的表現。他下了很大的賭注，輸了，他面不改色，下一盤，又下了很大的賭注。好吧！這人不會對我那一兩個錢出手的。儘管在第一次嘗試時，我碰上了那等敗興之事，我仍然對自己的懷疑感到羞愧。這兒，有這麼多人無懼地拋出大把大把的金幣、銀幣，彷彿那只是一文不值的塵土，而我卻為自己那少的可憐的賭金而擔心害怕？

我也注意到賭客之間有一名年輕男子，他的臉色蒼白如蠟，左眼戴著一片厚重的單眼鏡片，刻意表現出一種昏昏欲睡、漠不關心的模樣；他從褲子的口袋裡掏出金幣，隨手將它們丟在一個數字上，然後，看也不看一眼，一邊揉著他剛剛長出來的小鬍子，一邊等待小球落下。待球落下，他便向身旁的人詢問他是否輸了。

我看見他一直輸錢。

他身旁有一位年約四十的先生，身材纖瘦，氣質極為優雅，但他的脖子過於細長，幾乎沒有下巴，他有一雙充滿活力的黑色小眼睛，一頭烏黑茂密的秀髮往後梳到頭頂上。顯然，他很樂於告訴那年輕人，他又輸錢了。而他自己則偶爾贏一點錢。

我站到一位身材壯碩的先生身旁，他的皮膚如此黝黑，以至於他的眼袋和眼皮看上去像被黑煙燻過一般。他有一頭灰髮，鐵灰色的，但他捲曲的山羊鬍子幾乎還是全黑的。他散發著活力與健康，但象牙小球似乎會給他引發氣喘，每次他都隨著小球的轉動不由自主地、用力地乾咳。賭客們會轉頭望向他，但他很少注意到這一點。一旦他注意到了，他會暫時不咳嗽，帶著一抹緊張的微笑環顧四周，然後又回頭乾咳，小球落到格子裡頭之前，他沒辦法不咳。

看著看著，賭博的熱病也漸漸地感染了我。我頭幾次下注都輸錢。接著，我開始感覺到自己進入一種妙不可言、充滿靈感的迷濛狀態。跟隨著潛意識裡突如其來的靈感，我的一舉一動幾乎可說是機械性、自動化的。每一次，我等待其他人下完注，然後最後一個下注，對！接著，我心中立刻會有股篤定的感覺，我確知自己會贏錢，而我也的確贏了錢。一開始我下注下得不多，然後，慢慢地，我開始加碼，越賭越大，甚至不去計算自己押了多少賭金。那種既清醒又迷醉的狀態在體內增長，即使有幾盤沒贏，那種感覺也未曾減損，因為，我感覺自己幾乎可以預見輸贏，的確，我有時候會對自己說：「看，我會輸掉這一盤，我一定會輸掉這一盤。」我彷彿全身通了電一般。某一刻，我靈光一閃，決定押上所有的賭金，一翻兩瞪眼，而，我贏了。我的耳朵嗡嗡作響，一身冷汗，身體也凍僵了。我感覺其中的一個莊荷在觀察我，彷彿因為我那持續的好運而感到訝異。處在一陣激動之中的我在那個人的眼神裡看見了挑戰，於是，又一次，我把原先的賭金和之後贏來的不加思索地通通押上。我的手自動地移向剛剛押過的數字，三十五。我就要把手收回，但，不，就在那兒，手又定在那兒，彷彿服從著某個人的命令。

我閉上雙眼，臉色想必很蒼白。一陣鴉雀無聲之中，我感覺這盤賭局只為我一個人進行，彷佛所有人都因我那駭人的焦慮而屏息。小球轉啊轉，無止無盡地轉，慢條斯理地轉，那令人難以承受的折磨在那分分秒秒中變本加厲。最後，小球悄然落下。

我原本就預料到，莊荷會一如往常地，用同樣的聲音（而我感覺那聲音來自迢遙的彼方）宣佈道：

「三十五，黑色，奇數，下半段！」

我拿了錢，轉身離開，因為我已經累得像個醉漢。我跌坐在一個長沙發上，整個人精疲力竭。我把頭靠在椅背上，突然感覺到一股難以抵擋的睡意，我得睡一會兒，以恢復精力。就在我將睡未睡的那瞬間，我感覺有股重量壓在身上，一種實質的重量，於是我又立刻驚醒了過來。我贏了多少錢？我睜開眼睛，但眼睛馬上又闔了起來，我頭昏腦脹。那股熱氣，賭場裡的熱氣，令人窒息。什麼！？已經是晚上了？我隱約看見燈一盞盞地亮了起來。所以說，我究竟已經玩了多久了？我慢慢地站起身來，走了出去。

外頭，前廳那裡，天還是亮的。新鮮的空氣讓我又清醒了過來。

許多人在那兒散步，有些人形單影隻、若有所思，其他人則三三兩兩地走在一起，或閒聊，或抽煙。

我觀察所有的人。我人生地不熟，舉手投足仍然很笨拙，我希望自己也能看起來稍微自在些。我研究那些看起來比較從容自得的人，但我萬萬沒料到，嗯，其中有個人突然臉色發白，兩眼發直，不發一語，然後把菸一扔，在同伴的笑聲中倉皇地逃回賭場裡去了。他的同伴們為什麼取笑他？我自己也下意識地微笑了起來，像個二楞子般地張望著。

「這給你，親愛的！」我聽見一個女人略為沙啞的聲音低聲地對我說道。

我回過頭，看見方才曾與我同桌的一位女士正面帶微笑地拿著一朵玫瑰花伸手要給我，她也給自己留了一朵。這是她剛從門廳那兒的花攤買來的。

所以說我看起來像個容易受騙上當的傻瓜嗎？

我突然感到火冒三丈。我拒絕了她的贈禮，也沒有道謝，並且作勢要離她遠一點，但她一邊笑，一邊挽住我的一隻手臂，在其他人面前裝出一副跟我很親近的樣子，然後對我低聲而快速地說了幾句話。她的意思好像是，她不久前見識了我的好運連連，想找我跟她一塊兒下注——她會按照我的指示，為我也為她自己下注。

我極其不屑地把她丟在賭桌那兒，甩開了這一切。

不久之後，我回到賭房，看見她正在跟一位身材矮小、膚色黝黑、留著鬍子的先生談話，他瞇著眼睛，看起來像是個西班牙人。她把之前要給我的玫瑰給了他。從這兩人的某個動作，我明白他們在談論我。我開始心生戒備。

我進到另一間賭房裡，靠向第一個賭桌，但我不打算下注。而不久之後，那男人，身旁已不見那名女子，也來到了這個賭桌，但他裝作一副沒注意到我的樣子。

於是我開始目不轉睛地盯著他，讓他知道我什麼都看在眼裡，也就是說，要耍花招的話，他找錯人了。

但這人，他看起來一點也不像個騙子。我看到他下注，他玩得很大，接連三次輸了大把銀子。他不斷地眨眼，或許是因為費力地想隱瞞內心的澎湃。第三次失手後，他望向我，然後微笑了起來。

我把他丟在那兒，自己回到了另一間賭房，回到方才贏錢的那個賭桌。莊荷已經換班。那名女子還待在同一個位子。我故意站在後頭，不讓她注意到我，我看見她玩得很謹慎，沒有每盤都下注。我向前靠，她原本要下注，看出是我以後，馬上又縮手，顯然，她想等我先下注，然後自己再把錢押在同一個數字上。但她的等待是白費的。當莊荷說：「到此為止！不能再下注了！」我望向她，而她搖動一根手指，開玩笑地做出威脅我的表情。後來的好幾盤我都沒有下注。然後其他賭客豪賭的模樣刺激了我，我感覺先前的靈感又再度燃起，於是，我把她給拋在腦後，再度加入賭局。

是哪種神秘的靈感使我能夠百發百中地命中那變換莫測的數字和顏色？我的靈感僅僅是一種源自於無意識、不可思議的預感嗎？那麼，那一陣陣幾近瘋狂的頑強念頭又該作何解釋？一直到現在，想到這些我還是不禁發顫，畢竟我將所有的一切，或許是整個生命，孤注一擲地放入了那些挑戰命運的賭局中。不，不，在那些時刻裡，我確確實實地感受到一股魔鬼般的力量，因此，我可以擺佈命運女神，馴服她，讓她隨著我的每個突發奇想而翩然起舞。而不只我這麼想，這個想法很快地擴散到其他人身上，到最後，幾乎所有人都跟著我玩起了這個危險的遊戲。我頑強地只押紅色，我已經數不清紅色到底出現了幾次，要是我押零，出來的就是零。最後搞得連那位從褲袋裡隨便掏錢下注的年輕人也突然精神大振、激動不已，而方才那位身材壯碩、皮膚黝黑的先生更是變本加厲地放聲大咳。賭檯周圍的緊張氣氛隨著每一秒愈發高昂，有人焦躁不安地唸唸有詞，有人不時神經質地碎動，空氣裡瀰漫著好不容易才被壓制住、狂燥而駭人的氣息。就連莊荷們也失去了他們慣有的一號表情。

有那麼一盤，我灑下大筆賭金，然後，突然間，我感到一陣天旋地轉。我感覺一股巨大的責任壓在我身上。打從一大早，我幾乎滴水未進，我渾身發顫，長時間的激動情緒使得我整個身子不斷發抖。我已經支撐不下去，那陣發作之後，我收手不玩，搖搖晃晃地離開。我感覺有人抓住我的手臂。是方才那個留著鬍子，身材矮壯的西班牙人。他目光如炬、激動不已，無所不用其極地想留住我。是的，現在是晚上十一點一刻鐘，莊荷們正招呼賭客們加入最後三盤：「我們可以贏得他們片甲不留！」

他夾雜著西班牙文，用一種很彆腳的義大利語跟我說話，真令人啼笑皆非，而已經昏頭昏腦的我也不斷地以義大利語回答他：

「不，不，夠了！我不行了。親愛的先生，讓我走吧。」

最後他放我離開，但他尾隨著我。他跟我一起搭上返回尼斯的火車，堅持要與我共進晚餐，並且要我也住進他下榻的旅館。

那位男子興沖沖地對我表現出一種近乎膽怯的崇拜，彷彿對待一個實現神蹟的人物那樣，一開始，這並不令我感到厭惡。有時，虛榮心作祟之下，人不會排斥他人的吹捧——即使那種吹捧還挺惹人厭的——也難以拒絕可恥低賤的香爐裡頭那令人作噁、臭味刺鼻的灰燼。我彷彿是一位在一場激烈而絕望的戰役中大獲全勝的將軍，但贏得全屬僥倖，贏得莫名其妙。這個糾纏著我的男子使我感到厭煩，隨著這種厭煩的增長，此種感覺愈發清晰，於是，我慢慢地回過神來。

然而，在尼斯下了車之後，我卻怎麼也擺脫不了他，只得跟他一起去吃晚餐。用餐時，他向我坦承是他派那個開朗的年輕女子到賭場前廳那兒找我的，三天以來，他給了她翅膀——紙鈔做的翅膀——讓她至少在物質的層面能夠稍有起色，換句話說，他供應她數百里拉的母金，讓她可以碰碰運氣。而當晚那名女子想必因為跟著我下注而贏了不少錢，因為，後來在出口，便再也找不著她的蹤影了。

「偶能幾麼樣？那個窮女人想必已經找到更好的靠山。偶這麼老了。感恩上帝，這麼快就把她送走了！」

他告訴我他在尼斯已經待了一個星期，每天早上他都會前往蒙地卡羅，而在今晚以前，他的手氣總是背得不得了。他想知道我是怎麼贏錢的。他認為我一定是破解了這個遊戲，或者握有一套不敗的秘訣。

我笑了起來，並告訴他在今天早上之前，我連一張輪盤的圖片也沒見過，我不但不知道怎麼玩，壓根無法想像自己會跑去賭輪盤，更不用說那樣大贏特贏。我自己比他更吃驚，更感到不可置信。

他不相信我的話。於是，他技巧性地改變話題（他深信自己正在跟一個老謀深算的狡詐之徒打交道），他用他那夾雜西班牙語的怪腔怪調，若無其事地向我提出一個條件，就像之前在早上他利用那開朗女子想讓我上鉤一樣。

「抱歉，不必了！」我一面大喊，一面試著用一抹微笑淡化那股厭惡的感覺：「您怎麼可能真的認為那遊戲有規則或秘訣可言？靠的是運氣！我今天很走運，明天可能就不走運了，也可能繼續走運。那樣當然最好！」

「但您，」他問我：「您緊天為什麼不想充分取用您的好運呢？」

「我……取用……」

「嗯，該怎麼說呢？對了，是『利用』！」

「親愛的先生，我有啊，我就帶那麼一點錢來！」

「好的！」他說道：「我幫您。您出運氣，我出錢。」

「那我們說不定會輸！」我微笑地作出結論：「沒有啦……聽著，您要是真的認為我有那麼好運，我到時候在賭桌上就想必會那麼好運。但其餘的一切，就不一定了。這樣好了：我們之間不必締結任何約定，我也無須擔負任何責任，因為我不想負任何的責任，我把我有的那點小錢押在哪裡，您就把您的那一大筆錢押在那裡，就像今天那樣。如果一切順利的話……」

他沒讓我說完就詭異地狂笑了起來，一副不懷好意的樣子，然後說道：

「啊！不，先生，這我不做！今日，對，我這樣做，明日我絕對不如此做！要是您用我的銀子下注，那好！要是您不，那我絕對不如此做！千分感恩！」

我望著他，努力想理解他究竟想說什麼：他的那陣狂笑及那番話裡對我的懷疑無疑是個冒犯。我感到心神不寧，於是要求他解釋。

他停止大笑，但臉上還帶著那陣狂笑漸漸消退的痕跡。

「我說不，我不如此做，」他又重複了一遍：「其他我沒話好說的了！」

我用手重重地拍了桌子一下，然後，改變聲調逼問他：

「門都沒有！您得說，您得解釋您那些話還有您那白痴般的大笑是什麼意思！我不明白！」

隨著我開始把話說清楚，我看見他臉色開始發白，幾乎畏縮了起來；他那副德性，顯然是正要向我道歉的模樣。我惱怒地站起身來，聳了聳肩。

「哼！您和您的懷疑令我感到不齒，那種事我連想都不會想到！」

我給自己結了帳以後，便走了出去。

我曾經認識一個值得尊敬的人，而因為他特出的聰明才智，他甚至值得人們十足的欽佩——但不多不少，就因為一條短褲，我記得那是條淺色的格子短褲，那人堅持要穿一條對他的短腿而言太過於緊貼的褲子——這個敗筆令人怎麼也沒辦法欽佩他。我們的穿著、衣服的剪裁與顏色，會讓他人對我們產生各種奇奇怪怪的想法。

問題是我認為自己穿得還不賴，這使我心裡更不是滋味。沒錯，我穿的不是燕尾服，但我穿著一套正式的黑色西裝，就像人們在葬禮上穿的那種，而且樣式非常體面。況且，同樣是這身穿著，剛剛那個死德國佬把我當傻瓜，若無其事地一把搶走了我的錢，那麼現在怎麼了？為什麼眼前這個人把我當賊看？

「也許是因為我的大鬍子吧，」我一邊走路，一邊尋思：「或者是因為我的頭髮太短……」

我想隨便找家旅館，關起門來看看自己到底贏了多少錢。我感覺自己身上裝滿了錢，到處都塞了些錢，夾克和褲子的口袋裡有一些，還有背心的口袋裡也有；有金幣、銀幣還有紙鈔，我似乎贏了很多，很多！

我聽見兩點整的鐘聲響起。街道空無一人。一輛空車駛來，我上了車。

原本幾乎身無分文的我賺了一萬一千里拉！由於我好一陣子沒見過這麼多錢，起初我感覺這真是一筆鉅款。但後來，想起我許久以前的人生，我感受到一股極大的屈辱。什麼！難不成兩年的圖書館生涯，加上其他所有的不幸遭遇，已經讓我的心變得那麼寒酸了嗎？

我看著床上的那筆錢，心裡又折騰了起來：

「走吧，老實人，任人擺佈的圖書館員，走吧，帶著這堆財寶回家去安撫培斯卡托瑞的遺孀。她會認定這筆錢是你偷來的，並且馬上對你懷有莫大的敬意。要不然，去美國好了，就像你之前決定的，倘使這個獎賞並沒有使你感覺到之前的千辛萬苦都值得。現在，有了這筆錢，你有這個能力了。一萬一千里拉！多大的數目啊！」

我將錢收起來，丟進床頭櫃的抽屜裡，然後躺到床上。但我無法入睡，所以說，我該怎麼辦呢？回到蒙地卡羅，把贏來的這一大筆錢輸光？還是滿足於這筆錢，小心地享用它？但這怎麼可能呢？有著那樣的家庭，我哪可能有興致，有辦法享受？有了這筆錢，我可以讓我太太穿得稍微像樣一些，她早已不再費心取悅我，反倒想盡辦法讓我對她倒胃口，她整天蓬頭垢面，馬甲不穿了，腳踩著拖鞋，衣服也邋遢地拖在地上。也許她認為，根本不值得為我這種丈夫裝扮吧？此外，她之前經歷了生產的險境以後，身體就再也沒能恢復健康。而她的脾氣也一天比一天衝，不只是針對我，對所有人都是。她滿腔怨恨，又缺乏新鮮、真誠的感情生活，心裡滋生了一種意興闌珊的懶散。她甚至連自己的女兒也不疼，因為，大約在她生產的一個月之後，歐莉瓦生下了一個可愛的男嬰，此外，歐莉瓦懷孕跟生產的過程都很順利，可以說是毫不費力便生下了一個健壯的男嬰，相形之下，我們的這個女兒，連同只活了幾天便死去的那個，她們的出生對蘿密爾達而言是一大挫敗。然後，當金錢上的困窘像隻毛皮粗糙的黑貓般蹲坐在壁爐裡已經熄滅的灰燼上時，所有這些惱人的爛事以及隨之而來的爭執便令我們兩人的共同生活變得痛苦難耐。只要一萬一千里拉，我就能讓我的家庭重獲安寧，並且讓那份在出生之時便被培斯卡托瑞的遺孀卑鄙抹煞的愛情重獲新生嗎？這無疑是異想天開！所以說呢？啟程前往美國？但眼前，幸運女神的意思似乎是要我來到在這兒，來到尼斯，來到那家賭博器材用品店，即使我想都沒想過，那麼，我為何要千里迢迢地去尋找好運呢？現在，如果她真的就像表面上這樣青睞我，我必需證明自己配得上她，值得她的青睞。就這樣吧！要嘛贏得一切，要嘛一無所有。最糟的狀況，不過是恢復到從前的處境罷了。一萬一千里拉又算什麼？

於是，隔天我又回到蒙地卡羅。這次，我一連在那兒待了十二天。在幸運女神的青睞之下，我不止運氣非凡，簡直有若神助，甚至無暇感到驚喜——我已經暈頭轉向，甚至可說是進入了一種瘋狂狀態；即使是現在，我都不感到訝異，當時我明確地知道她用哪種方法，以哪種程度，為我安排了哪一個數字。九天下來，我彷彿背水一戰地下注，贏得了一筆為數可觀的賭金——第九天之後，我開始輸錢，情況急轉直下。我那驚人的靈感漸漸消失，彷彿不再能從我那已經枯竭的精力得到滋養。我沒能即時收手，或者說，我收手得不夠早。我之所以會停下來，會突然醒來，不是因為我自己的功勞，而是因為我見證了一個在那個地方似乎並不算少見的慘案。

第十二天的早上，我一踏進賭房，來自盧加諾，為十二這個數字深深著迷的那位紳士，來到我跟前，他一臉驚惶，氣喘吁吁地，以暗示而不是描述的方式，向我宣佈，不久之前在花園裡有個人自殺了。我立刻想到那個西班牙人，並為此深感懊悔。我確信他的確幫我贏了很多錢。我們吵架後隔天，只要我押哪個數字，他就不押那個，於是他便一直輸錢；接下來的幾天裡，看到我一贏再贏，他試圖跟我押同一個數字，但那個時候，我不想要如此：就好像幸運女神親臨現場卻沒有人看得見她，她親自牽著我的手，領著我從一個賭桌來到另一個賭桌。我已經兩天沒有見到他，正好從我開始輸錢那一天開始，而這很有可能是因為他不再跟著我的關係。

來到那人告訴我的地方，我非常確定自己會看見他，看見他奄奄一息地倒在地上。但是我看到的卻是那位面容蒼白，老是昏昏欲睡、漠不關心，並且看也不看，便從褲子的口袋裡掏出金幣隨便下注的年輕人。

在那條大道的中央，他看起來似乎縮小了——他看起來很鎮定，他的雙腳併攏，彷彿他才剛在那兒躺下，以免自己跌倒受傷；他的一隻手臂靠在身側；另一隻有點懸空，手指蜷曲，其中一隻手指，他的食指，彷彿正要扣下扳機，而這隻手附近有一把左輪手槍，稍遠處則有一頂帽子。起初，我以為子彈是從他的左眼射出來的，那裡已逐漸開始凝結的血液大量沿著他的臉流下。但不是，那些血只是被噴到那裡，他的鼻孔和耳朵也都噴出血來，另外，他右邊的太陽穴也噴出大量的鮮血，灑在林蔭大道的黃沙上面，結成了血塊。十幾隻黃蜂嗡嗡地圍繞在他身邊，其中有幾隻停在那隻眼睛旁狼吞虎嚥。儘管圍觀的群眾為數眾多，誰也沒有想到要將牠們驅走。我從口袋裡掏出一條手帕，鋪在他那張已經面目全非的臉上。沒有人感謝我這麼做——我把好戲給毀了。

我逃離了那個地方；我回到尼斯，並在當天立刻啟程。

我身上還有大約八萬兩千里拉。

而今我萬萬想不到的是，那一天晚上在我身上也即將發生一件類似的事。

Chapter

VII

換 車

我心想：

我要把雞籠農場贖回來，退隱到那裡去，在鄉下當個磨坊主人。人最好能親近土地而活，或直接埋到土裡頭，那還更好。

話說回來，各行各業都有令人寬慰之處，就連挖墓這行也不例外。磨坊主人的慰藉就是磨盤那隆隆作響的噪音以及在空氣中四處飛揚並把他搞得灰頭土臉的麵粉。

我很確定，現在磨坊那兒，已經許久都無聲無息了。然而，一旦我重新擁有它：

「馬悌亞先生，研磨的軸出問題了！馬悌亞先生，轉輪壞了！馬悌亞先生，齒輪！」

就像母親那個善良的靈魂還在世，而馬拉尼亞還掌管著一切的時候一樣。

我要是專心打理磨坊，農場工人就會竊取農場的收成，但如果我把注意力放在農場，磨坊工人便會趁機侵佔磨坊的收入。農場工人和磨坊工人輪流作怪，而我就夾在中間『坐享其成』。

我的岳母把弗然切斯可．安透紐．培斯卡托瑞的舊衣服放在一個古董箱子裡頭，並用樟腦和胡椒把那些衣服當成聖物一般的收藏著，最好的方法便是，我去那箱子裡頭找出幾件衣服給瑪莉安娜．棟迪穿，派她去管理磨坊並且負責農場的事務。

鄉下的空氣肯定會對我太太的健康帶來益處。見到她的話，樹木或許會掉下幾片葉子，鳥兒或許會噤聲不歌，但讓我們祈禱，至少那兒的水源不會因此乾涸。而我將繼續當我的圖書館員，一個人、孤孤單單地待在解放的聖瑪利亞圖書館。」

列車向前疾駛之際，我如此尋思著。我無法闔上雙眼，因為一閉上眼睛，那個年輕小伙子橫屍在林蔭大道的畫面便會浮現在我的腦海中——一個清爽的早晨，一群紋風不動的樹木底下，一副嬌小而神情鎮定的軀殼——因此，我不得不用另一個實質上比較沒有那麼血腥的夢魘，也就是我的岳母和我的妻子帶給我的那個夢魘，來安慰自己。我得意地在腦海中想像著我神秘失蹤十三天之後重新返家的那一幕。

哈！真是躍然眼前啊！我很確定自己踏進家門的那一刻，她們倆會刻意裝出極其輕蔑冷淡的模樣。正眼也不瞧我一眼，彷彿在說：

「呦，怎麼又回來了？這不就是當初扭了頭、一走了之的那傢伙嗎？」

她們不吭聲，我也不吭聲。

但要不了多久，培斯卡托瑞寡婦想必會開始破口大罵，責備我怎麼能把自己的飯碗給砸了。

的確，當初我連圖書館的鑰匙也順道帶走了，我失蹤的消息傳開了以後，想必他們在警察的命令之下不得不把門給撞開；而由於他們並沒在那兒找到我的遺體，也沒有從任何地方得到任何與我有關的線索或消息，市政廳的那些傢伙八成決定等個三天、四天、五天或者是一星期，看看我是否會自動歸來，而那之後，他們便把我的職位給了某個無所事事的傢伙。

所以，我回去坐在那裡幹麼？不就是我自己把自己搞得淪落街頭的嗎？那就繼續去流浪啊！兩個可憐的婦道人家沒有義務來照顧一個懶鬼，一個該去坐牢的廢人，一個天知道幹了甚麼好事才這樣一走了之的傢伙……

而我仍然一聲不吭。

在我那惡意的沉默之下，瑪莉安娜·楝迪的怒火會慢慢地升高、增溫、沸騰、爆裂——而我，我仍然一聲也不吭地待在那兒！

然後突然之間，我會從胸口的口袋裡掏出我的皮夾，把我的千元大鈔放在茶几上，進行點鈔的工作——這裡，那裡，到處都是千元大鈔……

這時，瑪莉安娜·楝迪和我太太都會目瞪口呆。

然後：

「——你從哪裡偷來的？」

「……七七，七八，七九，八十，八一……五百，六百，七百……十，二十，二五……口袋裡有八萬一千七百二十五又四十分里拉。」

我會靜靜地把鈔票放回皮夾裡收好，然後站起身來。

「妳們不要我待在這個家裡是嗎？好的，非常感謝妳們！我要走了，再見。」

我一邊笑，一邊在心裡如此想著。

跟我同車的乘客看到我笑，也跟著微微地笑了起來。

因此，為了裝出一副比較正經的模樣，我開始去思考我的那些債權人，我將不得不與他們分享那些鈔票。我不可能把鈔票藏起來。話說回來，鈔票藏起來不就等於沒用嗎？

要是我想要享用那些鈔票，那群狗雜碎肯定不會讓我如願。如果要靠著雞籠農場的磨坊和田產的收入，另一方面又得支付管理費，那可是蠟燭兩頭燒，天曉得他們還要等幾年才能回本。目前這個情況，說不定我可以跟他們達成協議，拿這筆現金來清償債務。於是我在心裡計算了起來：

「一部份的錢給雷奇歐內那隻吸血蒼蠅；一部份要給菲利普・布利西戈，我希望他可以拿那筆錢來當他的棺材本，好讓他不要繼續壓榨窮人！一部份要給那個都靈人，奇金・魯那羅，一部份要給里帕尼的遺孀……還有誰呢？哈！還多得是呢！還有德拉皮亞納，毫西和馬爾戈悌尼……

這樣一來，我贏來的這筆錢就一毛也不剩了！」

搞了半天，我在蒙地卡羅贏得的錢都是為了他們而贏的！都怪後來那兩天輸了那麼多錢！要不然我就可以重新成為有錢人了……有錢人！

這時，我一陣唉聲嘆氣，而我的旅伴們看見我這樣，又笑得更樂了。但我這顆心還是靜不下來。夜晚將至，空氣像灰燼般混濁，旅途的勞頓令人難以忍受。

我在義大利境內的第一個車站買了一份報紙，希望看看報紙能讓我產生睡意。我把報紙攤開，在電燈泡的微光下讀了起來。我很欣慰地得知了瓦朗賽城堡第二次被拿來拍賣，最後以兩百三十萬法郎的價錢賣給了德卡斯特蘭伯爵。城堡周圍的土地有兩千八百公頃，是法國境內最大的一筆地產。

「差不多有雞籠農場那麼大……」

我讀到，德國皇帝中午的時候在波茨坦接見了摩洛哥使者，在場作陪的還有國務卿里希特霍芬男爵。使者後來晉見皇后，並受邀留下來共進早餐，他想必吃得狼吞虎嚥！

而俄羅斯沙皇和皇后也在彼得宮接見了西藏特派的使節團，他們給陛下獻上了來自喇嘛的贈禮。

「來自喇嘛的贈禮？」我閉上眼睛問自己，並陷入一陣沉思：「那會是什麼樣的東西呢？」

大概是助眠的罌粟吧，因為那之後我就睡著了。但想必是劣質的罌粟，因為不久之後火車停靠到另一個車站的晃動又馬上把我給搖醒了。

我看了時鐘一眼，當時是晚上八點一刻鐘。因此，約莫再過一個小時，我便會抵達目的地。

我手中還拿著報紙，我把報紙翻了過來，看看會不會在第二版找到一些比喇嘛的贈禮更好的禮物。這時，我的目光被一個斗大的粗體標題給吸引住了：

自殺

我立刻想到可能是蒙地卡羅的那個青年，於是我匆匆地讀了起來。讀到第一行小字的時，我訝異地停了下來：**米拉紐訊**。

「米拉紐？在我的家鄉會有誰自殺？」

我讀到：

昨日，28日，週六，在磨坊的貯水池中發現一具腐爛多日的屍體……

霎時間，我的視力模糊了起來，我似乎看到下一行文字提到我的農場的名字，而由於字體太小，我用一隻眼睛看得實在很吃力，於是我站起身來，湊到燈邊去看。

……腐爛多日的屍體。該磨坊位於一個人稱『雞籠農場』的地方，距離本市約兩公里遠。司法單位帶人趕到案發現場，已將屍體從貯水池取出，交由相關單位依法進行驗屍及保管。稍晚，證實死者的身份乃是本市的……

我感覺自己的心臟快從喉嚨裡跳了出來，我失魂落魄地望著同車的乘客，所有人都睡著了。

趕到案發現場……從貯水池取出……保管……經過指認，證實死者的身份乃是本市的圖書館管理員……

——我？

趕到案發現場……稍晚……本市的圖書館管理員，已經失蹤多日的馬悌亞．琶斯卡。死者的自殺動機可能與財務困難有關。

——我？……失蹤……指認……馬悌亞．琶斯卡……

我猛力地、用心地把那幾行字重讀了不知道幾次。那消息在第一時間所帶來的猛烈衝擊讓我所有的生命能量奮起抗議，彷彿那簡潔得令人發火的消息在我眼裡也具有某種真實性。但是，就算在我眼裡那不是真的，對其他人而言那可千真萬確；一想到那些人從昨天起就確信我已經死了，我便感覺自己受到了一種難以忍受的欺凌，一種無窮無盡的壓迫……我又看了看同行的乘客，而他們就在我眼前睡得那麼理所當然，讓我不禁想衝過去晃動他們，將他們從那種不舒服和痛苦的睡姿喚醒，對他們大叫道：那件事不是真的！

——這怎麼可能？

我又讀了一次那則令人震驚的消息。

我已經按捺不住。我多希望火車能夠停下來，或高速疾駛，因為火車那種單調、機械性的前進方式，低沉沉悶的噪音，讓我的怒氣一點一滴地飆高。我不斷張開、握緊拳頭，把指甲沉到手掌心裡；我攤開報紙，把它理平，然後又重讀了那篇我早已倒背如流的報導，一個字一個字地重讀。

——什麼指認！他們怎麼可能指認出我？……腐爛多日的屍體……我呸！

有一瞬間，我彷彿看見自己濕淋淋、浮腫變形、面目全非的屍體就這樣漂浮在貯水池那發綠的水上……我感到不寒而慄，並本能地用雙臂環抱住自己的胸口。我用雙手拍打自己，抱緊自己：

——不是我，不是我……會是誰呢？……他想必長得很像我，這點是肯定的……想必他也有蓄鬍，跟我一樣……而且跟我體型相當……所以他們才把他給認成我了！……失蹤多日……這沒錯！但我想知道，我想知道到底是誰這麼急著指認我。那個不幸的傢伙有可能長得那麼像我嗎？他穿得也跟我一樣嗎？一模一樣嗎？八成是她，嗯，也許是她，瑪莉安娜·楝迪，培斯卡托瑞的遺孀：哦！她馬上把我給打撈了起來，馬上指認說那是我！她當然覺得難以置信，這不用說！——是他！是他！我的女婿！噢！可憐的馬悌亞！噢，我可憐的孩子啊！——然後她說不定也會順道掉個幾滴眼淚，並跪在那個沒辦法踹她一腳並對她大吼說「妳給我閃開，我又不認識妳」的可憐蟲的身邊。

我渾身顫抖著。火車再次靠站。我打開車門，衝了下去，心中一片混亂，只想立刻做點什麼，像是發一封急電，否認這個消息之類的。

從車廂一躍而下這個動作拯救了我——這一跳，彷彿把我腦海中那個揮之不去的愚蠢念頭給甩掉了，我靈光乍現……對嘛！這可是我獲得解脫、自由以及一個嶄新人生的大好機會啊！

我身上有八萬兩千里拉，而且我不需要將這些錢交給任何人！因為我死了，我死了呢！我不再有負債，也沒有老婆、沒有岳母——什麼都沒有！我自由了！自由！我自由了！我還能奢望更多嗎？

我懷著這種想法坐在月台的長凳上，神情想必十分詭異。我沒把車廂的門關上。我看見自己周圍聚集了許多人，他們不知道在向我大聲說些什麼；最後，有個人搖晃我的身體，一邊把我向前推，一邊大聲地對我喊道：

「火車要開了！」

「就讓它開走吧！好心的先生，您就讓它開走吧！」我也向他吼了回去：「我要換車！」

此時，我心中升起了另一個疑問，我擔心，那消息該不會已經被更正了；要是米拉紐的那些人已經發現自己搞錯了？要是真正的死者的親屬已經跳出來澄清了這個錯誤？

首先我應該調查出事情的來龍去脈，探聽出確切的詳情，才不會高興得太早。但我該如何取得那些消息呢？

我徒勞無功地在每個口袋裡尋找那份報紙上，我把報紙留在車上了。我轉身望著空蕩蕩的月台，光滑明亮的月台向前蜿蜒，鑽入遠方靜謐的夜空中，一股失落感襲上我心頭，我感覺自己迷失在那個冷清的過境車站當中。此時，另一個更強烈的疑問襲上我心頭：這該不會只是我的一場夢吧？

不是的：

「米拉紐訊。昨天，28日，週六……」

對嘛！那條消息我可是一個字一個字背得滾瓜爛熟。沒什麼好懷疑的！可是，沒錯，這樣還不夠，這還是無法讓我安心。

我環顧整個車站，找到了站名：阿楞加。

我在這個小鎮裡可以買到其他的報紙嗎？我突然想起來，今天是禮拜天。換言之，每逢星期天米拉紐只有一種報紙出刊，也就是今早的佛里耶托小報。不論如何我一定得弄到一份。在那份報紙中，我會找到所有我需要的詳細消息。可是，要如何在阿楞加弄到一份佛里耶托小報？嗯，我得用假名發一封電報給報社的編輯部。我認識報社主任米羅·寇爾奇，在米拉紐大家都管他叫「小雲雀」，自從他年輕的時候以這個親切的筆名出版了他的第一冊也是他唯一的一冊詩集，大家便都這麼喚他。

我從阿楞加發電報給小雲雀，要求得到他所主編的報紙，會不會是個打草驚蛇的舉動？當然，那個星期裡的「發燒新聞」，也就是當天最重要的新聞，想必是我自殺的案子。因此，我發電報給他，會不會因此讓他起疑呢？

「算了吧！」我心想：「小雲雀做夢也不可能會想到我根本沒有溺死。他一定會把有人發電報要報紙一事與今天報紙上的另一則大消息聯想起來。長期以來，他為了自來水管及瓦斯管的案子英勇地與市政府對抗，他絕對會聯想到他所從事的這個『社會運動』。」

我走進了車站大廳。

幸運的是，那個鎮裡唯一的一個馬車伕還在那兒跟鐵路局的員工聊天；從火車站乘馬車到村莊大約需要三刻鐘的時間，一路都是上坡。

我爬上了那台搖搖欲墜，沒有安裝車燈的破舊馬車；馬車啟程駛入一片黑暗當中。

我心中萬念紛飛；三不五時，讀到那則與我息息相關的報導的字句時那種震撼感會在那幽暗渺茫的孤獨感中再度甦醒過來，然後，有那麼一刻，我被一股空虛所佔領，就好像先前看到那空蕩蕩的月台時一般；惶恐的我感覺自己跟人生失去了聯繫，我從自己的人生死裡逃生，孑然一身，等待著死亡後的重生，卻還沒看見能以何種方式重生。

為了分散自己的注意力，我向馬車伕詢問在阿楞加是否有通訊社：

「您在說什麼啊，先生？當然沒有！」

「阿楞加沒人在賣報紙？」
「喔！那倒有！開藥房的葛羅塔內里有在賣。」
「有沒有旅館呢？」
「有一家客棧，帕爾門悌諾開的。」
他從駕駛坐上跳了下馬車以減輕重量，因為那匹年邁的雜種馬已經氣喘吁吁，鼻子都擦到地面了。我幾乎看不見他身在何處。後來，他點燃了煙斗，我才隱約看見他的身影，我心想：「要是他知道自己載的是誰……」
但我立刻反問自己同樣的問題：
「他載的到底是誰？就連我自己都不知道他載的到底是誰了。現在的我，究竟是誰？我得好好思考一下。一個名字，我至少先得給自己取個名字，發電報的時候才可以拿來署名，而到客棧的時候，他們問我名字，我才不會陷入一種尷尬的處境。現在我只須想出個名字。嗯！我叫什麼名字好呢？」
我從來沒有想過，要選出一組姓名會讓我費這麼大的力氣和心思。特別是姓氏！我隨意地拿一些音節來拼湊，拼湊出像是斯特若查尼、琶爾貝塔、馬爾多尼或巴爾突西之類的姓氏，偏偏我聽見這些姓氏便感覺渾身不對勁。在那些姓氏當中，我找不到任何的歸屬感與意義。我這麼說，好像一個人的姓氏非得蘊含某個意義似的……算了！隨便挑一個吧……就挑馬爾多尼好了，有何不可呢？卡羅．馬爾多尼……嗯，就這麼辦好了！但不久之後，我又聳聳肩說：「對！就用卡羅．馬爾特羅……」接著又繼續三心兩意。

我來到鎮上的時候，仍然沒選定一個名字。幸運的是，在那家負責郵政和電報業務，同時是雜貨鋪、文具店、報攤，並兼營其他雜七雜八的業務的藥房裡，並不需要用到姓名。他有進的報紙，我都各買了一份──有熱那亞市發行的卡發洛報與十九世紀報；我問老闆是否也有販賣米拉紐佛里耶托小報。

這個叫做葛羅塔內里的傢伙有張貓頭鷹似的臉，一雙眼睛圓溜溜的，彷彿是玻璃做的，他的眼皮看起來繃得很緊，有時，他彷彿得費極大的勁才能把眼皮闔上。

「佛里耶托小報？沒聽說過。」

「那是一份小型的省報，每週發行，」我向他解釋道：「我想買這份報紙。我說的，當然是今天發刊的那一份。」

「佛里耶托小報？沒聽說過。」他又重複說了一遍。

「好啦！您沒聽說過這份報紙並不重要，我會支付給報社的電匯費用。我想要買個十幾二十份，明天或者愈快愈好。可以嗎？」

他沒有回答，只是兩眼發直，目光空洞地又說一遍：

「佛里耶托小報？……沒聽說過有這份報紙……」最後，他終於下定決心照我的口述發一通電報去訂報，發件地址是他的藥局。

那一天，我徹夜未眠，澎湃洶湧的思緒搞得我心煩意亂，隔天，在帕爾門悌諾的客棧裡，我收到十五份佛里耶托小報。

一有機會獨處，我便馬上開始閱讀那兩份熱那亞發行的報紙，但我沒找到任何相關的消息。翻開佛里耶托小報的時候，我的雙手抖個不停。頭版，什麼都沒有。我在第二和第三版裡頭尋找，馬上看見第三版上方刊登了一則訃文，下頭則用粗體字像這樣印著我的名字：

馬悌亞．琶斯卡

多日以來都沒有他的消息，事發以來，絕望的家屬承受著巨大的驚愕與無可言喻的痛苦，而本市市民也對此深表同情。由於死者生前個性善良、開朗並謙恭有禮。此種渾然天成的好品格使得他能夠以沉著穩重、絲毫不氣餒的態度承受近年來家道中落的厄運。

在他神秘失蹤的第二天，家屬憂心忡忡地來到了博卡馬查圖書館查看。琶斯卡向來盡忠職守，幾乎整天待在那兒研讀經典，豐富其學養。看見圖書館大門深鎖，家屬的心立刻被一股黑暗而不祥的預感所籠罩，這份疑慮持續了數天，然而家屬們仍然懷著一線希望，期盼他僅僅是因為某種不為人知的緣故暫時遠走他鄉。

然而，天不從人願！最壞的事情還是發生了！

在喪失了祖產之後，他經歷了喪母之痛，緊接著又痛失了唯一的一個女兒，我們這位可憐的朋友深受打擊。也因此，大約在三個月前，在某個夜深人靜的晚上，他已經嘗試過一次，就在那座代表著他過去他家族興旺的快樂時光的磨坊那裡，試圖了斷他那悲慘人生而未果。

最大的哀痛……莫過於在落魄時回憶起往日的幸福時光……[1]

在濕淋淋而腐爛變形的屍體前，一位年邁的磨坊工人淚眼盈眶、抽泣哽咽地陳述著這段故事，多年來他忠心耿耿地為他的主人服務。低垂的夜幕散發出一股陰鬱的氣息，兩個皇家憲兵將一盞紅色的油燈擱在地面上的遺體旁。上了年紀的菲利普・布利納（我們在此特別將這位令善良大眾欽佩的好人的姓名公諸於世）老淚縱橫地向我們訴說了這一切。那次，他成功地阻止了這位不幸之人以此種暴力的方式結束自己的生命；但這一次，菲利普・布利納沒

1 出自但丁《神曲・地獄篇》的第五章。

能在場阻止他。當晚加上隔日半天的時間裡，馬悌亞·琶斯卡就這樣躺在那兒，躺在磨坊的貯水池邊。

我們不想詳加描述現場那令人錐心刺骨的情景，尤其是前天傍晚，死者哀痛欲決的未亡人來到她那已經面目全非的丈夫遺體前的那一幕，她心愛的丈夫已經追隨著他的稚女離開了人世。

全鎮的居民莫不同感哀傷，為了表示他們的哀悼之意，他們加入了死者葬禮的行列，而市民代表波密揶也發表了一段簡短而感人肺腑的輓詞。

我們也謹向沈浸於哀傷之情的家屬以及亡者離鄉背井而不在米拉紐的兄長柔貝爾托致以我們最深切的哀悼之意，讓我們帶著撕心之痛對我們親愛的馬悌亞說出最後一次：永別了，摯愛的朋友，永別了！

M. C.

就算沒有這個署名，我也認得出這篇訃文出自「小雲雀」之筆。

但在此，我首先得承認，儘管我早有心裡準備，但真的看見自己的名字被印在黑色的條紋下方，我不但一點也不覺得好玩，心臟的跳動還瞬間加速了起來，在讀了幾行之後，我不得不停止閱讀。我的家人們那「巨大的驚愕與無可言喻的痛苦」並沒有讓我覺得好笑，同胞對我的美德的敬愛，或我盡忠職守的工作態度也是。

我的母親和女兒相繼過世之後，我去了雞籠農場的那個傷痛欲絕的夜晚，被拿來當作我自殺的證據，這也許是最強而有力的證據，一開始，這令我很吃驚，我很意外地發現自己也參與了這個陰謀；悔恨與失落感排山倒海而來。

喂，不是這樣的！我可沒有自殺，儘管在那個夜裡，因為母親和女兒的死，也許有那麼一刻，我曾有過尋短的念頭！沒錯，絕望之餘，我逃了開來，但現在，我從賭場回來了，在那裡，幸運女神以某種神奇的方式眷顧了我，而她還繼續眷顧著我，這一次，另一個人為了我自殺了，絕對是另一個人，想必是個外地人，我竊取了他那些人在遠方的親朋好友的哀悼，並害他——噢！命運女神這玩笑開得可大了！——害他不得不忍受那種不屬於他的、假惺惺的哀悼，他甚至得忍受做作的波密挪騎士的悼詞！

這是我在佛里耶托小報上讀到我的訃告的第一印象。

但後來我又想，那個可憐的傢伙又不是因我而死，而且我就算再度露面，也不能讓他死而復生；我的想法是，我這樣利用他的死，不僅不是欺騙他的親戚，反而是對他們做了一件好事，因為這樣一來，對他們而言，死的人其實是我而不是他，他們反倒可以相信他只是下落不明，可以繼續懷著一線希望，盼望有朝一日可以再次見到他。

還有我的妻子和岳母的反應。我可以相信她們真的為我的死感到傷心，相信她們那「無可言喻的痛苦」以及小雲雀的曠世訃文所描述的那「令人錐心刺骨的情景」嗎？算了吧，他們只要稍微翻開死者的一隻眼睛就可以發現那根本不是我；好吧，就算他的眼睛都沉到水池底去了，一個做太太的要是有心想看清楚，絕不可能把自己的丈夫跟另一個男人搞錯的。

她們很快地趕到現場指認出死者就是我是吧？如今，培斯卡托瑞的遺孀想必巴望著馬拉尼亞會過來助這可憐的寡婦一臂之力？我悽慘自戕一事想必讓他感到震撼，他或許還會感到一絲愧疚也不一定。好吧，這樣一來，不只她們高興，我也很高興！

——死了？溺斃了？立個十字架，宣告結案！

我站起身來，伸展了我的手臂，如釋重負地呼了一口又深又長的氣。

Chapter

VIII

阿德里亞諾・麥斯

我馬上開始著手為自己改頭換面，這麼做倒不是為了欺騙別人，事實上，是他們自己欺騙了自己，他們隨隨便便就認定我死了那種輕率的行為雖然還算情有可原，但也絕對不足稱道。而我這麼做也不過就是將計就計，一方面遵從命運女神的安排，另一方面順便滿足我自己的需求。

至於那個被他們硬說死在磨坊貯水池的可憐傢伙，我也不能幫他美言幾句。在幹了那麼多的蠢事之後，他會淪落到那種下場，也許算是咎由自取。

現在，我只希望自己不僅僅在外表上不要殘留任何有關於他的痕跡，內在也是。

如今我已經孑然一身了，這世上不可能有人比我還要孤單；我被拋在當下，不再被任何的義務與關係所牽絆，我自由自在，煥然一新，是自己絕對的主人；拋開了過去的包袱，未來在我眼前展開，而我可以隨心所欲地打造它。

啊！我彷彿長了一對翅膀！我感覺自己飄飄然的！

如今，我對過往生活點滴的種種感受已不再有存在的理由。我必須找到一種對生命全新的感受，將已故的馬悌亞．琶斯卡那種種不幸的經驗全然地拋在腦後。

一切由我決定——我可以為自己塑造一個新的人生，而我也必須這麼做，遵照著幸運女神的旨意，我當仁不讓。

「而首先，」我對自己說道：「我會珍惜這份自由——我會帶著這份自由迎向嶄新而坦蕩的道路，我絕不會再次穿上沈重的外衣。倘使生命的舞台上發生了任何不近人意的事，我會閉上雙眼，一腳跨過一切的不順遂。我會盡量去找一些人們稱為「沒生命的東西」作為寄託，尋幽訪勝，探尋寧靜優美的處所。我會一點一滴地改造自己，透過愛心和耐心轉化自己，如此一來，到頭來我不僅可以說，我經歷過了兩段人生，我更可以說，我這輩子當過兩個人。」

為了踏出第一步，我在準備從阿楞加再次啟程的幾個小時之前，去了理髮師那兒，請他幫我把鬍子修短一些，其實，我本來想叫他幫我把鬍鬚剃個精光，但我擔心這樣的舉動會讓這個小鎮的人起疑，於是作罷。

那位理髮師也懂裁縫，他已經上了年紀，長期維持著同一個彎腰的姿勢使得他的腰背一帶都腫了起來，一付眼鏡搭在鼻尖上。其實，稱他為裁縫師，絕對比理髮師來得貼切。他手持一把大得讓他得用另一隻手一起扶著的大剪刀，也就是一般羊毛師傅所使用那種剪刀，他像個替天行道的神使一樣，把我的鬍鬚處理得乾乾淨淨。我屏著氣息，緊閉雙眼，直到我感覺身體被人輕輕地搖晃著，我才敢再次睜開眼睛。

只見這位仁兄滿頭大汗地遞了一面鏡子給我，問我是否滿意他的手藝。

我覺得他有點太過於費心了！

「謝謝你，不用了，」我連忙婉拒，並把鏡子放回原位：「我不想嚇他。」

他瞪大了眼睛，然後問道：「嚇誰？」

「我不想嚇到這面鏡子。這可是一面漂亮的鏡子！應該是古董吧……」

那是一面圓鏡，充滿鑲嵌的把手是骨頭雕出來的——天知道它歷史有多悠久，又是哪種因緣際會讓它落入這位「裁縫理髮師」的手上。但最後，為了不要得罪它的主人，因為他繼續目瞪口呆地望著我，我接過鏡子，放到眼睛前。

他的手藝好得驚人！

那短短的一瞥便讓我見到，對馬悌亞·琶斯卡的容貌作出一番必要而徹底的改造之後，冒出了哪種怪物！眼前立刻多了一項痛恨他的理由！多年以來，被他用鬍鬚藏住的那個小得不得了又往後收的尖下巴如今現出原形。現在，我不得不以這個下巴示人，這個丟人現眼的可笑玩意兒！哼，他留給我這什麼鼻子！還有那隻眼睛！

「唉，這隻眼睛……」我心想：「他這隻囂張的眼睛在我的新面孔上仍然揮之不去！我能做的就是盡可能地用一付有色眼鏡好好地遮住它，不用說，戴上眼鏡鐵定會讓我的外型稍微討喜一些。我會開始留頭髮，我這好看的寬額頭，配上有色眼鏡還有一個光溜溜的下巴，到時候看上去一定像個德國哲學家。然後再穿個套裝，配上一頂寬邊帽。」

沒辦法——有這種外型，我看起來就非得是個哲學家不可。好吧，就看著辦吧：我會試著以某種笑看一切的處世態度適度地武裝自己，以遊走在這些可憐的眾生之間，然而，儘管我已經下定決心要努力辦到這一點，我還是忍不住覺得人們實在是有點荒謬和小器。

火車從都靈出發前往阿楞加的幾個小時之內，我幾乎不費吹灰之力便找到了我的新名字。

當時，與我同車的兩位先生正在激烈地討論基督教聖像；由於我對這方面的事一竅不通，在我眼中，這兩個人顯得很有學問。其中，年紀較輕的那位男士臉色蒼白，他的臉上覆蓋著濃密粗糙的黑色大鬍子，他頗為得意地講到，根據聖猶斯定[1]以及特土良[2]和某些不知名的人物的說法，耶穌基督相貌奇醜無比。

他說話時有種低沉厚實的口音，這與他飄逸的氣質形成一種怪異的對比。

「對！沒錯！奇醜無比！真的奇醜無比！而且聖濟利祿[3]也是這麼說的！這一點千真萬確，聖濟利祿甚至宣稱，耶穌基督是有史以來相貌最為醜陋的人。」

另一位旅客是個身形消瘦、相貌憔悴的小老人，他有種苦行僧般的沈靜氣質，但嘴角的細紋透露出一種戲謔，與其說他坐著，不如說他其實是躺著，他的脖子拉得長長的，彷彿被牛軛架住一般，他的看法與另外一位乘客大相逕庭，依照他的看法，人根本無需採信古人的證詞。

「這是因為在最初的幾個世紀裡，教會想要把教義和創教者的精神合而為一，因此，對！就是因為這樣，教會才不是特別重視耶穌的外在形象。」

聊著聊著，他們的話題移到了「維洛尼卡聖帕」[4]以及巴尼亞斯城[5]的兩座雕像上面，相傳兩座雕像所代表的是基督和流血的女人。

「才不是！」大鬍子的年輕人猛然打斷他：「關於這一點，已經沒什麼好爭論的了！那兩座雕像代表的古羅馬皇帝哈德良以及臣服在他腳下的巴尼亞斯城人民。」

小老頭紋風不動地維持他原本的反對立場，另外一位也一邊望向我，一邊鍥而不捨地堅稱道：

「是哈德良！」

「在希臘文裡面，是『貝洛尼克』[6]這個字。後來才從『貝洛尼克』演變為：『維洛尼卡』……」

1 Giustino Martire
2 Tertulliano
3 Cirillo d'Alessandria
4 Veronica
5 Paneade
6 Beronike

他瞥向我說：「是哈德良！」

「或者，『維洛尼卡』可能是『維拉』和『伊孔』連起來唸的諧音……」7

他再次瞥向我說：「是哈德良！」

「因為在皮拉托檔案裡，『貝洛尼克』……」

「是哈德良！」

他就這樣不知重複了『哈德良』這個名字幾次！每講一次，他的眼光便瞥向我一次。

他們兩個人在同一站下車，包廂裡只剩我一個人，我來到車窗邊，望著他們離去的身影，他們一邊走遠，一邊還繼續爭論不休。

突然間，年紀較長的那一位先生失去了耐性而急步離開。

「那是誰說的呀？」年輕的那一位大聲地質問他，他立場堅定，一副挑戰的態度。

而這時，後者轉身向他喊道：

「是卡密羅．德．麥斯說的！」

我感覺，他大聲喊出這個名字也是衝著我喊的，當時，我正喃喃地重複著：阿德里亞諾、阿德里亞諾……。那當下，我立刻決定刪去「德」這個字，只保留「麥斯」。

「阿德里亞諾．麥斯！對啊……阿德里亞諾．麥斯：聽起來真不錯……」

我感覺這名字似乎也跟我這張刮得光溜溜的臉孔，跟我的眼鏡、長髮還有我到時候會穿戴的那種寬邊帽很匹配。

「阿德里亞諾．麥斯，好極了！他們幫我取了名字。」

我跟所有關於過往人生的回憶切割得一乾二淨，一心一意想要立刻展開全新的生活；我感覺全身被某種清新而童稚的喜悅所充滿，整個人輕飄飄的；我感覺自己有如處子，意識澄澈，頭腦警醒，已準備好要善用這一切來創造一個嶄新的自我。獲得了此種前所未有的自由，我的靈魂雀躍不安。我從來沒有以此種方式看待一切，籠罩在人事物之間的迷霧突然散去，一瞬間，我跟它們之間必須建立新的關係，這對我而言顯得既簡單又輕鬆，因為現在的我已經不再有求於它們，對此我竊喜於心。啊！這種輕快的感覺真美妙啊！我陶醉在一種不可言喻的寧靜當中！命運女神解開了我身上的一切羈絆，突然之間，我脫離了凡俗的生活，成了一個置身事外的旁觀者，我看著其他還在苦苦掙扎的人，在內心如此告誡自己：

「等著看吧，身為一個局外人，你將看見常人的所作所為根本是莫名其妙！你看，剛剛那傢

7 vera 意為「真實的」，icon 意為「聖像」。

伙沒事幹嘛大動肝火，聲稱耶穌基是有史以來相貌最醜的人，惹得一個可憐老人不開心……」

我微笑了起來。我開始笑著看待一切，所有的事物都令我微笑；舉例來說，我對田野中的樹木微笑，在如夢似幻的浮光掠影中，它們彷彿正以怪異的姿態向我奔跑而來；我對星羅棋布的村落微笑，我喜歡想像佃農氣呼呼地咒罵著妨礙橄欖樹收成的濃霧的模樣，或他們高舉手臂對不下雨的天空拳頭相向的模樣；我也對鳥兒微笑，牠們被那隻轟隆作響疾駛過鄉間的黑色怪物嚇得一哄而散；我也對那些隨風搖曳的電纜微笑，消息通過它們傳向報社，多虧了它們，我在雞籠農場自殺的消息從米拉紐傳遍四處；我也對修路工人那些可憐的妻子們微笑，她們頭戴丈夫的帽子、挺著大肚子，揮舞著沒打開的信號旗。

然而，突然間，我的目光落到了還緊緊掐住我左手無名指的婚戒。我的身子猛然一震；我用力地閉上雙眼，一隻手掐著另一隻手，試著把那個金色的小圓圈扯下來，想暗中扯下它，為的就是從今以後不用再見到它的蹤影。我想起那是一只可以打開的戒指，裡面刻著兩個名字——馬悌亞&蘿密爾達，和結婚日期。我該如何處理它呢？

我睜開眼睛，有好一會兒都眉頭深鎖，凝視著手掌中的戒指。

我周圍的一切又變得一片黑暗。

這是把我和過往的鎖鏈連接起來的一個環節！這一枚小小的戒指本身沒什麼重量，卻又如此沉重！但既然鎖鏈都已斷裂，那這個環節也可以丟了吧！

我原本想將戒指一把拋向窗外，轉念之間又及時收手。親眼見到了命運之神為我安排那一連串不可思議的偶然與巧合之後，我無法繼續信賴她；事到如今，我不得不相信什麼都有可能發生：比如說，一名農夫碰巧撿到了這枚被扔到田裡的戒指，幾次轉手之後，這枚內側刻有兩個名字及結婚日期的戒指讓一切終於真相大白——溺死在雞籠農場裡貯水池的，並非圖書館員馬悌亞·琶斯卡。

「不行，我可不能這樣隨手一丟，」我心想：「我得把它藏在一個最安全的地方……但藏在哪兒好呢？」

這時火車又再度靠站。我四處張望，心裡立刻有了想法。起初我不太好意思將這個想法付諸行動。我會這麼說，是要說給那些做事講究手段優雅的人聽的，這些人不喜歡深入探究事理，他們不想承認，有時候，人受到某些生理需求的宰制，即使是內心極為哀傷的人也不得不屈服於這些需求。不管是凱撒大帝，還是拿破崙——我這麼說似乎有點缺乏敬意——但就算是世界第一的美人都不例外……現在，夠了。眼前這個場所，一邊寫著「男」，另一邊寫著「女」；我就在那兒埋葬了我的婚戒。

然後，我開始花心思去想像阿德里亞諾·麥斯這個人，幫他構想一個過去，我開始問自己，我的父親是誰？我在哪兒出生的？諸如此類的問題。我這麼做不是為了給自己找個消遣，而是為了賦予我那懸在空中的新生一點實質。我沉著地設想，試圖安排好每一件事，連最瑣碎的細節也不放過。

我是個獨子——嗯，在我看來，這點毋庸置疑。

「不可能有比我還要孤獨的獨子了……才不是！天知道世上有多少跟我處境相同的難兄難弟。他們來到了河邊，脫下帽子和外套，外套的口袋裡還擱著一封遺書，然後，他們把帽子和外套放在橋樑的護欄上；然而，他們並沒有縱身一跳，而是默默地遠走他鄉，遠赴美洲或其他地方。幾天之後，一具面目全非的屍體被打撈了起來——想必就是那個把遺書留在護欄上的傢伙吧。然後就此結案！好吧，我的確沒有留下遺書，沒有隻字片語，更別說什麼外套或帽子的……但我的處境跟這些人沒啥兩樣，唯一的差別是——我可以絲毫不感到歉疚地享受我的自由。是那些人自己要把這份自由送給我的……」

所以，我是個獨生子，就這麼決定了。出生於……也許不要設定一個明確的出生地是比較明智的做法。但要怎麼處理呢？人總不可能出生在雲間，由月娘所接生吧！雖然在圖書館的時候，我曾經讀到過在古代，婦女在分娩的時候會用『魯琪娜』[8]這個名字呼喚月娘，請她幫忙接生。

出生在雲間，這不可行；但，出生在一艘蒸氣船上，這總有可能吧。沒錯，好極了！在旅途中出生。我的父母當時正在旅行……因為我必需出生在一艘蒸氣船上。加油，認真點想！得想出一個合理的原由，說服別人為什麼一個即將臨盆的婦女會搭船旅行……是因為我的父母想要到美洲去嗎？有何不可？有很多人都想到那兒去……馬悌亞．琶斯卡那可憐的傢伙當初也想到那兒去。那麼，就說這一筆八萬兩千里拉的錢是我爸在美洲的時候賺來的？什麼嘛！要是他口袋裡有八萬兩千里拉，他鐵定會讓他老婆在陸地上安安穩穩、舒舒服服地生下兒子再出發吧！而且，這故事也編得太蠢了！如今要一個外來移民要在美洲賺八萬兩千里拉可不再是件容易的事。我的父親……對了，他叫什麼來著？他叫保羅。對，他叫保羅．麥斯。保羅．麥斯，也就是我的父親，就像許多其他人一樣，他的夢想破滅了。他曾打拼了三四年；然後，垂頭喪氣的他從布宜諾賽利斯寫了一封信給我爺爺……

啊，爺爺，我真希望能見到自己的爺爺，一個可愛的小老頭，比方說，就像之前才剛剛下車，對基督教聖像很有研究的那個小老頭。

人的想像力可真是神秘莫測啊！是哪種無可名狀的需要讓我在那一刻把我的父親，保羅．麥斯，想像成一個浪子的？對，就是如此，他給爺爺帶來了很多操煩——他不顧爺爺的反對結了婚，帶著老婆逃到了美洲去。我爸想必也是認為耶穌基督長相醜得很那種人。沒錯，在美洲那兒，耶

8 義大利文裡，「魯琪娜」Lucina 一名乃「月亮」Luna 一詞的暱稱。

穌想必沒給他好臉色看，要不然他也不會一收到爺爺寄來的錢就帶著即將臨盆的妻子搭了船返鄉。

但是，我為什麼一定得出生在旅途當中呢？如果我在我父母返鄉前的幾個月，在美洲、阿根廷出生，那豈不是更好？對嘛！想到了無辜的孫兒，我爺爺也因此心軟了；對，因為我的緣故，而且完全是因為我的緣故，爺爺原諒了他的兒子。就這樣，襁褓中的我橫渡了大西洋，大概是坐三等客艙吧，旅途中我還患了支氣管炎，但最後奇蹟般地活了下來。太精彩了！爺爺總是跟我講這個故事。但我並沒有像一般人那樣抱怨自己為什麼沒有在襁褓中就死去。我沒有這麼做，因為，話說回來，我這一輩子又遭受過幾次痛苦呢？說實在的，也就只有那麼一次——也就是我的好爺爺離開人世的那一次。我是爺爺一手拉拔長大的。我那狂傲不羈；不負責任的父親保羅·麥斯在家鄉待了幾個月以後又再次逃到美洲去，把他的妻子和我丟給了爺爺，後來，他在那裡染了黃熱病而一命嗚呼。在我三歲的時候，母親也撒手人寰，於是我成了孤兒，也因此，我沒有關於我父母的任何記憶，有時我會聽別人提起一些關於他們的零星消息。而且還不只如此！我連自己明確的出生地點都不知道。我是出生在阿根廷沒錯！但在哪兒呢？爺爺也不知道，有可能是因為我的父親從來沒有向他提到過，也有可能是爺爺自己把這件事給忘了，更別說我了，我當然不可能記得。

長話短說：

（一）我是保羅．麥斯的獨子；

（二）出生於美洲的阿根廷，明確地點不詳；

（三）在只有幾個月大（當時還染上了支氣管炎）的時候來到了義大利；

（四）沒有任何關於父母的記憶或消息；

（五）由祖父撫養長大。

我住哪裡呢？有點居無定所。先是在尼斯。混亂的記憶：馬塞納廣場、海濱大道、車站大道……然後，來到了都靈。

沒錯，我現在便啟程到那兒去，我幫自己做了許多打算──我打算為自己挑選一條路、一個房子，我想像，在我十歲以前，祖父把我託付給那個地方的一個家庭照顧；我打算去住在那裡，跟隨著我的想像力，在真實世界裡體驗，或說追尋阿德里亞諾．麥斯童年生活的足跡。

在我漂泊人生的初期裡，藉由這種追尋，我在腦海中構建出一個實際上並不存在，而是從他人和異地的點點滴滴蒐集而來，並慢慢地被我佔為己有、視為己有的人生，這令我感覺到一股奇異而前所未有的喜悅，但喜悅中夾雜著某種憂傷。我把這當成我的工作。我不僅生活在眼前的這一刻，我也生活在過去，生活在阿德里亞諾．麥斯未曾度過的那些年頭裡。

對於我原本所想像出來的那些東西後來沒有多少被保留下來。的確，我們所編造出來的東西或多或少有一些事實的依據；即使是最稀奇古怪的事情，也有可能是真的，甚至，真實人生的胸懷所激盪出來的瘋狂劇情，其匪夷所思及高潮迭起的程度，往往是再豐富的想像力也想不出來的，活生生的事實與我們從中汲取靈感而編造的一切看起來是多麼地不同啊！要靠著我們的想像力編造出一個逼真的東西，需要多少細微的、難以想像而具有實質性的東西！需要多少線條才能把我們所創造出來的東西與人生那錯綜複雜的脈絡重新串連起來，而那些線條也是我們從真實人生修剪而來的！

如今，除了當一個虛構的人物，我還能是什麼？我是個活生生的新發明，而這個新發明落入了真實人生中，話說回來，它既想要，也不得不與真實人生保持一種格格不入的關係。

當我目睹並仔細觀察其他人的生活時，我看見無盡的糾纏，同時也看見自己所剪斷的那些牽絆。而現在，我是否可以把那些剪斷的線與真實的人生再度連結起來？天知道那些線將把我扯向何方？它們該不會在轉眼間便化為脫韁野馬的韁繩，把我剛剛造好的簡陋馬車再次拖向深淵。不行，我只能將那些剪斷的線綁在我的幻想上面。

我尾隨著街道中和花園裡那些五到十歲的男孩，研究他們的一舉一動、他們玩的遊戲，我蒐集他們的表情，就這樣，我一點一滴地拼湊出阿德里亞諾・麥斯的童年。我做得如此地成功，最後，那一切在我的腦海中幾可亂真。

我不願意為自己想像出一個新的媽媽。我感覺自己要是那麼做，是對於我真正的媽媽的一種褻瀆，她的身影還鮮明地徘徊在我哀痛的記憶中。但要我想像出一個祖父倒是沒問題，我之前胡思亂想時想到的祖父，我要把他創造出來。

啊，我在都靈、米蘭、威尼斯、翡冷翠這些地方跟蹤並研究過多少真正的小老頭和老爺爺，才好不容易拼湊出我自己的祖父！我從一個人身上取了骨製的煙盒和紅黑格子的手帕，從另一個身上找到了拐杖，又從第三個人身上取得了眼鏡和落腮鬍；從第四個人身上拿了他走路和擤鼻涕的方式，又從第五個人那裡找到了他說話還有笑的方式；最後，我塑造出一個有點易怒，熱愛藝術，沒有偏見的小老頭，他不希望我受正規教育，寧願透過活潑的談話親自教育我，帶著我走過一個又一個的城鎮，參觀無數的博物館和畫廊。

我們造訪過米蘭、帕多瓦、威尼斯、拉文納、翡冷翠、佩魯賈，我那了不起的祖父總是待在我身邊，形影不離，不止一次，他以一個老年嚮導的口吻向我娓娓道來。

我也想為自己而活，活在當下。三不五時，當我想到我那無邊無際、舉世無雙的自由時，我會突然感覺到自己十分幸福，那感覺是如此的強烈，我感覺自己陶醉在某種恍惚的幸福當中而幾乎不可自拔；那股幸福感隨著又深又長的呼吸進入我的胸膛，令我精神振奮。一個人！一個人！一個人！我是自己的主人！不必考慮任何人的任何想法！也就是說，我高興去哪兒就去哪兒，我想去威尼斯嗎？那就去威尼斯！想去翡冷翠？那就去翡冷翠！這股幸福感隨時隨地都跟隨著我。啊，我還記得，在我初獲新生的頭幾個月裡，有一天，日落時分，我來到都靈的波河岸邊，橋下有一座攔截奔騰的河水的水壩，空氣透著一種迷人的透明感；被陰影所遮蔽的一切彷彿上了一層明亮的釉彩；而我，我凝視著這一切，我為我的自由感到心醉神迷，甚至有點擔心自己會因為無法承受此種快樂而陷入瘋狂。

我已經從頭到腳改造了我的外觀。鬍子已經刮乾淨，我戴著一付天藍色鏡片的眼鏡，留著一頭頗具藝術氣息的蓬亂長髮——看起來完全像是另一個人！有時候，我會站在鏡子前面與自己交談，然後放聲大笑。

「阿德里亞諾．麥斯！一個幸福的傢伙！美中不足的就是這身造型……不過，算了吧，這又有什麼關係呢？一切順利得不得了！要不是因為那個低能兒的這隻眼睛，其實你那帶點狂傲不羈的奇特外型也不算難看。好吧，女人們看到你的樣子還是會忍不住發笑。但基本上這不是你的錯。要不是當初那個傢伙頭髮留得那麼短，現在你也不用把頭髮留得這麼長，而會像個神父般把鬍子刮得幹乾淨淨，當然，那不是你的品味使然。真令人無奈啊！要是有女人笑你……你就跟著她們一塊笑吧，你頂多也只能這樣。」

話說回來，我幾乎也只跟自己、為自己而活。我偶爾會跟旅館老闆、服務生、鄰桌的客人說上幾句話，但從來不是真心想要搭話。與他們相處時的那種顧忌令我意識到自己一點也不喜歡撒謊。話說回來，別人似乎也不太想與我攀談。也許他們看見我這副模樣，便把我當成了外國人吧。我還記得，有一次在威尼斯，一位老船伕無論如何都不肯相信我並非來自德國或奧地利。我的確出生在阿根廷，但我的父母是義大利人。這麼說好了，我真正「異於常人」的地方另有其事，而且全天下只有我自己知道箇中原由——我已經什麼都不是了；除了米拉紐的戶政事務所之外，沒有任何戶政機關登記關於我的紀錄，而那上頭的我是用另一個名字登記的，而且已經死去。

我並不為此感到難過，可是被當成奧地利人，不，我不喜歡被當成奧地利人。我從未用心思索過「祖國」一詞的意義。那時候，我多得是別的東西要思考！現在，無所事事的我養成了一種習慣，我開始思索一些我從來不認為自己可能對它們感興趣的東西。其實，我是在不知不覺中落入這個習慣的，不只一次，我想著想著，想到後來只好惱火地聳聳肩。但當我四處閒逛瀏覽而走累了，也總得找點事來做吧。為了讓我不要被這些惱人而無用的思考所煩擾，有時我會一張接著一張地練習簽寫我的新名字，我試著改變我握筆的方法，用另一種筆法書寫。但後來，我會把紙張給撕了，把筆給扔了。我大可以當個文盲！我要寫信給誰呢？我沒收到，也不可能收到任何人的來信。

往往，想到這裡，還有許多其他的事，我又會被捲入入記憶的洪流裡。這時，家鄉的房子、圖書館、米拉紐的街道和海灘彷彿歷歷在目，而我會禁不住自問：「不知道蘿密爾達現在是不是還穿著守喪的黑衣？也許吧，做給周遭所有人看的。她現在不知道在做些什麼？」然後我會想像起她現在的模樣，就好像從前我在家裡經常看到的那樣；我也會想像培斯卡托瑞的遺孀，她想起我的時候一定沒有一句好話。

「她們兩個不管是誰，」我心想：「想必都一次也沒有去墓園探望過那個可憐的傢伙，而他畢竟也算死法悽慘。天知道他們把我埋到哪兒去了！說不定絲柯拉絲堤卡姑媽不肯像當初辦母親的後事那樣為我花大筆銀子；柔貝爾托就更別說了，想必他是這麼說的：『又沒人叫他這麼做！他大可以靠著圖書管員一天兩里拉的收入過活。』我鐵定像條狗一樣，在窮人的墓園裡長眠……算了，管他的，別再想這種事了！我為那個可憐的男人感到抱歉，他真正的親人也許會稍微重感情一些，也許他們會好好待他。但，即使是他，事到如今，這對他又有何重要性呢？他早就無憂無慮了！」

有一段時間，我繼續四處遊歷。我想要離開義大利的國土；我造訪了萊茵河一帶美不勝收的城鎮，並沿著河搭船到科隆；我在曼海姆、沃爾姆斯、美因茲賓根和科布倫茨等重要的城鎮逗留過。我本來想要繼續往北走，穿過科隆北行，至少去到挪威，不過接著我又想，我得稍微約束一下我的自由。我身上的錢得用一輩子，而照這樣算，這筆錢不算多。這樣子我還可以過個三十年左右。像我這樣沒有任何法律地位，手上沒有任何文件可以證明我實際存在於這個世界上（別的就不說了），這樣的我根本不可能找到任何工作。也就是說，如果我不想讓自己身陷絕境，我得節約花費，量入為出。根據我的估算，我一個月的開銷不能超過兩百里拉——是有點少——但過去兩年裡，我還不是用更少的錢捱了過來，而且當時靠那筆錢過日子的人還不只我一個呢。所以說，我應付得過來的。

其實，我已經有點厭倦自己形單影隻，四處漂泊的寂靜生活。本能上，我開始感覺自己需要有人陪伴。十一月某個悲傷的日子裡，我察覺到了這一點，當時我剛剛從德國回到米蘭。

那時天氣很冷，夜幕漸漸低垂，一副隨時要下雨的樣子。在一盞街燈下，我看見了一個賣火柴的老人，他用背帶斜肩背在胸前的小箱子把他披在肩上的那件破爛斗篷弄得衣不蔽體。他緊握雙拳，抵著下巴，拳頭裡握著一條細繩，一直垂到他的腳邊。我彎下腰一看，在他的破舊靴子之間發現了一隻才出生沒幾天的小狗，牠蜷縮著身體，在寒風中顫抖，並且不斷地嗚咽著。可憐的小傢伙！我問老人他的狗賣不賣。他說，賣呀，而且還願意便宜一點賣給我，儘管那是一條很值錢的狗，這小傢伙將來可是會出落成一條好漂亮、好了不起的狗呢：

「二十五里拉……」

可憐的小狗還是抖個不停，牠的主人給牠估了這麼高的價錢，牠可是完全沒有引以為傲，牠肯定知道，主人之所以開出那個價錢，心裡想的並不是牠未來會出落得多標緻，而是因為他看準了我是個愚蠢的冤大頭。

同一時間，我好整以暇地思考到，買下那條狗，我等於是交到了一個忠誠又有分寸的朋友，牠不用問我到底是誰、從哪裡來，也不需要知道我是否有合法的身份，便可以好好地愛護、守護我，但買下牠，我就得繳一筆稅款，我這個老早就不需要繳稅的人！在我眼中，那是對我的自由的一種侵害，而那當下我差點就要這麼做。

「二十五里拉？那算了！」我對賣火柴的老人如此說道。

我拉低帽子遮住眼睛，天空下起了濛濛細雨，我轉身離開，而那也是我第一次確確實實地感覺到，我那無拘無束的自由雖然很美好，但它，沒錯，它卻也像極了個暴君，它甚至不允許我給自己買一隻小狗。

Chapter

IX

薄霧

我陶醉在旅行的樂趣與全新的自由當中，根本沒注意到新生後的第一個冬季是否嚴寒、多雨或多霧。現在，就好像我先前提到過的那樣，第二個冬季的到來令我感到措手不及，我已厭倦了漂泊的生活，並下定決心要稍微收手。這時我才注意到……是的，起了一點點薄霧，一點點，而且天氣非常寒冷；我意識到，儘管我不希望自己的心情隨著天氣而擺盪，我的心終究還是蒙上了一層薄霧。

「你最好想想辦法，」我在內心自責道：「可別讓你的內心烏雲密佈，你應該要放心地享受你的自由！」

我之前四處遊歷，已經玩夠了：那一年裡，阿德里亞諾·麥斯度過了他無憂無慮的青春時光；現在他必須長大成人，把重心拉回自己身上，養成一種樸素、寧靜的生活方式。啊，這對他而言想必輕而易舉，畢竟他是那麼的自由自在、無拘無束！

我當時是這麼想的；接下來，我開始思考定居在哪個城市對我比較有利，因為假使我想過一種安定的人生，我不能繼續活得像隻無巢的小鳥。但要住哪兒呢？大城市？還是小鄉鎮？我拿不定主意。

我閉上眼睛，思緒帶著我飛回那些我已經造訪過的城鎮；一個接著一個，盡情地回想那些令我記憶猶新的地方，直到那些街道、某個廣場、某個特定的場所躍然眼前，然後，我對自己說：

「是的，我去過那些地方！而如今，我還有多少多采多姿的人生等著我去體驗，三不五時，這種悸動仍然襲上我心頭。然而，有多少次，我也告訴自己：『真希望能在這裡築巢！要是能在這裡生活該有多好！』我好羨慕那些可以依照著自己的習慣默默地在那兒安居樂業的居民，他們不用品嚐懸在旅人心中那種無根浮萍的苦楚。」

這種無根浮萍的苦仍然纏著我不放，讓我無法安心入眠，無法真心喜愛我身邊的點點滴滴。在我們的心中，每一個物品都會隨著它所喚起或凝聚的意象而改變其意義。當然，一個物品也有可能因為它內在的和諧所喚起的愉快感而受到喜愛，但通常，一個物品之所以受到喜愛，大多不是由於它本身。是我們的幻想用耀眼的意象包圍並美化了它。我們並非按照著物品原本的樣貌去感知它，而是經由它在我們心中所激發的種種意象，以及我們透過習慣進而聯想出來的一切去看待它。簡言之，我們所喜愛的，其實是我們加諸在物品上的東西，是我們與它之間所達成的協議，與其之間所建立的和諧，是我們的回憶為那個東西所塑造出的一種精神。

而這一切又怎麼可能發生在我這個客居旅店的人身上呢？

但像我這樣的人，還有可能得到一個家，一個完全屬於我的家嗎？我手邊的錢所剩無幾……要是我買下一棟只有幾個房間，不太起眼的小屋呢？且慢：在真正付諸行動之前，我得先好好觀望一番，並且將許多事情想個清楚。當然，我非常自由，自由得不得了，而我也只能如此，只能拎著我的行李箱，今天住這兒，明天住那兒。一旦我買了房子，在一個地方定居，這下子就得去登記和繳稅了！那他們會拒絕登記我的戶政資料嗎？當然不會！但怎麼個登記法？用假名嗎？天曉得那之後又會如何發展？也許警方會對我展開秘密調查……總之，這會給我惹來麻煩與糾纏不清的煩惱！……不，還是算了吧。我早就預料到自己再也不可能擁有一棟房子或任何私人的物品。我還是去找一間家庭式的旅店，租間有家具的房間。我何必為這種小事而傷神呢？

這要怪冬天，冬天把這些憂鬱的念頭帶到了我的心緒當中。想到即將來臨的聖誕節，任誰都會渴望一個溫暖的角落，一個令人感到安全、溫馨的家。

當然，我原本的那個家沒什麼值得懷念的。我更早以前的那個家，我父母的家，唯一一個教我魂牽夢縈的家，那個家早已衰敗，而使它衰敗的並非我的新生。我其實應該為此感到慶幸，因為我要是人在米拉紐與妻子和岳母一起共度聖誕節——好一個令人不寒而慄的念頭啊！——肯定不會多幾分快樂。

為了重展笑顏，給自己找點樂子，我開始想像自己抱著一個美味的聖誕節乾果麵包，站在家門前的景象。

「……我可以進來嗎？請問馬悌亞・琶斯卡的遺孀，蘿密爾達・培斯卡托瑞，以及培斯卡托瑞的遺孀，瑪莉安娜・棟迪，她們還住在這裡嗎？」

「是的，先生。但您是哪位？」

「我是琶斯卡夫人已故的丈夫，去年溺斃的那位苦命男士。沒錯，我在上級的允許之下，快馬加鞭地從陰間飛奔回來跟陽間的家人一起過節。我停留一會兒就得離開！」

突然又見到我，培斯卡托瑞的寡婦想必會嚇個半死吧？什麼嘛！她的話？算了吧！她肯定會在兩天之內搞得我再死一次。

我的幸運之處——我得如此說服自己——我的幸運之處恰好是這一點：我擺脫了妻子、岳母、債務，擺脫了我的第一個人生所帶給我的種種難堪與痛苦。如今，我已擺脫這一切。難道這還不夠嗎？算了吧，眼前我還有一個大好人生可活。此外……天曉得這世上還有多少人也跟我一樣孑然一身！

「沒錯，但這些人，」那該死的霧還有惡劣的天候搞得我忍不住去想：「這些人要嘛是旅居異地的外地人，想要的話，他們隨時可以回家，要嘛跟你一樣沒有家，但說不定改天他們就會擁有一個家，而且，他們現在也可以去某個好客的朋友家中借住。但你，坦白說吧，你不論走到哪裡，終其一生都會是個異鄉人——這就是你跟他們之間的差別。阿德里亞諾．麥斯啊，你一輩子都會是個異鄉人。」

我愈想愈火大，於是放聲大叫，想藉此打起精神：

「好啊！這樣更省事。沒有朋友又如何？我交幾個朋友不就得了……」

其實，就在那幾天我常去的一間餐廳裡，有位先生，一個鄰桌的客人，他似乎有意願和我交朋友。他年約四十，頭髮微禿，棕髮，戴著一付金框眼鏡，但可能是扣住眼鏡的純金鎖鏈太過沈重，架在他鼻樑上的眼鏡顯得歪歪斜斜的。啊，這位矮小的男士可真討人喜歡啊！他一站起身來，把帽子戴到頭上，看起來馬上變了個人，活像個小男孩似的。他有個缺陷，他的腿短到坐著的時候沒辦法搆到地板，以至於他沒辦法好好地從椅子上站起來，而只能從椅子上跳下來。為了彌補這個缺陷，他腳下蹬著一雙高跟鞋。而這又有何不可？沒錯，那雙高跟鞋太吵了，但那讓他走起路來就像是一隻耀武揚威的小鷦鴣。

他是個好人，而且很機智——或許有點無理取鬧和三心二意——但他頗有自己新穎獨到的見解；此外，他還是個騎士。

他給了我他的名片，上頭寫著：堤托・楞齊騎士。

講到這點，這張名片可令我好生尷尬。當時的我生怕自己在他心目中留下不好的印象，因為我拿不出任何名片跟他交換。那時我還沒有名片，想到要用我的新名字印名片，我心裡仍然有點抗拒。真是的！難道非要有名片不可？口頭告知自己的名字不就好了！？

我當時就是這麼做的；但，事實上，我的真名是……夠了！

楞齊騎士可是個出口成章的人呢！他甚至通曉拉丁文，並隨口就能引用西塞羅的名言。

「意識？我親愛的先生，意識一點用也沒有！人只跟隨意識是不夠的。這麼說好了，假使意識是一個城堡，而不是一個廣場，也就是說，假使我們有辦法把自己視為一個本質上與其他人沒有關係的孤立個體，那麼，也許一個人只要跟隨著意識就夠了。依照我的看法，意識當中存在著一種實質的關係……一種介於有思考能力的自我以及其他被我思考的客體之間那穩固、實質的關係。因此，意識不是一個可以獨立存在的絕對質，明白了吧？當我們與被我思考的那些人在情感、傾向以及品味上無法產生共鳴時，我們不會感到滿足，也不可能感到平靜或喜悅；這一點可是千真萬確。因此，我們每個人都奮力地嘗試在情感、傾向以及品味上與其他的個體產生共鳴。倘使做不到這一點，倘使……親愛的先生，這麼說好了，倘使現在的空氣本身沒辦法運送您思想的種子，並讓它們開花結果，您便不能說一個人光有意識就夠了。光有意識哪裡足夠？有了意識您便可以獨自生活？獨自在陰影中枯萎憔悴？拜託！得了吧！您聽我說，我討厭精雕細琢的詞藻，修辭學根本是個自吹自擂的騙子，是個戴著眼鏡虛偽的女子。沒錯，『我只要有我的意識就足夠了！』，這種趾高氣昂的大話絕對是修辭學打造出來的！沒錯，西塞羅曾說過：『在我的心目中，我的意識比人們說的一切還要有份量。』（Mea mihi conscientia pluris est quam hominum sermo）西塞羅這個人的確辯才無礙，但說句老實話……我親愛的先生，願上帝保佑您免於西塞羅之害，並逃得離他遠遠的！他可是比一個小提琴的初學者還要無趣的人啊！」

我本來想對他親吻致意。然而，雖然我還想見識一下他那犀利艱澀的言論，這位親愛的小男士卻沒有繼續說下去，反而變得有些熱絡；而原先認為可以輕鬆地跟他交個朋友的我立刻感到有點尷尬，我幾乎感覺有股發自內心的力量逼著我跳開一步，退縮回來。只要他自說自話，繼續談論一些無關痛癢的話題，一切就沒有問題；然而眼前，堤托．楞齊騎士卻要求我說點話。

「您不是米蘭人，是吧？」

「我不是……」

「路過這邊？」

「是的……」

「米蘭很漂亮，是吧？」

「對啊，很漂亮……」

我像是一隻訓練有素的鸚鵡。他問我問得愈仔細，我的回答就愈扯愈遠。沒有兩三下，我便提到我待過美洲的事。而這位小男士一聽到我出生在阿根廷，便從椅子一躍而下，熱情地跑過來握住我的手說道：

「啊，親愛的先生，我真為您感到開心！我好羨慕您！啊，美洲……我住過那裡。」

他住過那裡？糟了，我得轉移話題！

「是嗎？」我連忙告訴他：「那應該是我要為您感到開心，您親自去過那裡，而我，儘管我是在那兒出生的，我幾乎可說從來沒在那裡住過，因為我在幾個月大的時候便離開了那兒；我的雙腳其實沒有真正碰過那塊土地呢！」

「真可惜！」堤托・楞齊騎士惋惜地說道：「但想必您在那兒還有親戚，是吧？」

「沒有，一個也沒有……」

「啊！我知道了，您全家一起來到義大利後便定居了下來，是吧？您目前住在哪兒呢？」

我聳了聳肩：

「天知道！」我嘆了口氣，小心翼翼地說道：「一會兒住這兒，一會兒住那兒……我沒有家人……於是四處旅行。」

「真棒！您真是幸運啊！四處旅行……真的一個家人也沒有了嗎？」

「沒有……」

「真棒！您真是幸福啊！我好羨慕您！」

「那您呢?您有家人嗎?」我故意反問他,好把話題從我身上移開。

「唉,很遺憾,我沒有任何家人!」他皺起眉頭嘆了口氣:「我自己一個人,向來都是自己一個人!」

「所以說,跟我一樣囉!」

「但親愛的先生,我感覺人生好無趣,無聊透頂!」這個個子矮小的男士脫口說道:「對我來說,這種孤伶伶的人生……嗯,如今我已經倦了。我有很多朋友,但您得相信我,到了一定的年紀,回到家卻沒有任何人在那兒迎接你,這實在不是件好受的事。唉!先生,有的人明白這一點,有的人不明白。明白這一點的人比那些不明白的人可憐,因為最終他會感到了無生氣,意志消沈。的確,明白這一點的人會說:『我不應該這麼做,不應該那麼做,才不會幹出這件傻事,或那件傻事。』說得好!但有一天,他會發現其實人生無非傻事一樁,所以,您說呢,如果我們說自己沒幹過任何一件傻事,意味著什麼呢?先生,那最起碼意味著,我們白活了一輩子。」

「但您的話,」我試著安慰他道:「幸運的是,您還有時間……」

「還有時間去幹傻事嗎?哎喲,我早就幹過一堆傻事了,真的!」他作了個手勢,滿臉微笑地回答道:「我跟您一樣,已經行遍天下……一次又一次……我經歷過許多奇妙、刺激的驚險遭遇。比如說,有一天晚上,在維也納……」

真令我跌破眼鏡。怎麼可能！豔遇，就憑他？三次、四次、五次，在奧地利、法國、義大利……甚至在俄羅斯？而且可不是什麼平凡的風流韻事！一個比一個更誇張……好吧，舉個例子來說，以下是他和一個已婚女人之間的一段對話：

他：「嗯，親愛的女士，我知道，想到這件事……想到要背叛自己的丈夫，我的天啊！忠貞、誠實與尊嚴……這可是三個很響亮，很有份量，很神聖的字眼。除此之外，還有名譽！又是個了不起的字眼……但，請您相信我，說是一回事，做起來便是另一回事了——其實做這件事只需要花掉您一點點的時間！您可以去問問您那些曾經『冒險』過的姊妹淘。」

已婚女人：「問過了，而她們事後全都有種『不過如此』的感覺！」

他：「我雖然不同意，但想必如此！之所以會如此，是因為她們都因為方才我所提到的那些偉大的字眼而裹足不前，一年、半年，她們浪費了太多時間才下定決心。她們之所以感到『不過如此』，正是因為事前過度的幻想與事情本身之間有著明顯的落差。所以說，親愛的女士啊，人應該要立刻下定決心！我自己是這麼認為的，而我也說到做到。事情便是這麼簡單！」

只要看他那個樣子，只要看著他那矮小、可笑的模樣，一個人不需要任何進一步的證據，便能知道這一切都是他憑空捏造的。

訝異之餘，我也為他深深地感到羞愧，他沒有意識到他滿口謊言的模樣在別人眼中有多麼的不堪；我看著他面不改色，大言不慚的模樣，覺得其實他根本有沒必要這麼做；而我，不得不說謊的我，我說謊說得那麼辛苦，說得我，每一次，都感覺靈魂被撕裂。

我感到又洩氣又憤怒。我好想抓住他的手臂，對他大吼：

「抱歉，騎士先生，為什麼？您為什麼要說謊呢？」

然而，儘管我的洩氣與憤怒都算合情合理，但仔細一想，我意識到再怎麼說那都是一個愚蠢的問題。的確，眼前這個小男士之所以發了狂似地想讓我相信他的那些風流情史，正是因為他根本沒有撒謊的必要；而我……我卻身不由己。總而言之，撒謊對他而言很可能是某種消遣，幾乎可以說他有權這麼做，對我而言卻完全不是這麼回事，扯謊是我揮之不去的義務，是我的刑責。

這番左思右想之後的結論是？唉……我的處境讓我注定要說謊，如今我再也不可能交到朋友，一個知心的朋友。所以，我不會有個家，也不可能有朋友……友誼意味著交心，而我怎麼能跟任何人吐露我生命中那個讓我沒了名字、沒了過去的秘密，告訴他隨著馬悌亞．琶斯卡的自殺，有個傢伙像一株蘑菇一樣地冒了出來？我只配擁有幾個泛泛之交，只能偶爾跟那些與我同病相憐的人瞎扯兩三句無關緊要的廢話。

好吧，這些是我大幸中的不幸。我得耐住性子！我怎麼能因此灰心喪志呢？

「我今後就這樣孑然一身，自生自滅，就像目前這樣！」

沒錯，但關於這點，坦白說，我擔心長久的孤寂會搞得我鬱鬱寡歡，了無生意。此外，當我觸摸到自己光滑的臉，當我用手滑過我的一頭長髮，或當我扶正鼻樑上的眼鏡，我都會有股奇異的感覺——我感覺自己幾乎不再是自己，感覺我所觸碰到的不是我本人。

平心而論，我會把自己裝扮成那副德性都是為了別人，而不是為了我自己。而現在，形單影隻的我難道非得搞成這樣，戴著一副假面具嗎？如果我所想像出來關於阿德里亞諾．麥斯的一切不是為了別人，那是為了誰呢？為了我自己嗎？但我，要我相信這個假面具的話，先決條件是別人得先相信他的存在。

好吧，如果這個阿德里亞諾．麥斯沒有勇氣說謊，沒有勇氣在人生中闖蕩，而厭倦了在悲傷的冬日裡在米蘭的街頭形單影隻的他只是離群索居、把自己關在旅館裡跟已故的馬悌亞．琶斯卡作伴，那麼，我已經可以預見到自己的命運會開始急轉直下，換句話說，我接下來的人生肯定不會太好玩，而我當初那份好運氣也會……

但或許，這才是事實：突然得到了那種無拘無束的自由，一時之間要我邁向新生，顯得有點困難。就在我正要下定決心的前一刻，我感覺自己被什麼牽絆住了，彷彿有許多阻礙、陰影和重重的困難橫在眼前。

於是，我再度來到外頭的街道上，我觀察著一切，每件小事都不放過，我仔細地思索每件微不足道的小事；想累了以後，我便走進一間咖啡廳裡，看看報紙，望著進進出出的人群；最後，我也走出咖啡廳。但人生這東西，作為一個事不關己的旁觀者，對這樣的我而言，如今人生看起來已經毫無意義，漫無目標；我感覺自己迷失在那熙攘的人群裡。同一時間，這個城市的喧嚷吵雜不斷地在我腦海裡轟隆作響。

「唉，這些人類，」我氣沖沖地問自己：「人類為什麼要費盡千辛萬苦把生活的設備搞得這麼複雜呢？為什麼要發明那些令人眼花撩亂的機器呢？假使有朝一日，一切都由機器代勞，到時候人要做些什麼呢？到時候，人類是不是便會意識到他們所謂的進步根本與幸福扯不上一點關係呢？許多人天真地相信，科學所發明的那所有一切可以讓全人類更加富足——其實，那些東西只使人變得更加貧困，因為它們實在太昂貴了——但即使我們對那些新發明讚嘆不已，最終，它們又能為我們帶來幾分真正的喜悅呢？」

前一天，在一輛電車上，我遇到了個可憐的傢伙，彷彿任何東西飄過他的腦海，他都非得向別人全盤說出似的。

「好一個偉大的發明啊！」他對我說：「只要花上兩塊錢，在短短的幾分鐘之間，我就能繞過半個米蘭市。」

那個可憐的傢伙，他只看到那兩塊錢，卻沒有看清他微薄的薪資一下就花光了，甚至不夠他傻呼呼地負擔那充斥著電車、電燈等玩意兒的喧鬧生活。

但，我心想，科學這東西讓人們誤以為有了它生活會變得比較簡單便利！但，就算那些讓人傷腦筋的複雜機器真的能讓生活變得更簡單，我也想問：「假使人生來原本就注定要從事一些浪費力氣的活動，把這些活動搞得比較簡單，搞得幾乎要到自動化的程度，這麼做豈不是給人們幫了個倒忙？」

我回到旅館。

走廊中的一個窗台邊掛著一只籠子，裡頭有隻金絲雀。由於我不能與其他人對談，又不知該做些什麼，於是我向他，向那隻金絲雀，說了起話來。我用嘴唇發出他所唱出的歌曲，而他以為真的有人在對他說話，他聆聽我的啁啾鳴囀，或許從中聽出了一些與鳥巢、樹葉或重獲自由等事情有關的珍貴消息……他在籠子裡動來動去，他轉動身體、跳上跳下，不時看向旁邊，搖一搖他那嬌小的頭顱，然後回答我，還給我問問題，然後繼續聆聽。可憐的小鳥！是的，他讓我感到於心不忍，而我呢？我根本不知道自己對他說了些什麼……

而，仔細想想，類似的事情不也發生在我們人類身上嗎？我們不也以為天地有情嗎？我們不也感覺自己在大自然那神秘的耳語裡領略出某種含意？我們難道沒有跟隨著我們的欲望，從中聽出了她針對我們所提出的那些惶惑焦慮的問題所給予的回覆?而與此同時,浩瀚無邊的大自然也許壓根也沒感覺到我們這些渺小的人類,以及我們那些一廂情願的幻想。

哈!你們看看,無所事事的人所開的一個玩笑可以讓一個注定孤單的可憐蟲落到怎麼樣的田地!我差點朝自己打起耳光來。所以說,我當真要變成一個哲學家了?

不,不,算了吧,我的所作所為根本不合邏輯。這樣子下去,我將無法持之以恆。我必須克服任何有所保留的態度,無論如何,我得下定決心。

總之,我,我得活下去!活下去!活下去!

Chapter

X

聖水盆與煙灰缸

幾天後，我來到了羅馬，想定居於此。

為什麼選在羅馬而不是其他的地方呢？經歷過先前所發生的那一切之後，如今我才明白了箇中緣由，但我不會把理由說出來，因為，目前還不是提出那些見解的恰當時機，那會干擾我的敘述。我當時之所以選擇了羅馬，首先是因為我喜歡羅馬更甚於任何其他的城市，也因為羅馬這個城市裡本來就住著許多像我一樣的外地人，多收留我一個不會有什麼差別。

選房子這件事——在某條靜謐的路上，某個有分寸的人家裡，找到一個可以落腳的小房間——這件事費了我好一番功夫。最後，我在里佩塔路找到了一間可以眺望河流的房間。坦白講，我對那個願意收留我的人家第一印象不怎麼好，以至於回到旅館之後，我困惑了好一陣子，猶豫著是否要繼續尋找其他的房子。

那戶人家位於五樓，大門上掛著兩塊門牌：一塊寫著琶雷阿里，另一塊寫著琶皮阿諾；後者下方有張名片，是用兩根黃銅製的圖釘釘在門上的，上面寫著：席爾維婭・卡波拉雷。

來給我開門的是一個年約六十的老頭（不知道是琶雷阿里還是琶皮阿諾？）他身穿棉布內衣褲，兩隻沒穿襪子的腳套在一雙看起來很耐穿的拖鞋裡，打著赤膊的胸口紅紅的、肉肉的，連一根胸毛也沒有，兩手沾滿肥皂沫，滿頭閃閃發光的泡沫像條纏頭巾似的。

「噢，對不起！」他驚呼道：「我還以為是女傭……才這副德性出來應門，請您多包涵……阿德里亞娜！特任丘！快過來！這裡有一位先生……抱歉，請稍等一下；請進，您……有何貴幹？」

「這裡是不是有一間附家具的房間要出租？」

「是的，先生。我女兒這就過來，您跟她談吧。阿德里亞娜，快過來，有人要租房間！」

一位身材很嬌小的女孩倉皇地來到我面前，她留著一頭金髮，臉色很蒼白，淡藍色的眼眸和整張臉都散發著一種甜美憂傷的氣質。阿德里亞娜，和我一樣的名字！「哦，看啊！」我心想：「這是上天的安排！」

「特任丘跑哪兒去了呢？」包裹著泡沫纏頭巾的男人問道。

「天啊，爸爸，你明明就知道，他昨天去了拿波里。你進去裡面啦！你這副德性要是被人撞見……」羞赧的女孩如此回答道，即使帶著幾分怒意，她那輕柔的聲音仍然透露出她溫順的本性。

老人一邊走開，一邊重複說道：「對喔！對喔！」他穿著拖鞋拖著腳步，一邊繼續給自己光禿的頭顱和灰白的鬍子上肥皂。

我忍不住微笑起來，帶著善意，以免那女孩感到更難為情。她瞇起眼睛，彷彿不想看見我的笑容。

起初，我以為她還是個小女孩；但更仔細地觀察過她的臉部表情之後，我意識到她其實是個成年女子，因此不得不穿上那件根本和她嬌小的身軀不相稱，礙手礙腳的睡袍。那是服半喪的裝束。

她一邊輕聲地說話，一邊迴避我的目光（天知道她對我的第一印象如何？），她領著我穿過一條黑暗的長廊，來到了出租的房間。房門一打開，空氣和天光從兩扇俯瞰河流的大窗戶流瀉到房裡，我感覺自己的胸臆頓時開闊了起來。從房間可以眺望遠方的馬里歐山、瑪格麗塔橋以及直至聖天使城堡的整個普拉蒂新城區；也可以俯瞰里佩塔舊橋和蓋在旁邊的里佩塔新橋；稍遠處則有翁貝爾托橋和托爾迪諾納區那些沿著寬廣的河灣所興建的老房子；在這一面還可以隱約看見吉安尼可洛區的蒼翠高地、蒙托里奧的聖伯多祿教堂的大噴泉以及加里巴爾迪的騎馬雕像。

我看上了這種遼闊的視野，便把房間租了下來，此外，房間也用白色與天藍色的淺色壁紙佈置得十分質樸優雅。

「隔壁的這個陽台，」穿著睡袍的女子特地告訴我：「也是我們的，至少目前還是。將來會被拆掉，有人說它太突出了。」

「太……什麼？」

「太突出了，這樣說不對嗎？但還需要一陣子臺伯河環河道路才會蓋好。」

看著她那身打扮，又聽見她輕聲細語，一本正經地娓娓道來，我不禁笑著說道：

「哦，是嗎？」

她生氣了。她目光低垂，牙齒緊咬著下唇。因此，為了討她開心，我改用嚴肅的語氣說道：

「抱歉，小姐，這房子裡沒有住小男孩，是吧？」

她沒有說話，只是搖了搖頭。也許她還是在我的問題裡聽出了一點諷刺的味道吧，即使我無意語帶諷刺。我提到的是小男孩，而不是小女孩。我趕緊設法彌補這個口誤。

「對了，小姐，你們還有別的房間要出租，是吧？」

「這是最好的一間，」她沒有看向我，如此回答道：「如果您不中意的話……」

「不，不是的……我只是想問問看……」

「我們還有另外一間要租，」然後她裝作一副不在乎的模樣，眼睛往上看：「在前面那邊……面向馬路的那一邊。那個房間已經租給一位年輕的小姐了，她已經住了兩年了，她是教鋼琴的……但不是在家裡教。」

她提到這些事情的時候帶著一抹淺淺的，憂傷的笑容。然後她補充道：

「我們家只有我、爸爸，還有我姊夫……」

「是琶雷阿里先生嗎?」

「不是,琶雷阿里是我爸爸的姓,我姊夫叫做特任丘.琶皮阿諾。他跟他的弟弟都住在我們這裡,但現在他有事不在家。我姊姊過世了……已經六個月了。」

為了改變話題,我問她我得付多少租金;我們馬上達成協議;我還問她是否要付訂金。

「看您方便,」她回答道:「不過您最好留下姓名……」

我摸了摸自己的胸口,緊張地微笑了起來,說道:

「我沒有……我身上連張名片也沒有……我叫做阿德里亞諾,是的,沒錯,我剛剛也聽見小姐的名字是阿德里亞娜。也許這會令您感到不悅……」

「不會啊!怎麼會呢?」她如此說道,她顯然注意到了我那尷尬的怪樣,這次,她像個真正的小女孩一般的笑了起來。

我也笑了,並接口道:

「所以,請多包涵,我叫做阿德里亞諾.麥斯——這就是我的全名!我今晚就可以住進來嗎?還是我明天早再搬進來比較方便……」

她回答道:「您方便就好」可是我卻隱約覺得,似乎我不回來,她反而會比較開心。都怪我剛剛沒有對她那身打扮表現出適度的尊重。

然而，幾天後，我便看了出來，或說清楚地感受到，儘管那可憐的女孩巴不得把那套睡袍給脫掉，但她最好還是繼續穿著它。整個家族的重擔都壓在她的肩膀上，而要不是她，一切就更慘了！

她的父親，安瑟爾莫．琵雷阿里，這老頭不只頂著泡沫頭巾來給我應門，他的腦袋裡想必也裝滿了肥皂沫。按照他自己的說法，我搬到他家的那一天，他之所以出來迎接我，並不是因為他想為我們初次見面時他那不得體的穿著致歉，而是想要好好地認識我，因為我舉手投足看起來像是個學者或藝術家，或許如此：

「難不成我弄錯了嗎？」

「您的確弄錯了。藝術家……門都沒有！學者……馬馬虎虎算是吧……我還蠻喜歡閱讀的。」

「哦，您這兒可有不少好書呢！」他看著我已經放在書桌架子上的那幾本書如此說道：「那改天我再請您來參觀我的藏書好嗎？我也有不少好書呢！唉！」

他聳了聳肩，然後就杵在那兒，兩眼無神，一副心不在焉的模樣，他顯然什麼都想不起來了，想不起自己身在何處，或與誰同在；然後他又重複了兩次：「唉！……唉！」，接著他嘴角向下一撇，然後便扭頭離開，連聲再見也沒說。

當時，我覺得納悶，但後來，當他按照他的承諾，帶我到他的房間參觀他的藏書以後，我不只明白了他為什麼會心神渙散，同時也知道了其他許許多多事情。那些書籍的標題大致如下：《死亡與幽冥》、《人和人的軀體》、《人類七原則》、《業報》、《神智學之鑰》、《神智學入門》、《神秘的修煉》、《星芒世界》如此等等。

安瑟爾莫．琶雷阿里先生是神智學院的一員。

他曾經是某個政府機關的科長卻被迫提前退休，這件事使他陷入困境，而且不僅僅是在經濟方面。如今他不用上班，並且有的是時間，於是他便耽溺在他那些光怪陸離的研究以及天方夜譚的幻想當中，變本加厲地與物質生活完全脫節。那些書籍最起碼花掉了他一半的退休金。他已經有一個屬於自己的小型圖書館。然而，神智學想必沒有完全滿足他。批判與懷疑想必像隻蟲子般地啃蝕著他的腦袋，因為，除了那些關於神智學的書籍以外，他也有一套散文以及關於古今哲學的豐富收藏，還有一些與科學研究有關的藏書。近來他更致力於通靈實驗。

他在他們家的房客，鋼琴老師席爾維婭．卡波拉雷小姐身上發現了一種非比尋常的通靈能力，事實上她那方面的力量尚未獲得開發，但若加以訓練，她的通靈能力想必會突飛猛進，假以時日就連那些最著名的靈媒都將望塵莫及。

就我而言，我只能說我從來沒有見過比席爾維婭・卡波拉雷小姐的那張臉更粗俗醜陋，更像是狂歡節那種面目猙獰的面具的臉了，而她的雙眼更是盛滿了傷痛。那雙橢圓形的眼睛暗沈沈的，而且神色激烈，活像是那種後頭裝有平衡重量用的鉛錘、可以自動張閉的玩偶眼睛。席爾維婭・卡波拉雷小姐已經年過四十，此外，那隻酒糟鼻下還長了不少鬍髭。

我後來才得知，這個可憐的女人因為情場失意而悲憤不已，甚至還為此酗酒；她知道自己貌不如人，而且已經人老珠黃，絕望之餘只能借酒澆愁。某些晚上她在家裡把自己喝得爛醉如泥，喝到帽子反著帶，酒糟鼻紅得像根胡蘿蔔，而她那半睜半閉的雙眼看起來比以往任何時候都還要傷痛欲決。

她猛然仆倒在床上，霎時間，她所喝下的那些酒似乎化為無盡的潸潸淚水。這時候那位穿著睡袍、楚楚可憐的小媽媽便得守護她，安慰她，直到三更半夜——這個小媽媽十分同情她，而那份憐憫之情戰勝了反感——她看見這個女人舉目無親又極為不幸，憤怒已侵入她的身體，並使她痛恨生命，兩度輕生未遂；這位小媽媽循循善誘，要她保證自己以後會乖乖的，不再做傻事；而隔天她也確實搖身一變，打扮得很俗麗，舉手投足像隻小猴子一樣，突然變得像孩子一般天真任性。

她偶爾在一些咖啡廳幫某些剛出道的女演員伴奏，她所賺來的幾個里拉，不是用來買酒，就是拿來打扮自己，而不是拿來支付房租或者是飯錢。但又不能將她掃地出門。否則的話，安瑟爾莫·琶雷阿里先生的那些通靈實驗要找誰來做呢？

但其實還有其他不為人知的原因。兩年前卡波拉雷小姐在母親過世後便搬離老家住進了琶雷阿里家，特任丘·琶皮阿諾建議她將變賣家具所賺得的六千里拉拿去做一項保證賺錢的投資——那六千里拉卻從此一去不回。

卡波拉雷小姐本人一把鼻涕一把眼淚地告訴了我這件事以後，我才稍微有辦法諒解安瑟爾莫·琶雷阿里先生的做法，諒解他選擇讓自己的女兒與那個陰陽怪氣的女人朝夕相處的瘋狂行徑。

其實我根本毋需為小阿德里亞娜感到擔心，她的本性是那麼的善良，心智再正常不過了——事實上，她在內心深處對她父親所做的那些裝神弄鬼的實驗以及他利用卡波拉雷小姐來通靈的做法十分反感。

小阿德里亞娜是個虔誠的女孩。我搬來的頭幾天便發現了這一點。我床邊的矮桌上方的牆壁掛著一個天藍色玻璃做的聖水盆。當時我叼著一根點著的香煙躺在床上，正在閱讀琶雷阿里的一本書；心不在焉的我順手把煙蒂丟到了聖水盆裡。然後，第二天早上，煙蒂就不見了。相反地，床邊的矮桌上則多了一個煙灰缸。我特意去問是不是她把聖水盆移走的；而她則是紅著臉答道：

「真抱歉，我以為您需要的是一個煙灰缸。」

「那個聖水盆裡真的有聖水嗎？」

「有啊。我們家對面就是聖洛可教堂……」

接著她便走開了。看來這個小媽媽希望我也變得聖潔，否則她也不會在我的聖水盆裡盛了聖水，當然，她也幫自己盛了聖水。她的父親想必用不到聖水。至於卡波拉雷小姐，她的聖水盆裡就算有裝東西，裝的也絕對是聖酒，而非聖水。

由於許久以來我一直處在一種懸浮狀態，某種奇異的空虛佔據了我的感知，現在，一丁點的小事都能讓我陷入漫長的思考。聖水盆的事件讓我想到自己從小就未曾好好遵循宗教禮儀。奉母親之命，鉗子大叔曾帶著貝爾托和我上教堂，但他離開以後，我便再也沒踏進過教堂一步，去那裡祈禱或做些什麼。我從來沒感覺過有必要問自己是否有一個真正的信仰。而馬悌亞．琶斯卡已在沒有宗教慰藉的狀態下悲慘地死去。

我赫然發現自己處在某種似是而非的狀態中。對於所有那些認識我的人而言——不管這樣是好是壞——我已經擺脫了活著的人所能面臨的、最揮之不去的惱人念頭——那個關於死亡的念頭。天知道在米拉紐有多少人會說道：

「這個走運的傢伙，他解脫了！不論如何，他的問題已經解決了。」

但其實，我根本沒解決任何問題。現在，我手裡捧著安瑟爾莫·琵雷阿里的書，而我在這些書裡讀到，死人，真正的死人處在一種跟我相同的狀態中，這些人，特別是自殺身亡的人，待在慾界層層的「殼」裡，而《星芒世界》一書（依照神智學的觀點，星芒世界乃肉眼不可見的世界的第一層）的作者利德彼特先生將這些人描繪為「受到各種人類慾望所刺激，卻無法滿足任何慾望的人」因為他們已經不再具有肉體，儘管他們並不知道。

「天啊，」我心想：「我差一點就信以為真，以為其實我已經溺死在雞籠農場，而只是誤以為自己還活著而已。」

某些瘋狂的想法具有傳染性，此乃眾所皆知之事。儘管一開始我曾加以抵抗，最後我還是感染了琵雷阿里的瘋狂。這並不是說我真的以為自己已經死了——其實，要是真的死了，也不算什麼慘事，因為只有死亡的過程比較難熬，一旦死了以後，便一了百了，我可不認為有任何死人會傻到想要死而復生。我只是突然意識到，我還得死一次——這才悲慘！之前，我哪還記得這一點？雞籠農場自殺事件發生之後，我當然只看得見在我眼前展開的新生。而現在：安瑟爾莫·琵雷阿里先生不斷把死亡的陰影擱到我眼前。

這個好傢伙嘴裡吐不出別的！但他滿腔熱情地談論著這個話題，講到激動的時候，便會爆出某些不尋常的意象和詞語，而聽著聽著，想要一走了之逃到別的地方去住的願望都會瞬間煙消雲散。除此之外，儘管在我眼中，琵雷阿里先生的信仰和教條看起來是那麼的幼稚，卻叫人聽了很放心；因為，不幸的是，我早晚會真正死去的這個念頭已經佔據了我的心房，聽到他滿口死亡經，我感覺還不錯。

有一天他唸了斐諾的一本書裡的一段文字給我聽，然後問我：「這算是哪種道理？」，那段話背後的哲學觀點是如此的陰森恐怖，活像是個染有嗎啡毒癮的挖墓人所作的夢，這本書探討人體分解後所滋生的蛆蟲的一生。「這算是哪種道理？物質，沒錯，我們就假設所有的一切都是物質好了。但也存在著不同形式、種類與特質的物質吧！有石頭，也有不可捉摸的乙太呀！就拿我自己的身體來說好了，有指甲、牙齒、毛髮，甚至還有細緻的眼部組織。沒錯，先生，誰說你們不對了？我們稱為靈魂的那個東西也許也是物質，但你們願不願意向我承認，那跟指甲、牙齒或毛髮不是同一種物質；靈魂想必跟乙太或其他東西一樣，都是物質。乙太可以被假設為一種物質，靈魂卻不能嗎？這算是哪種邏輯？沒錯，先生，是物質。跟隨著我的思路，然後您便能看到我作了一切讓步以後所達到的結論。我們現在要談大自然。當今我們認為人類是數不清的世代所衍生出來的產物，對吧？我們認為人類是大自然經過漫長的時間所創造出來的一個產物。而您，親愛的麥斯先生，您認為人類也是一種野獸、很殘忍的野獸，而整體而言人類是種乏善可陳的生物是吧？這點我也不反駁，而且我還要說：好的，在生物的等級中，人類佔據著一個不是很高的地位；我們姑且說，蟲蟻和人類之間，也只不過是八個、七個，或說五個等級的差別好了。但老天！大自然可是持續努力了千千萬萬個世紀才攀升了這五個等級，從蟲蟻演化到人類；大自然的演化需要時間，不是嗎？物質得在形式和實質上慢慢達到第五階段，演化成人類這種野獸，演化成會偷竊、撒謊、殺戮的人類，但麥斯先生！它也能演化出有能力撰寫《神曲》的人類，或像您的母親和我的母親那種犧牲自己成全他人的人啊！然後，突然有一天──啪的一聲！──一切又再度歸零？這算是哪種道理？但厲害的是，會變成蛆蟲的是我的鼻子、我的腳，而不是我的靈魂！是的，先生，靈魂也是一種物質，誰說不是了？但它跟我的鼻子或腳可不是同一種物質。這樣有道理了吧？」

「抱歉，琵雷阿里先生，」我反駁道：「一個偉人去散步，他摔了一跤，撞破了頭，然後變成一個白痴。靈魂在哪裡？」

安瑟爾莫先生杵在那裡兩眼發直，彷彿有塊大石頭突然砸到了他的腳一樣。

「靈魂在哪裡？」

「對，不管是您還是我，我雖然不算是個偉人，但也……算了，我只是在想：我去散步，我摔了一跤，撞破了頭，然後變成一個白痴。靈魂在哪裡？」

琵雷阿里先生緊握著雙手，帶著一種溫而同情的表情，回答道：

「看在老天爺的份上，親愛的麥斯先生，為什麼您想摔一跤，撞破頭呢？」

「我只是假設……」

「用不著那樣，先生，您盡管安心地散您的步。拿老年人當例子好了，他們不用摔跤跌破頭就很可能失智癡呆。那麼，您想說什麼呢？您想藉著這件事證明身體一旦毀壞，靈魂也隨之消散，您想證明其中的一方毀滅會連帶導致另一方的毀滅是吧？不好意思！但請您也想像一下相反的觀點，想像一下有人的身體已經精疲力竭，靈魂卻綻放出無比的光芒，像是體弱多病的詩人李歐帕迪那樣！還有許多像是教宗良十三世那樣的長者！所以說呢？試著去想像一架鋼琴和一個演奏家——彈著彈著，鋼琴突然走音了，有個琴鍵發不出聲音；兩三條琴弦斷掉了，儘管如此，我要挑戰這個觀點！沒錯，樂器壞成這樣，不管音樂家的才華有多好，他一定演奏得不好。但即使鋼琴再也發不出任何聲音，難道演奏家就不存在了嗎？」

「這麼說，人的大腦是那架鋼琴，而演奏家是靈魂囉？」

「麥斯先生，這種譬喻已經過時了！大腦要是壞了，靈魂當然會顯得癡呆或瘋狂之類了。真正的意思其實是，如果演奏家，不是出於偶然的，而是由於疏忽或蓄意地把樂器搞壞，他將為此付出代價——弄壞東西的人必須賠償——所有的事都有一個代價，人必須付出代價。不過這又是另外一回事了。對不起，但有史以來，全人類不斷追求彼岸，追求來生，難道您對這一切都無動於衷嗎？這一點，這一點是個事實，有憑有據的事實。」

「他們稱之為自我保護的機制……」

「不是這樣的，先生，因為您知道嗎？我對包覆著我的這個可憐的臭皮囊可是一點都不稀罕！對我而言，它只是個負擔，我忍受它，因為我知道自己必須忍受它；但假使有人能夠證明給我看，在我持續忍耐它五年、六年或十年之後，到時候，就算我還沒把我所積欠的一切償還完畢，所有的一切也將會一了百了，但我現在就可以了結我這條性命，就在這一刻，如此一來，所謂的自我保護機制在哪裡？我之所以保護我自己，只是因為我覺得不能如此作收！但他們說，單一個體是一回事，全體人類又是另一回事。即使單一個體結束了，整個物種還是會繼續進化。哈！好一個思考方式！匪夷所思！講得彷彿全人類不是由我、由您，由無數的個人共同組成的一樣。他們說人生在世的一切不過如此，到頭來就只是在紅塵裡苟延殘喘地活著，忍受五十、六十個年頭的無聊、痛苦與辛勞，還有比這個更荒謬、更令人髮指的事了嗎？我們每個人不都這麼認為嗎？這一切究竟是為了什麼呢？都是一場空！為了全人類？要是哪一天人類也全數滅絕了呢？請您仔細想想：那麼一來，這一輩子、所有的進步和所有的演化，這一切都是為了什麼呢？為了到頭來一場空？而他們卻說，所謂的虛無，純粹的虛無，根本不存在……他們說人生無非是一個生病的星球康復的過程，是吧？就像那天您所提到的。好吧，康復的過程，但你必須看是哪種康復的過程。麥斯先生，您要知道，這就是科學之惡，因為科學只處理生命。」

「唉，好吧，」我面帶微笑地嘆了口氣：「因為我們好歹得活下去啊……」

「但是我們也終有一死！」琶雷阿里反駁道。

「我知道，但為什麼要一直去想它呢？」

「為什麼？因為假使我們不設法弄清楚死亡是什麼，我們也無法理解生命！因為，麥斯先生，指導我們所有的行動的準則，引導我們走出迷宮的線索，那份光明只能來自於死亡。」

「即使是我們處於一片黑暗當中？」

「黑暗？是您看到黑暗！試著用靈魂純淨的燈油點燃信仰的明燈。如果沒有這盞明燈，我們將會繼續待在這兒，像一群盲人般地在人生中遊蕩，就算我們發明了電燈又如何！很好，電燈對生活而言的確很管用；但親愛的麥斯先生，我們還需要另一盞燈，一盞讓我們更能看清楚死亡的明燈。您知道，有些晚上，我也會試著點亮一盞紅玻璃罩的小燈籠；我們得千方百計地恢復我們的視力。我的女婿特任丘現在人在拿波里，過幾個月以後他就會回來，到時候假使您願意的話，我再邀請您參加我們那小小的聚會。而天曉得那盞小燈籠是否……夠了，我不想再多說了。」

可以看得出來，有安瑟爾莫・琶雷阿里作陪並不是一件很令人愉快的事。但是，仔細想想，難道我有辦法在沒有風險的狀況下，或者說，在不需要被迫說謊的狀況下去找尋一個不像他這麼脫離現實的夥伴？我還記得堤托・楞齊騎士。相較之下，琶雷阿里先生完全不想知道任何關於我的事，只要我注意聽他說話，他就心滿意足了。幾乎每天早上，他淨化了全身以後，便會陪我去散散步；我們會去到吉安尼可洛山丘或阿文悌諾丘陵，要不然就登上馬里歐山，有時會一直步行到諾門塔諾橋，一路上都談論著死亡。

「這就是我的『好報』，」我想：「沒有一次死乾淨所換來的『好報』！」

有時候我會試圖導引他講點別的；但琶雷阿里先生似乎對於多采多姿的人生興趣缺缺；他走路的時候，手裡幾乎總是拿著一頂帽子；偶爾，他會把帽子舉起來，彷彿在跟某個陰影打招呼，然後他會大喊道：

「一堆蠢事！」

只有那麼一次，他突然間問了我一個很特別的問題：

「麥斯先生，您為什麼要待在羅馬呢？」

我聳了聳肩，然後回答道：

「因為我喜歡待在羅馬……」

「但這是一個悲傷的城市啊！」他搖搖頭說道：「許多人都感到很訝異，在這裡，再大的雄心壯志都無疾而終，再活潑的思想都無法紮根。但這些人之所以感到訝異，是因為他們不想承認，羅馬已經死了。」

「羅馬也死了嗎？」我驚呼，感到十分洩氣。

「已經死了很久了，麥斯先生！而且，請相信我，無論怎麼努力讓它起死回生，都是徒勞無功。封閉在昔日的豐功偉業裡，它對於四周那汲汲營營的人生不屑一顧。一個城市要是像羅馬一樣曾創造出如此出眾、特別的歷史，便無法成為一個現代化的城市，一個和其他城市沒啥兩樣的城市。羅馬帶著一顆雄偉而破碎的心躺在那兒，躺在坎皮多里歐山丘的背後。這些新蓋好的房子難不成稱得上是羅馬？您知道的，麥斯先生。我女兒阿德里亞娜曾告訴我關於聖水盆的事，原本掛在您房間裡的那個，您還記得吧？阿德里亞娜把那個聖水盆從您的房間裡拿走；但前幾天，她手一滑，聖水盆便摔壞了：只剩一個小壺沒破，而這個小壺就擺在我房裡的書桌上，如今它的用途正是您那天不經意地賦予它的那個。所以說，麥斯先生，羅馬的命運也如出一轍。歷代的教皇也讓羅馬成了個聖水盆——當然，他們各有各的做法；而我們義大利人也用我們自己的方式把羅馬變成了一個煙灰缸。我們從自己的家鄉來到這裡，把自己的雪茄灰彈到這煙灰缸裡頭，而這煙灰象徵著我們悲慘至極的生活所形成的空虛，以及這種生活所帶給我們那種苦澀而有毒的快感。」

Chapter

XI

夜晚觀河

漸漸地，隨著我的房東對我表現出愈來愈多的關愛與善意，我們彼此之間也愈發熟悉，但同時，我內心深處那種綁手綁腳的感覺也愈來愈棘手，三不五時，一股尖銳的悔恨之情會襲上我心頭，我看著自己這個來路不明的侵入者，冒名喬裝地混入這個家庭裡，我的整個存在是捏造出來的，幾乎毫無實質可言。而我決定盡可能的獨來獨往，不斷提醒自己我不應該跟別人走得太近，我應該避免親近任何人，知足地過著一種旁觀者的生活。

「我自由了！」我仍然這麼告訴自己，但我漸漸開始參透這份自由所代表的意義，並開始摸索它的界線。

比如說，自由，代表著晚上站在窗邊，望著黑壓壓的河水靜靜地從橋樑下面流過，望著橋上路燈的倒影像竄動的火蛇般不斷在河水中熠熠生輝；自由，代表著發揮想像力，想像河水從遙遠的亞平寧山區，穿越田野來到城裡，然後又流過鄉間直達海口；自由，代表著一邊在腦海中勾勒風塵僕僕的河流最後迷失在灰暗澎湃的大海裡的景象，我張嘴打了個大大的哈欠。

「自由啊……自由……」我喃喃地說道：「然而，在別的地方難道不也如此？」

有幾個晚上，我看見小媽媽身著同一件睡袍，在旁邊的露台上忙著澆花——這才是人生！——我心想。我觀察那位甜美的少女溫柔地照顧著花朵的模樣，期盼她會突然抬起頭望向我窗邊。但這都是我一廂情願。其實，她心裡很清楚我站在這兒，但每次她獨自一人，都會佯裝自己沒看見我。為什麼呢？僅僅是因為她的羞怯與矜持？又或者是因為這個可愛的小媽媽內心深處還因為我的冷酷無情而耿耿於懷，氣惱我一直吝於向她表達關懷之意？

這時，她把澆花器擱在一旁，靠在露台的欄杆上凝視河水，也許是她想藉此讓我知道她一點也不在乎我，因為她自己有更要緊的心事要想，需要那樣子獨處一下。

如此想著，我自顧自地微笑了起來；但後來看見她離開陽台，我回頭一想，覺得我也有可能誤判情勢，畢竟每個人在沒有得到他人關注的狀況下本能上都會感到有點不是滋味；「而話說回來，」我也捫心自問：「她又憑甚麼得關心我？沒有必要的話，她又為什麼要跟我講話呢？我住在她家這件事，象徵著她人生中的不幸與她父親的瘋狂；也許對她而言，我象徵著一種羞辱。也許她仍然懷念從前她父親尚未退休時的那段日子，那時他們還不需要出租房間，家裡也沒有外人。更別提像我這樣怪異的一個外人！說不定我這隻眼睛和這付眼鏡嚇到了這個可憐的小女孩……」

某輛汽車駛過附近一座木橋的噪音將我從這一陣思緒中搖醒；我吐了口氣，從窗邊走回房裡；我看了看我的床，又看了看我的書，猶豫著該做些什麼，最後我聳了聳肩，隨手抓起帽子走了出去，希望可以藉著出去走走，擺脫這種揮之不去的荒涼感。

我跟隨著當下的靈感，一會兒走到熙熙攘攘的大街上，一會兒去到某些人跡罕至的地方。我還記得，某天晚上，我去到了聖彼得廣場，兩座噴泉所發出的汩汩水聲把原本就很靜謐的廣場襯托得愈發寂靜，我感覺兩翼雄偉柱廊伸出雙臂擁抱著我，儘管置身塵世之中，我卻有種如夢似幻的感覺，一種遙不可及的幻夢。我走近其中一座噴泉，感覺似乎只有那股水流是活的，其餘的一切如同魑魅魍魎，在莊嚴肅穆中透露出一種深沈的淒涼。

回程的路上，我在波爾戈諾沃路撞上了一個醉漢。經過我旁邊的時候，見到陷入沉思的我，他彎下身子，把頭湊了過來，由下朝上地看著我，並輕輕地搖著我的一隻手臂對我說道：

「要快樂呦！」

我嚇了一大跳，猛然停下腳步，從頭部到腳打量了他一頓。

「要快樂呦！」他又重複道，他一邊鼓舞著我，一邊揮舞著手臂，彷彿在說：「你在幹嘛？你在想什麼？什麼都別在乎！」

接著他便一手扶著牆，步履蹣跚地離開了。

在這種時刻裡，在那條冷清的街道上，在那座雄偉的教堂旁，我的心裡還萬念紛飛，那個醉漢突然出現，並送給我那個充滿了愛心與善意的不尋常建議，這一切在我腦海中嗡嗡作響。我不知道自己在那兒待了多長時間，目送那名男子離開，然後，張口結舌的我差點發出一陣狂笑。

「要快樂！沒錯，親愛的朋友。但我不能像你建議的那樣去小酒館買醉，在酒杯裡尋歡。很可惜，我沒辦法在那裡找到歡樂！我也沒辦法在其他地方找到歡樂！親愛的朋友啊，我去咖啡廳，置身於那些一邊抽煙一邊喋喋不休地談論著政治的高尚人士之間。我常去的那家咖啡廳有個常客，一個擁護帝國主義的小律師，依照他的看法，所有人幸福、快樂的前提是——被一個專制賢明的君王所統治。你這個可憐的醉鬼哲學家，這種事你不知道，甚至連想都不可能想到。但你知道什麼是我們種種弊病、悲傷的真正原因嗎？是民主，親愛的，就是民主，就是『少數服從多數』這個制度。因為，假使只有一個人獨掌大權，這個人知道他自己人勢單力薄，知道他必須滿足人群；但假使執政的是一群人，這群人便只管滿足自己，而最愚蠢、最可惡的暴政也由此產生——披著『自由的外衣』的暴政。當然是這樣的啊！不然你以為我為什麼會感到這麼難熬？我之所以會感到這麼難熬，就是因為這種偽裝成自由的暴政……我們回家吧！」

但這晚我碰到的人可真不少。

不久之後，我路過托爾德諾納一帶，當時幾乎已經一片漆黑，我聽見一旁的某些岔路裡傳出一聲尖叫，還有一種被摀住的叫聲。突然間，我發現自己撞上了一群正在幹架的傢伙。四個邋遢的男人手裡拿著有節的棍棒，正在對付一個妓女。

我之所以提到這件事，並非想要拿這個見義勇為的善行來誇口，而是想表達一項義舉所帶來的後果搞得我有多害怕。眼前有四個流氓，但我也帶著一把很管用的鐵杖。的確，其中兩個流氓還拿著刀子衝向我。我盡力地保護自己，一邊揮舞著拐杖，一邊跳躍盤旋，不讓他們包圍我；最後，我終於逮到機會，用鐵杖在最囂張的那個傢伙頭上重重一擊——然後，我看見他踉蹌地走了幾步，接著拔腿就跑；其餘的三個傢伙可能是擔心有人聽見女人的慘叫聲會前來救援，也隨著他逃走了。我自己也額頭掛彩，但我不知道自己是怎麼受傷的。那女人還是不斷呼救，我對她大吼了一聲，要她閉嘴；但她看見一道道鮮血沿著我的臉流了下來，克制不住自己的情緒；然後，這個披頭散髮的女子一邊哭一邊試著為我急救，她從胸前的口袋拿出一條絲綢手帕想幫我包紮傷口，經過剛剛那陣打鬥，她的手帕已經被扯得破爛不堪。

「不，不用了，謝謝妳，」我對她如此說道，同時嫌惡地擋開她：「夠了……沒事了！走，妳走吧……不要讓別人看見妳。」

附近橋樑的斜坡下有個小噴泉，我走到那裡，想沖一下我的額頭。但我一到了那兒，便有兩個氣喘吁吁的警察向我詢問究竟發生了什麼事。而那個來自拿波里的女人就立刻開始描述她和我所碰到的「麻煩」，用她的家鄉話滔滔不絕地形容著她對我的感激與仰慕。我費盡心機才成功擺脫了那兩個熱心的警察，因為他們無論如何要帶我回警局報案。我還真走運！竟然在這種時候惹上了警察！我這個應該要閉上嘴巴、隱姓埋名，應該在陰影中苟活的人，差點被刊登在隔天報紙的社會版，被當作半個英雄人物來看待……

英雄？現在的我還真沒本錢當一個英雄。除非我為了正義而捐軀……可是我早就死了啊！

「不好意思，麥斯先生，您是鰥夫嗎？」

一天晚上，卡波拉雷小姐令我措手不及地問了這個問題，她跟阿德里亞娜兩個人到露台小聚片刻，也邀了我稍微跟她們作伴。

那一瞬間，我有點感傷，然後我回答道：

「我不是，但，為什麼這麼問呢？」

「因為您老是用大拇指揉著無名指，好像在轉動著一個戒指似的。是這樣子吧……對不對啊，阿德里亞娜？」

女人眼光的銳利程度真令人嘆為觀止，或者說，某些特定的女人有這種洞察力，因為，阿德里亞娜說她根本未曾注意到這件事。

「妳一定是沒有在留意！」卡波拉雷小姐大聲說道。

我也必需承認，儘管我自己也從來沒有留意過，但也許我真有這樣的習慣。

「的確，」最後我也不得不補充說明道：「從前，有很長一段時間，我真的戴過一枚小戒指，就戴在這兒，但後來因為太緊了，搞得我手指很疼，我只好找金匠把它給剪斷了。」

接著，這個四十歲的女人便扭捏作態地嬌嗔道：「可憐的小戒指！」今天晚上她似乎想學小女孩那樣撒嬌：「有那麼緊嗎？緊到拔不下來了嗎？想必那戒指是用來紀念……」

「席爾維婭！」小阿德里亞娜用一種責備的語氣打斷了她。

「有什麼關係？」她再接再厲地講了下去：「我想說的是，那是用來紀念初戀情人的吧……來嘛，麥斯先生，你自己告訴我們一些事嘛。難不成你就要一直這樣悶不吭聲嗎？」

「好吧，」我接口道：「我剛剛在思考您從我揉手指的習慣所作的推論。親愛的女士，那個推論十分武斷。因為，據我所知，一般而言，鰥夫不會把婚戒拿下來。真要說的話，會給人帶來負擔的，其實是妻子，但要是妻子都已經走了，一枚婚戒又算什麼呢？相反的，就像退伍軍人喜歡配戴他們的勳章那樣，我覺得鰥夫也喜歡戴著自己的婚戒。」

「喲！」卡波拉雷小姐大聲說道：「您可真會四兩撥千斤啊。」

「哪兒的話！我明明是想把事情探討得更深入啊！」

「有什麼好深入的！我呢，我這人從不深入探討任何事情。我不過就是有種靈感，如此而已。」

「您覺得我是個鰥夫？」

「是啊，先生。阿德里亞娜，妳不也覺得麥斯先生有種鰥夫的氣質？」

阿德里亞娜抬起頭，試著把目光移到我身上，不過她馬上又低下頭，她太害羞了，沒辦法與人四目相接；她像平常一樣，露出那夾雜著溫柔與憂傷的微笑，如此說道：

「妳真奇怪！我哪會知道什麼是鰥夫的氣質？」

不過，想必那一刻有個念頭在她的腦海中一閃而過；她心神不寧地轉過身子，俯視下方的河流。而另外那一位想必知道些什麼，因為她自己也嘆了口氣，接著轉身眺望河水。

顯然，有個隱形的第四者在這個時候來到了我們之間。最後，看著阿德里阿娜那一身半喪的穿著，我心裡也有了些概念，我猜想，她的姊夫特任丘·琶皮阿諾，人還在拿波里的那一位，想必沒有一個鰥夫應有的哀慟氣質，而依照卡波拉雷小姐的說法，那種氣質反倒出現在我身上。

我承認，那番談話最後尷尬地嘎然而止，讓我很是稱心如意。阿德里阿娜想起她過世的姊姊和喪妻的姊夫的那種哀痛，對於隨便過問別人家務事的卡波拉雷小姐而言，恰好是個懲罰。

然而，平心而論，這個被我稱為「隨便過問別人家務事」的行為其實也不過是出於一種天經地義，可以諒解的好奇心吧？我對於自己的一切緘默不語，從而引來別人的疑竇，這也是理所當然的事情。此外，這時的我處理寂寞的感覺，也處理得愈來愈吃力，我無法克制想要親近別人的誘惑，因此，我也應該認命地，以最好的方式——也就是用說謊、編故事的方式，因為沒有其他折衷的方法——去回應他人的疑惑，畢竟人們有權知道自己是在跟哪種人打交道！錯不在其他人身上，而在我身上；眼前，我謅了個謊，又加深了我的罪過；但假使我不想這麼做，假使這麼做令我很難受，我便應該離開，重拾我那孤獨封閉的流浪生活。

我注意到，就連從來不會問我任何冒失問題的阿德里亞娜也豎起耳朵，專心聆聽我如何回答卡波拉雷小姐，而說實在的，卡波拉雷小姐的問題往往大幅超出天經地義、可以諒解的好奇心的範圍。

比如說，現在我吃完晚餐回家後，通常都會跟她們在露台上聚一聚，有天晚上，就在那兒，她躲在阿德里亞娜背後發問，而阿德里亞娜則是驚呼連連：「席爾維婭，不要啦，我不准妳這麼說！妳不要亂問喔！」那天，她這麼問了我：

「對不起，麥斯先生，阿德里亞娜想知道您為什麼不留鬍子……」

「這不是真的！」阿德里亞娜大叫道：「麥斯先生，您別聽她亂說！這是她說的，而我……我……」

情急之下，她哭了出來，這個可愛小媽媽。然後，卡波拉雷小姐立刻開始安慰她，並對她說道：

「哎喲，沒事啦！有什麼關係呢！有什麼不對的呢？」

阿德里亞娜用手肘推開她：

「妳亂說謊就是不對，妳真教我生氣！我們剛剛在談的，明明就是在說劇場的演員都……都是那樣，然後妳就說：『都跟麥斯先生一樣！天曉得他為什麼不留鬍子……』而我只是順著妳的話重複說了：『是啊，天曉得為什麼……』」

「對啊，」卡波拉雷小姐接著說：「說了『天曉得為什麼』不就是『想知道為什麼』嗎？」

「可是，是妳先說的啊！」阿德里亞娜抗議道，她生氣得不得了。

「我可以回答了嗎？」為了緩和氣氛，我如此問道。

「不，對不起，麥斯先生，我先告辭了！」阿德里亞娜如此說道，站起身來，作勢要離開，但卡波拉雷小姐一把抓住她的手臂不讓她離開：

「好了啦，傻女孩！我只是在開玩笑……阿德里亞諾先生人很好，他會諒解我們的啦。是吧，阿德里亞諾先生？您自己告訴她吧……您為什麼不留鬍子？」

這一次，阿德里亞娜笑了起來，眼眶還含著淚水。

「因為有一個秘密，」於是，我裝出一種滑稽的聲調回答道：「我是個隱姓埋名的反叛份子！」

「我們不相信！」卡波拉雷小姐用同樣的聲調大叫道，隨即又說：「但是，容我說一句：您還真是顧左右而言他的高手啊，這一點毋庸置疑。這麼說好了，您今天吃完午飯以後到郵局去做什麼呢？」

「我？去郵局？」

「是啊，先生。您不承認嗎？我可是親眼看見您的。快要四點的時候……我那時正好路過聖席爾維斯特羅廣場……」

「小姐，您肯定是看錯了：那不是我。」

「對啦，對啦，」卡波拉雷小姐根本不買我的帳：「神秘的書信往來……這位男士從不在這個家收信，阿德里亞娜，我沒說錯吧？告訴妳，這可是我從女傭那兒聽來的！」

坐在高腳椅上的阿德里亞娜不安了起來，她顯得不太高興。

「不要理她，」她對我說道，並且迅速地瞥了我一眼，彷彿想用她那憂傷的眼神安慰我。

「我既沒在家裡收信，也沒在郵局收信！」我回答道：「很可惜，但這就是真相！女士，沒人寫信給我，而理由非常簡單，因為我已經沒有任何可以寫信給我的人了。」

「甚至連個朋友都沒有？這怎麼可能？一個人也沒有？」

「一個人也沒有。在這世上，我已形單影隻，舉目無親。長期以來，我隨時隨地與自己的影子作伴，到目前為止，我從來沒有在一個地方停留過很長的時間，也因此沒能與任何人建立長久的友誼。」

「您可真是好福氣啊！」卡波拉雷小姐嘆了口氣說道：「才能像這樣一輩子都在旅行！好吧，至少說些您四處旅行的經歷給我們聽聽吧，要是您不願意談別的的話。」

慢慢地，我划著謊言的船槳，避開了一些令人尷尬的礁石，而我也借力使力，兩隻手幾乎全用上了，緊緊地攀住那些離我比較近的礁石，然後緩慢，小心地繞開它們，最後，我的小船終於得以張開想像力的風帆，恣意遠航。

一年多以來我被迫沉默，因此現在每天晚上，我很喜歡在那個陽台暢所欲言，大談我的所見所聞、想法見解，以及那些發生在我身上大大小小的事件。沉默將許許多多的印象埋藏在我心底，如今，隨著我打開話匣子，那些印象也重獲新生，活靈活現地隨著我的話語流瀉而出，連我自己都感到訝異不已。我內心的這種訝異也使得我所敘述的一切分外多采多姿；而看見兩位女士聽得那麼興致盎然，漸漸地，想到當初我沒有真正享受過那樣的樂趣，我甚至感到有點遺憾；而這份遺憾也讓我現在所敘述的一切多了一番風味。

幾個晚上過去以後，卡波拉雷小姐對待我的態度與方式徹底地改變了。她那雙傷痛的眼睛裡又多出了一抹無精打采的沉重，令人更加能聯想到洋娃娃那種內側掛著鉛錘、能夠自動張閉的眼睛，而那雙眼睛與那張看似狂歡節面具的面孔之間的對比也比以往任何時候顯得更加滑稽可笑。毫無疑問，卡波拉雷小姐愛上我了！

我感到一種無以名狀的驚喜，這也使我意識到，原來那些夜裡，我之所以滔滔不絕，不是為了講給她聽，而是為了講給另外那一位總是在一旁默默聆聽的她。而另外的這一位顯然也感覺到我只為她一人而說，因為，很快地，我們之間有了一種默契，看著我的一字一句出乎意料地撩撥著一個四十歲鋼琴女老師的心弦，我們兩個人都覺得十分逗趣。

儘管有了這個新發現，我對於阿德里亞娜還是沒有任何的非分之想——她那純潔無暇並帶有一絲憂傷的善良讓我不敢多想；但我心裡也因為她開始對我卸下心防而竊喜，這對於一個像她這麼纖細、羞澀的女孩而言著實不易。有時候，那是快速的一瞥，她溫柔的眼神彷彿某種一閃即逝的恩典；有時她莞爾一笑，笑那個可憐女人的荒唐遐想；有時，在我們之間的秘密遊戲裡，她會眨眨眼或輕輕地搖搖頭，善意地提醒我玩笑別開得太過火，別搞得那位小姐像是一只風箏一樣，一下直衝九霄雲外的至福仙境，一下又因為我說了什麼而猛然跌落谷底。

「您一定是個冷血無情的人，」某次卡波拉雷小姐如此對我說道：「假使您說您這輩子沒受過傷害一事所言不假，儘管我不相信。」

「什麼？沒受過傷害？」

「對，我的意思是，沒有經歷過情感上的煎熬……」

「啊，女士，從來沒有過，從來沒有！」

「但一直以來，您都不願意告訴我們把您的手指箍得太緊，於是您找了金匠剪掉的那枚金戒指究竟從何而來……」

「那戒指搞得我可真疼！我沒有跟您說嗎？有吧！女士，那是我的祖父留給我做紀念的。」

「騙人！」

「隨便您怎麼想；但您聽我說，我甚至可以告訴你，那枚戒指是有一次我跟我的祖父在翡冷翠時他送給我的，當時我們正要從烏菲茲美術館走出來，而您知道為什麼嗎？因為我，那時候我才十二歲，我把一幅佩魯吉諾的畫誤認成拉斐爾的作品。真的是這樣！為了獎賞我犯的這個錯，他從舊橋那兒買了那枚戒指送我。因為，不知道為什麼，我的祖父堅信那幅佩魯吉諾的畫事實上是拉斐爾的作品。真相大白了吧！您應該可以了解吧，一個十二歲大的小男孩的手和我這隻大手可是大大不同。您看到了嗎？我現在長得這麼大一隻，我這爪子也不適合戴那麼優雅的戒指了。所以說，也許我並不那麼冷血無情；而女士，我這樣說應該還算公道；每次我站在鏡子前，透過這付美麗的眼鏡看著自己時，我便會感到垂頭喪氣，並自言自語地說：我親愛的阿德里亞諾，你又怎能奢求？你憑甚麼奢求會有任何女人愛上你呢？」

「這是什麼想法！」卡波拉雷小姐大叫道：「您怎麼會認為自己這說法是公道的呢？相反地，您這麼說，對我們女人而言根本完全不公道，因為，親愛的麥斯先生，我們女人的包容力可比男人大多了，女人不像男人一樣只重視外在的美。」

「好吧，女士，我們就說女人比男人更有勇氣好了。因為我體認到，要讓一個女人真正愛上像我這樣的男人，除了包容力以外，還需要十足的勇氣。」

「算了吧！我看您不只喜歡把自己說得很醜，您甚至喜歡把自己弄醜。」

「這倒是真的。而您知道為什麼嗎？因為我不想要任何人同情我。您聽我說，假使我試著打扮自己，一定有人會說：『看看那可憐的傢伙！他還以為稍微留點鬍子，就可以讓自己顯得不那麼醜！』相反地，像我現在這個樣子，那種問題便不會存在。我很醜是嗎？好，我是很醜，醜得讓人求饒。您說不是嗎？」

卡波拉雷小姐深深地嘆了口氣。

「我說，您搞錯了，」過了一會兒，她回應道：「打個比方好了，假使您試著留點鬍子，您馬上會發覺到您並不是自己口中的那個醜八怪。」

「那這隻眼睛又該怎麼說？」我問她。

「哦，老天，既然您自己毫不在乎地提到了這一點，那我也就直說了，」卡波拉雷小姐說：「好些日子以來我都想告訴您：您為什麼不去動個手術呢？如今，這可是個非常簡單的小手術。您想的話，其實花一點點時間便可以擺脫這個小小的缺陷。」

「您看吧，女士，」我總結道：「也許女人真的比男人有包容力；但我想提醒您一件事，也就是，我們談著談著，您終究還是建議我去換一張臉了。」

為麼我要抓住這個話題不放？難道我真的希望卡波拉雷老師當著阿德里亞娜的面公開宣佈，即使像我這樣，不但一臉光禿禿，還有一隻歪掉的眼睛，她仍然會愛我？不是的。我之所以會大放厥詞，問了卡波拉雷所有那些雜七雜八的問題，是因為我注意到對於她那些自信滿滿的答覆，有意無意間，阿德里亞娜露出了一種開心的模樣。

於是我了解到，即使我一副怪裡怪氣的模樣，阿德里亞娜仍然會愛我。我連對自己都不敢承認這件事；但是，打從那天晚上開始，我感覺我房裡的床鋪睡起來柔軟得多，周遭的東西都變得更加友善，呼吸的空氣變得更清新，天空更加湛藍，陽光更加燦爛。我想說服自己，會有這種轉變，是因為馬悌亞・琶斯卡已經死在雞籠農場，而我，阿德里亞諾・麥斯，在那無邊無際的自由中遊蕩了一陣子以後，終於找到了一個平衡點，實現了我原本設定的理想——我變成了另一個人，活出另一個人生，而現在，沒錯，現在的我感覺自己渾身上下盈滿了生命力。

我的心情也再度變得像少年時期那樣爽朗；我已經擺脫經驗之毒。就連安瑟爾莫・琶雷阿里先生看起來都不再像之前那麼無趣：我那嶄新的喜悅像太陽般地照耀著，環繞在他那套哲學四周的陰影、迷霧與濃煙也隨之消散。可憐的安瑟爾莫先生！他沒有注意到，他認為人生在世有兩件事得思考，而如今他卻只思考其中一件事——但，天曉得？也許他也曾想過要即時行樂！相較之下，卡波拉雷老師更值得同情，在波爾戈諾沃路上給我留下深刻印象的醉鬼至少可以一醉解千愁，而對她而言就連美酒也無法讓她得到絲毫快活——可憐的東西，她想痛快地活著，而她認為那些只關心外在美的男人很小器。這麼說，在內心深處，在靈魂深處，她覺得自己很漂亮囉？哦，要是真讓她找到一個「不小器」的男子，天知道她願意為他作出哪種犧牲，而那又會是多大的犧牲！也許她會因此滴酒不沾呢。

「如果我們承認，」我心想：「犯錯乃人之常情，那麼，絕對的公正不就是一種超乎人性的殘忍了嗎？」

於是，我要自己不要對可憐的卡波拉雷小姐如此殘忍。我本意如此；但是，唉呀，無意間我仍然對她很殘忍；甚至，我愈不想對她殘忍，我就愈殘忍。我善體人意的態度反倒點燃了她一發不可收拾的熱情。事情是這樣的：聽了我說的話，這個可憐的女人臉色慘白，而阿德里亞娜則滿臉通紅。我不清楚我究竟說了些什麼，但我感覺到，我所說的每一字每一句、我的聲音、聲調，絕對不至於毀了我跟聽者之間不知不覺間已經建立起的那份默契，不至於讓她感到焦慮不安。

人與人的靈魂之間有種很特殊的交流方式，可以彼此親近，甚至建立一種相親相愛的關係，另一方面，表面上，人還是被社會的要求所奴役，不得不講一些礙手礙腳的場面話。靈魂有自己的需求與願望，當身體看不見這些需求被滿足或付諸實現的可能，身體便會假裝忽視這一切。而每當兩個人以此種方式彼此溝通，也就是進行靈魂與靈魂間的溝通，他們會發現，空間中只有他們倆存在，而只要接觸到任何一丁點物質層次的東西，他們都會生起某種強烈的排斥感，某種痛苦的感覺使他們想遠離對方，一旦有任何第三者介入，這種交流便會嘎然而止。於是，痛苦的感覺消失了，這兩個靈魂鬆了口氣，又開始尋覓對方，並遠遠相視微笑。

有多少次我跟阿德里亞娜之間便是如此！但我當時以為，她之所以會表現得那麼尷尬，是因為她天性含蓄羞怯，而我呢，是因為我的偽裝令我感到良心不安，我仍然維持著那個虛偽的身份，而這甜美溫柔的女孩那天真純潔的模樣叫我不得不繼續偽裝下去。

如今我看她的眼神已不一樣。但這一個月以來，難道她不也已脫胎換骨？她那稍縱即逝的眼神裡，不也多了一份發自內心的光芒嗎？而如今她身為沉穩的小媽媽所需負起的擔子，不也因為笑口常開而顯得較不沈重、不像從前那樣硬做給別人看嗎？

是的，也許她也出於本能地配合了我的需求，我需要騙自己，說服自己我有一個嶄新的人生，即使我根本不知道那究竟是哪個人生，哪種人生。那是一股模糊的慾望，彷彿靈魂所散發出的氣場，逐漸為她，也為我，打開了一扇通往未來的窗戶，一道溫暖而令人陶醉的光線穿過窗戶，照到了我們身上，而眼前，我們還不確定是否該走到窗邊，把窗子關上，抑或該探頭張望窗外有什麼樣的風景。

可憐的卡波拉雷小姐感覺到了我們之間這種純潔，甜蜜，飄飄然的情愫。

「啊，女士，您知道嗎？」一天晚上我告訴她：「我差不多下定決心要按照您的建議去做了。」

「什麼建議？」她問我。

「去找眼科醫生動手術啊。」

卡波拉雷女士拍手叫好，很是開心。

「啊！真是太好了！去找安布羅西尼醫師吧！您可以打電話給安布羅西尼醫師——他是這方面的權威——他幫我那可憐的媽動了白內障的手術。妳看到了嗎？阿德里亞娜，妳看吧，鏡子對他說了話！我當初不就是這麼跟妳說的？」

阿德里亞娜露出微笑，我也是。不過我接著說：「女士，倒不是鏡子對我說了些什麼，而是我非得這麼做不可。這一陣子，我這隻眼睛好痛，而儘管它一向不怎麼管用，我還是不想失去它。」

我並沒有說實話，其實，卡波拉雷小姐說的沒錯——是那面鏡子，那面鏡子對我說了些話，鏡子告訴我，如果一個相對不嚴重的小手術可以讓那個象徵著馬悌亞．琶斯卡的存在的醜陋印記從我的臉上消失，那麼，阿德里亞諾．麥斯便不需要繼續戴著天藍色的眼鏡，他也可以開始蓄鬍，簡言之，他就可以盡可能的讓自己的外表更加符合他已然轉變的內心狀態。

幾天後的一個夜裡，我在自己房裡的百葉窗後面見證了令我感到晴天霹靂的一幕。

那一幕發生在隔壁的露台，我在那裡陪伴兩位女士，一直待到了十點左右。回到房裡以後，我不經意地拿了一本安瑟爾莫的書讀了起來，那是一本關於輪迴的書。後來，我隱約聽見露台那兒似乎有人在說話，於是我豎起耳朵，想聽聽看說話的是不是阿德里亞娜。不是。有兩個人用很小的聲音在說話，口氣很激動——我聽見一個男人的聲音，那不是琶雷阿里的聲音。但這個家裡，除了他和我以外並沒有住其他男人。出於好奇，我走向窗邊，從百葉窗的縫隙往外窺視。黑暗之中，我似乎看見了卡波拉雷小姐。但是，跟她對話的那名男子是誰？難道是特任丘·琶皮阿諾突然從拿波里回來了嗎？

從卡波拉雷講得比較大聲的詞語，我聽出來他們談論的主題竟然是我。我又往百葉窗靠得更近了，屏氣凝神地聽著。那名男子聽了鋼琴老師說了些關於我的消息之後非常憤怒；此時，她正設法緩解那些話給他的內心所帶來的衝擊。

「他有錢嗎？」後來，他如此詢問道。

而卡波拉雷小姐則回答道：

「我不知道。看起來是！有一點是確定的，他沒在工作，他靠著財產過活……」

「他整天都待在房子裡嗎？」

「那倒沒有！反正你明天便會見到他……」

她就是這麼說的：「你」明天便會見到。所以說，他們以「你」相稱，而不是以「您」相稱；

也就是說，琶皮阿諾（絕對是他沒錯）是卡波拉雷小姐的地下情人囉……如果是這樣，那麼這些日子以來，她又為何要向我示好？

我的好奇心愈發強烈；但他們兩人彷彿有意要跟我作對似地輕聲細語了起來。既然用耳朵聽不清楚，我便試著用眼睛看個清楚。看哪，我看到卡波拉雷小姐把一隻手放在琶皮阿諾的肩膀上。但一會兒之後，他卻粗暴無禮地把她的手給甩開。

「但我又有什麼辦法能阻止那件事呢？」她抬高聲音說道，語氣顯得很激昂：「我是誰？在這個家裡我算老幾？」

然後，他霸道地命令她道：「妳去把阿德里亞娜給我叫過來！」。

聽見他用那種口氣說出阿德里亞娜的名字，我緊握雙拳，感覺血液在血管中沸騰。

「她已經睡了，」卡波拉雷小姐說道。

而他，用一種陰沉、脅迫的口氣：

「妳去把她給叫醒！立刻去！」

我不知道自己是如何克制住怒氣，而沒有一把扯開百葉窗的。

為了克制怒火所作的努力讓我一瞬間回過神來。方才，那個可憐的女人口氣激昂地說出的那些字句從我的嘴中脫口而出：「我是誰？在這個家裡我算老幾？」

我離開窗口。但緊接著，我又立刻為自己找了個藉口：這件事跟我可是切身相關啊！剛剛，那兩個傢伙在談論與我有關的事，而那名男子甚至要把阿德里亞娜找過來談話——因此，我必須弄清楚那個人對我究竟抱持著何種態度。

但我很輕易地便為自己鬼鬼祟祟、偷看竊聽的行為找了台階，這使我隱約體認到，我故意把自己的利益放在第一順位，只是為了不想把注意力放在另一個人身上。

我又走回窗邊，透過百葉窗的縫隙向外窺探。

卡波拉雷小姐已經不在露台上。落單的那一位則開始眺望河川，他雙肘抵著欄杆，兩手撐頭。等待著阿德里亞娜來到露台的同時，我蜷曲著身體，雙手緊緊抱住膝蓋，一種焦慮煎熬的感覺折騰著我。我並沒有因為漫長的等待而感到疲累，我的心情反而一點一滴愈來愈輕鬆，一種滿足感在我心中不斷增長，我心想，在房子的另一邊，對於那個惡人的囂張氣焰，阿德里亞娜想必無動於衷。有可能卡波拉雷小姐正交握著雙手，苦苦哀求著她。而同一時間，這個男人繼續在露台等待，怨恨的感覺啃蝕著他。我在內心暗自期盼待會兒那個鋼琴老師會回來告訴他說：阿德里亞娜不願起床。但沒有，她出現了！

琶皮阿諾立刻快步迎向她。

「您去睡吧！」他向卡波拉雷小姐命令道：「我要跟我的小姨子談談。」

卡波拉雷小姐遵照他的指示，然後琶皮阿諾走了過去，想關上飯廳和露台之間的滑門。

「不用關！」阿德里亞娜一邊對他說，一邊伸手按住門板。

「但我有話要跟妳說！」她的姊夫斥責道，他費力地把聲音壓低，口氣極為不悅。

「就這樣開著門說啊！你要跟我說什麼呢？」阿德里亞娜接著說道：「可以等到明天再說吧。」

「不！我現在就得說！」他抓住她的一隻手臂，把她拉到他身邊，並如此回答道。

「你想幹嘛！」阿德里亞娜一邊尖叫，一邊奮力掙脫。

我再也按捺不住，扯開了百葉窗。

「啊！麥斯先生！」她立刻呼喚道：「如果您不介意的話，您可以來這邊一下嗎？」

「好的，小姐，我這就過來！」我連忙回答道。

我的一顆心幾乎要從胸口跳了出來，一方面是因為喜悅，一方面是出於感激，不要一會兒，我便來到了走廊上，但我卻在自己的房門口發現了一個蜷曲在一只行李箱上的年輕人。他身材乾瘦，一頭金髮，並有張瘦長、蒼白的臉。他很吃力地張開他那雙天藍色的眼睛，吃驚地望著我，他的眼神極為朦朧——我愣在那兒看了他一會兒；我心想，這大概是琶皮阿諾的弟弟吧；接著，我奔向露台。

「麥斯先生，讓我向您介紹……」阿德里亞娜說道：「這是我姊夫，特任丘．琶皮阿諾，他剛從拿波里回來。」

「幸會！很高興認識您！」這男人脫下帽子，給我行了個大禮，並熱情地緊握我的手：「很抱歉我這麼長時間以來都沒待在羅馬；但我相信我的小姨子一定把一切都打點得很好，是吧？您有缺什麼的，都儘管告訴我們，真的，別客氣！比如說，假使您想要一個更大的書桌……或其他東西，都可以告訴我們，千萬別見外……滿足這裡的客人是我們的榮幸。」

「謝謝您，謝謝，」我說：「但我什麼都不缺。謝謝。」

「哪兒的話，這是應該的！有需要的話，您儘管使喚我，在下會竭力為您服務的……阿德里亞娜，好孩子，妳剛剛已經就寢：想要的話，妳現在可以回去睡了……」

「唉，反正，」阿德里亞娜帶著一抹悲傷的微笑說道：「反正我都起來了……」

然後她走到欄杆邊，凝望河水。

我感覺她不想留我在那兒與他獨處。她在懼怕什麼？她就站在那兒，一副若有所思的模樣，而另一邊，這個傢伙則是手裡抓著帽子，跟我閒聊拿波里的種種，他說他當初沒有預料到自己得在拿波里多待一些時間，因為他得從特瑞莎．拉瓦斯切里．菲葉斯基公爵夫人——對了，儘管眾人都稱她為「女公爵媽媽」，但他自己卻想要稱呼她為「善心媽媽」——的私人檔案室那裡抄錄為數眾多的文件——那是些價值非凡的文件，能讓我們更明瞭兩西西里王國的下場，特別是加耶塔挪．菲藍介里這個人物，他是薩特利亞挪的王侯，而季里歐侯爵，也就是伊尼亞丘．季里歐．德奧列塔先生想要為這位人物編寫一本內容詳盡、語氣真誠的傳記。此種真誠來自於侯爵對波旁王朝的奉獻與效忠。而他，琵皮阿諾，正是侯爵的秘書。

他講得沒完沒了。他顯然很喜歡自己說話的方式，他一邊講話，一邊展現某種業餘演員的腔調，不時穿插幾聲短笑，或揮舞一些生動的手勢。我像是個鐵砧般啞口無言，三不五時會點頭稱是，有時候，我會轉過頭看阿德里亞娜一眼，但她只是繼續凝視著河水。

「哎，真可惜！」琵皮阿諾用男中音的語調做出結論：「季里歐．德奧列塔侯爵是波旁王朝的後裔，也是個教權份子！而我，我……（即使我現在人在自己家裡，但我還是得小聲地說）我這個人每天早上出門的時候總是要舉手向吉安尼可洛區的加里巴爾迪雕像行禮（您看到了嗎？從這邊可以看得很清楚），我這種無時無刻都巴不得高呼：『九二零萬歲！』的人竟然得當他的秘書！沒錯，他是個令人尊敬的人，這點沒話說！但他也是波旁王朝的後裔和教權份子。沒錯，先生……這全都是為了混口飯吃！但我向您發誓，很多次我都想說：『呸！去你的！』，請原諒我的用詞！但我終究還是嚥下了那口氣，可真的快把我給噎死了……但我又能如何？人得吃飯啊！人終究還是得混口飯吃啊！」

他聳了兩次肩，舉起雙臂，然後拍了拍自己的屁股。

「好了好了，小阿德里亞娜！」他走向她，用雙手輕輕扶著她的腰說道：「上床睡覺吧！已經很晚了。麥斯先生想必很睏了。」

在我的房門口，阿德里亞娜緊緊地握了我的手，而她不曾有過這樣的舉動。她離開了以後，我的拳頭還是握得緊緊的，似乎想藉此留住她按壓在我手上的那股力量。而那天夜裡，我萬念紛飛，輾轉反側。看見那傢伙虛情假意的多禮、他的卑躬屈膝和巴結諂媚，我很確定這個卑鄙小人一定會搞得我在這個家裡待不下去，而他——這一點毫無疑問——他顯然吃定了他岳父的軟弱，意圖在這個家裡稱雄稱霸。天知道他會使出什麼樣的下流手段！剛剛他態度瞬間一百八十度大轉變，已經讓我見識到了他那見人說人話的功夫。但他究竟為何看不慣我住在這兒呢？難道對他而言，我跟其他房客有所不同？卡波拉雷小姐到底跟他說了些什麼關於我的事？難不成他因為那女人的關係而吃我的醋？或者是因為別的女人？他的傲慢與多疑；他趕走卡波拉雷小姐，跟阿德里亞娜獨處，還用惡狠狠的口氣對她說話；奮力與他抗衡的阿德里亞娜；她不讓他關上隔間門的舉動；還有我以前每次提到她那不在家的姊夫時，她那種心神不寧的反應；這一切的一切都讓我更加篤定：這個男人對她別有用心。

但我又為何要如此惴惴不安呢？就算他只是稍微煩到我一點點，我都大可以從那個房子一走了之，不是嗎？有什麼東西能阻止我這麼做嗎？並沒有。不過，一想到方才她從露台把我給喚了過去，好像要我保護她似的，想到最後她緊緊地，緊緊地握了我的手，我整顆心不禁甜蜜了起來……

我讓窗板和百葉窗都開著。一會兒以後，西沈的月亮出現在我的窗口，一副想窺伺我的樣子，想讓躺在床上還沒睡著的我感到措手不及，月兒告訴我：

「親愛的，我懂了，我懂了！但你，難道你還不懂嗎？真的不懂嗎？」

Chapter

XII

眼睛和琶皮阿諾

「他們要用木偶劇演出古希臘悲劇奧瑞斯的故事！」安瑟爾莫．琶雷阿里先生跑來向我宣布：「是一種新發明的自動化木偶。今晚八點半，在普雷費堤路 54 號。很值得一看呢，麥斯先生。」

「奧瑞斯的悲劇？」

「是啊！根據索福克里斯的版本，海報上是這麼說的。大概是要演《伊列翠》吧。您聽我說，我心裡突然有個奇怪的念頭！如果在劇中最高潮的那一刻，在奧瑞斯的木偶正要對弒父仇人埃紀斯和他的母親展開復仇之前，就在那千鈞一髮之際，要是我們把紙戲棚的屋頂給戳破，那會發生什麼事呢？您說說看。」

「我不知道……」我聳了聳肩回答道。

「這很簡單啊，麥斯先生！奧瑞斯會因為天空中的那個洞感到無比的震驚。」

「為什麼呢？」

「您聽我說。在那當口，奧瑞斯帶著報仇的衝動，燃燒的熱情呼喚著他，要他順著那股衝動行動，但就在那千鈞一髮之際，他的目光瞥見天邊的破洞，而所有的邪惡勢力便從破洞滲入整個場景，這使他霎時感到欲振乏力。總之，奧瑞斯變成了哈姆雷特。麥斯先生，古代悲劇和現代悲劇的相異之處，一言以蔽之，即在於此——在於紙糊的天空裡的一個破洞裡——信不信由您。」

然後他便腳踩著拖鞋，啪搭啪搭地離去。

三不五時，安瑟爾莫先生會將他那些虛無飄渺的抽象思想一股腦地傾訴而出，像場大雪崩似的。但那些思想背後的道理、其中的因果關係以及用意仍然停留在那些雲霧繚繞的山峰頂上沒有下來，搞得聽者往往一頭霧水，無法理解他究竟想說些什麼。

但奧瑞斯的木偶不知所措地駐足於天邊破洞下的畫面在我的腦海中盤桓不去。然後，我嘆了口氣想：「那些頭頂上還頂著一個完好無缺、沒有破洞的天空的木偶可真有福氣！沒有令人倍感煎熬的困惑，沒有顧忌，沒有阻礙，沒有陰影，也沒有憐憫——什麼都沒有！他們可以盡情地入戲，並享受屬於自己的喜劇；他們可以愛自己，在乎自己，尊重自己，而不用擔心自己被沖昏頭或失去平衡，因為那片紙糊的屋頂對於他們的體型和他們的一舉一動而言其實恰到好處。」

「而親愛的安瑟爾莫先生，」我自顧自地繼續想了下去：「這種木偶的原型在您家中就有一個，就是您那個不可取的女婿琶皮阿諾。誰能比他更適合那片紙糊的天空，那片天空低低地壓在他頭頂上，而鼎鼎有名的上帝穿著寬鬆的袍子，住在自己那舒服安靜的居所，他隨時準備閉上雙眼，高抬貴手，原諒一切；對於人類所犯下的小奸小惡，這位上帝總是昏昏欲睡地重複告訴他們：『天助自助者』，而你們家的那位琶皮阿諾的確也總是無所不用其極地『自助』著。對他而言，人生幾乎是一種競技遊戲。看！他在各種陰謀間穿梭自如，多麼愜意啊！看他那汲汲營營，興致盎然，侃侃而談的模樣啊！」

琵皮阿諾年約四十，身材高大，四肢健壯——他有點禿頭，一只大鼻子下面留著一大撮花白的鬍子，鼻孔總是微微地顫動著；他那雙極為銳利的灰眼珠跟他的雙手一樣，透露出一股焦躁不安。不管什麼東西，他都想看一看，摸一摸。比如說，跟我說話的時候，我不明白他是如何注意到他身後的阿德里亞娜正費勁地在清理房裡的某個東西，於是他像一只飛矢般地飛奔到她身邊：

「抱歉！」

他跑到她旁邊，一把搶走她手裡的東西：

「我的好女孩兒，不是這樣，妳看：這樣弄才對！」

然後他便親自清理了那東西，並物歸原處，接著才回頭找我。有時候，他會率先發現他那患有癲癇症的弟弟又「發作了」，他會跑過去拍打他的臉頰，敲一敲他的鼻子：

「西皮佑內！西皮佑內！」

或者，他會朝他臉上吹氣，直到後者甦醒過來為止。

要是我沒有那該死的心虛，天知道我會多麼享受這一切！

當然，他打從一開始便注意到了這一點，或者說，他至少隱約地嗅到了我的心虛。他開始發動一連串密集的禮貌攻勢，想套我說話。在我看來，他的每一字、每一句、每個問題——哪怕聽起來再平凡也不過——都暗藏重重陷阱。為了不讓他起疑，我決定不要表現出對他不信任的模樣，然而，我還是很難掩飾自己對他的不信賴，因為他那副卑躬屈膝，虛情假意的嘴臉搞得我很是不悅。

這種不悅的感受也來自於我內心深處另外兩個不為人知的理由。其中的一個是：像我這樣一個從來沒幹過任何壞事，也沒有傷害過任何人的人，如今卻被迫要過著瞻前顧後，心驚膽戰，疑神疑鬼的生活，彷彿我已經失去了安安靜靜過生活的權利。至於另外一個理由，我甚至沒辦法向自己承認它的存在，正因如此，我為此怒火中燒。我是有試著告訴自己：

「笨蛋！你就一走了之啊，從這個煩人的傢伙身邊走開啊！」

但我並沒有一走了之——我已經離不開了。

為了不去承認自己對阿德里亞娜的情愫，我不斷地與自己抗爭，而這種天人交戰讓我沒辦法去思考，思考我那極不尋常的人生處境究竟會給這份感情帶來什麼樣的後果。我就這樣停在一種對自己的不滿與一刻也不停歇的煎熬當中，內心惶惑不安，但表面上總是面帶微笑。

我還沒弄清楚那天晚上我藏身在百葉窗後所發現的那一切。看上去，琶皮阿諾見到我本人之後，便立刻捨棄了從卡波拉雷小姐口中所得知的關於我的壞印象。儘管他不斷折磨我，這是事實，但他這麼做比較像是身不由己，絕不是因為他心裡有個把我趕走的秘密計劃，讓我走？我看恰恰相反！他心裡究竟懷著什麼鬼胎？自從他回來以後，阿德里亞娜便顯得憂傷、怯懦，就像我剛搬進來時那樣。席爾維婭・卡波拉雷小姐用『您』稱呼他，至少當著別人的面時她是這麼做的，但那個口若懸河的大騙子卻公開用『妳』稱呼她；他甚至稱她為『小壞蛋席爾維婭』；對於他這種親熱又可笑的行為，我真的不知道該作何感想。當然，那個不幸的女人生活的確一團混亂，不太值得人家敬重，但她也沒理由要被一個非親非故的男人如此糟蹋吧。

一天晚上（那是個滿月的日子，夜如白晝），我從我的窗口看見她獨自一人悲傷地待在露台上，如今，我們已經很少在那兒見面，因為，琵皮阿諾一個人就可以搶走所有人的話。在好奇心的驅使之下，我決定要在那個荒涼的時刻過去給她一個驚喜。

一如平常，我在自己房門口的走廊上見到了琵皮阿諾的弟弟蜷曲著身子躺在行李箱上，就如同我第一次見到他時那樣。他是選定了這個地方作為他的住所呢？還是奉兄長之命來這裡看守我的？

卡波拉雷小姐在露台上哭泣。起初，她不願意對我吐露任何事情；她只說她頭痛得很厲害。後來，她彷彿突然下定決心般地轉身看向我，對我伸出一隻手，然後問我：

「您算不算是我的朋友？」

「如果您不嫌棄的話……」我如此回答她，並對她鞠了個躬。

「謝謝。但拜託，請別跟我客套！假使您知道眼前的這一刻我有多麼需要一個朋友，一個真正的朋友！您應該能明白吧，畢竟，您自己在這世上也是孤單一人，就像我一樣……但您畢竟是個男人！假使您瞭解到……瞭解到……」

她咬著她手中的那條手帕，以免自己哭出來；但淚水仍不聽使喚地流了下來，因此她很是氣惱，反覆地扯了那條手帕好幾次。

「我是個女人，而且還又老又醜，」她大叫道：「集這三個無可救藥的缺點於一身！我活著又有什麼意思？」

「請您冷靜下來，拜託，」我央求她，心裡好是難過：「小姐，您為什麼這麼說呢？」

除此之外，我實在說不出什麼別的。

「因為……」她猛然開口，但隨即又突然住嘴。

「您就直說吧，」我鼓勵她道：「如果您需要一個朋友……」

她用已經被撕裂的手帕擦拭眼淚，然後……

「對於現在的我而言，最好的朋友就是死神！」她啜泣著，她的悲傷是如此的深沈與強烈，一時之間，我喉頭也為之一緊。

她那張乾癟的嘴唇看起來實在不太漂亮，顫抖的下巴還長著幾根捲曲的細毛，但我永遠不會忘記她嘴角下垂，悲痛欲決地對我傾訴的模樣。

「但就連死神也不要我，」她接著說道：「沒用的……抱歉，麥斯先生！但您能幫我些什麼呢？您什麼忙也幫不上的。您頂多能說幾句話來安慰我……是的，對我表達一點同情之意。我是個孤兒，而我只能待在這兒，被當成……也許您根本沒有注意到。但您知道嗎？他們根本無權這樣對待我！這裡可沒有人施捨我一分一毫……」

這時，卡波拉雷小姐告訴我她被琶皮阿諾坑了六千里拉一事，而這件事稍早我已經在其他段落稍微提到了。

儘管這個不幸女人的悲痛引起了我的關注，但我最想從她那兒知道的絕不是這一點。我利用她激動的情緒——我承認這是一種利用——另一方面，也許也是因為我今天多喝了幾杯，於是，我大膽地問了她：

「可是，不好意思，小姐，您當初為什麼要給他那筆錢呢？」

「為什麼？」她握緊了雙拳：「因為兩件齷齪的事，一件比另一件更下流！我會給他那筆錢，是為了向他證明我已經明白了他想從我身上得到什麼。您明白了嗎？那個時候，他太太還沒過世，而他……」

「我明白了。」

「您想想，」她一發不可收拾地繼續說道：「可憐的麗塔……」

「他的妻子？」

「對，麗塔，也就是阿德里亞娜的姊姊……她臥病在床整整兩年，在生死邊緣掙扎……而您一定也可以想像得到我當初是怎麼……算了，住在這屋子裡的人都知道我當時的所作所為；阿德里亞娜知道，這也是為什麼她這麼愛我；這個可憐的女孩，她是知道的。但如今我落到了什麼田地？您看，為了他，我甚至連鋼琴也賣了，而那鋼琴……您懂吧？那鋼琴可是我的一切啊！鋼琴不僅僅是我的謀生工具——我可是會跟我的鋼琴說話的啊！我還是個年輕女孩的時候，還在音樂學院讀書的時候，我就會作曲；一直到畢業以後，我都還在作曲；後來我才放棄。但當我還擁有那台鋼琴的時候，一有靈感，我便會作曲，為我自己作曲；藉此抒發情緒……您要相信我，那時候，我一陶醉起來，有些時候甚至會昏倒在地。我不知道究竟有什麼東西從我的靈魂深處跑了出來——我和我的鋼琴合而為一，我的手指敲擊的不再只是一個鍵盤——我讓自己的靈魂盡情地哭泣吶喊。我只能告訴您，有一天晚上——那個時候，我還和媽媽一起住在一個閣樓裡——我們家樓下的街道裡聚集了一群人，待我彈奏完畢，他們為我鼓掌叫好，久久不肯離去。連我自己都被嚇到了。」

「抱歉，女士，」這時，為了找個方法安慰她，我向她建議道：「您何不租一台鋼琴？要是能聽您演奏，我會感到非常、非常地榮幸；您……」

「不，」她打斷我：「我還有什麼好彈的！對我而言，那一切都已經結束了。現在的我只能亂彈一些不三不四的歌曲。夠了，一切都結束了……」

「可是，特任丘．琵皮阿諾先生，」我大膽地追問道：「他有承諾要把那筆錢還給您嗎？」

「他？」卡波拉雷小姐全身因憤怒而顫抖，她立刻回答道：「誰又要求過他還錢了！對，現在他向我承諾了，要是我幫他……沒錯！他需要幫忙，而他找的竟然是我；他居然有辦法厚著臉皮跟我提那件事，還一副若無其事的樣子……」

「幫忙？幫什麼忙？」

「幫他完成另一個齷齪的勾當！您懂了嗎？我看您已經懂了吧。」

「阿德里……他……他打阿德里亞娜小姐的主意？」我結結巴巴地說。

「沒錯，他要我去說服她！他竟然找我，您明白嗎？」

「說服她嫁給他？」

「當然囉。而您知道為什麼嗎？他有，或者，應該說，那個不幸的女人有一筆大約是一萬四或一萬五千里拉的嫁妝，這筆嫁妝原本是她姊姊的，但那男人現在必須把這筆錢還給安瑟爾莫先生，因為麗塔身後並沒有留下任何的子嗣。我不知道他耍了什麼花樣。他要求他們給他一年的時間還錢。而現在，他希望……噓……阿德里亞娜要過來了！」

阿德里亞娜向我們走了過來，看起來比平時還要羞澀畏縮。她用手摟住卡波拉雷小姐的腰，然後微微地向我點頭示意。聽了剛剛卡波拉雷小姐向我吐露的那番話之後，看見她如此的溫順，幾乎像個奴隸般地屈從於那個邪惡騙徒的霸道欺負，我的心中便燃起一股無名火。但不久以後，琵皮阿諾的弟弟也像個影子般地跟著來到露台上。

「他來了，」卡波拉雷小姐低聲對阿德里亞娜說道。

後者瞇起雙眼，露出苦澀的微笑，然後她搖了搖頭，從露台走開，臨走時對我說道：

「我先告辭了，麥斯先生。晚安。」

「因為眼線也來了！」卡波拉雷小姐在我耳邊低聲說道，並向我使了個眼色。

「可是阿德里亞娜小姐究竟在害怕些什麼呢?」怒火中燒的我脫口而出:「難道她不明白,她這種態度只會讓那個惡霸變得更加盛氣凌人嗎?您知道嗎,女士?我必須承認我很羨慕那些懂得品味生活,並且活得興致盎然的人,而我也很佩服他們。在那些甘願委屈自己作奴隸的人和那些立志要作主的人之間,我比較欣賞後者——儘管他們這麼做多半是出於傲慢。」

卡波拉雷小姐注意到了我激昂的情緒,於是,她帶著一種挑釁的口氣對我說道:

「那您呢?您自己為什麼不當那個率先挺身而出的反叛者?」

「我?」

「沒錯,就是您!」她一邊注視我的雙眼,一邊搧風點火地說道。

「但這與我何關?」我回答道:「我唯一的反叛方式就是離開這裡。」

「好吧,」卡波拉雷小姐話中有話地作出結論:「但也許這正是阿德里亞娜不願意看見的事。」

「她不願意看見我離開?」

她揮舞著那條破爛的手帕,然後把手帕纏在一根手指上,嘆口氣說道:

「天曉得呢!」

我聳了聳肩。

「晚餐！我要去吃晚餐了！」我大聲嚷嚷地離去，留下啞口無言的她在露台上。

我決定今晚立刻開始行動，經過走廊的時候，我在行李箱前停了下來，西皮佑內・琶皮阿諾仍然窩在那兒。

「對不起，」我對他說道：「您難道沒有其他更舒服的地方可待嗎？您在這裡擋了我的路。」

那傢伙只是呆滯地盯著我看，兩眼茫然，一動也不動。

「您聽懂我的意思了嗎？」我一邊逼促他，一邊猛搖他的一隻手臂。

但我根本是在跟牆壁說話！這時，走廊盡頭的門打開了，阿德里亞娜從裡面走了出來。

「拜託您，小姐，」我對她說道：「您想想辦法告訴這個可憐的孩子，讓他坐到別的地方去吧。」

「他有病，」阿德里亞娜試圖為他辯解。

「對啦，正是因為他有病！」我反駁道：「待在這裡對他不好，這裡不通風……而且，這樣子窩在一個行李箱上……您要我自己去跟他哥哥說嗎？」

「不，不用了，」她連忙回答道：「您可以放心，我會去跟他說的。」

「您自己也明白，」我接著說：「我可不是個君王，我不需要哨兵在門口站崗。」

那天晚上之後，我失去了自制力；我開始公開地對柔弱的阿德里亞娜施壓；我閉上眼睛，不加思考地放縱在自己的感情裡。

這個令人憐愛的小媽媽！起初，她看起來像是被兩股力量拉扯著，懸吊在恐懼與希望之間。她不敢有所冀望，因為她猜想我的所作所為純粹是出於怒火；但另一方面，我也感覺到，她之所以會恐懼，也是因為目前為止她都在心底偷偷地，幾乎是不自覺地期盼著不要失去我；眼前，我充滿決心的態度帶給她希望，因此，她也無法完全屈服於她的恐懼。

她的迷惑與細膩、老實與謹慎，讓我無法坦誠地面對自己的情感，轉而更奮力地與琶皮阿諾暗中較勁。

起初，我以為琶皮阿諾會拋開他平常那些虛情假意的恭維與禮數，來找我正面對決。但他並沒有這麼做。他順從我的意思將他弟弟和行李箱從那個「崗位」撤離，他甚至開始在我面前取笑阿德里亞娜那尷尬、無所適從的模樣。

「您要多包涵啊，麥斯先生！我這個小姨子羞澀得像個小修女似的！」

他令人意想不到地放低了姿態，變得非常隨和，搞得我完全摸不著頭緒。他究竟在演哪齣呢？

一天晚上，我看見他帶了一個人回家，那人一邊進門，一邊拿著一支棍子朝著地板敲，好像想藉著敲打棍棒感覺自己的步伐，因為他穿著布鞋走路，腳下無聲。

「他人在哪兒啊？我的老鄉？」他操著一口道地的都靈口音，大聲地嚷嚷了起來，還沒來得及脫下他那頂帽緣向上捲起，幾乎完全掩蓋住他那朦朧醉眼的帽子，也沒來得及拿下口中那根活像是專門拿來把鼻子烤紅的煙斗，連卡波拉雷小姐的鼻子都沒那麼紅：「他人在哪兒啊，沃的老鄉？」

「他就在那兒呀！」琵皮阿諾指著我說道，然後轉身面向我：「阿德里亞諾先生，我為您帶來了一個驚喜！這位是弗然切斯可．麥斯先生，都靈人，您的親戚。」

「我的親戚？」我費解地大叫道。

那個人閉上了眼睛，像隻熊一樣的舉起了一支手掌，有好一會兒時間，他就那樣把手伸在半空中，等著我給他握手。

我任他繼續停在那個姿勢裡，並好好地打量了他一番，然後：

「這是哪齣鬧劇？」我問道。

「呃，抱歉，您為什麼這麼說呢？」特任丘・琶皮阿諾回答道：「弗然切斯可・麥斯先生信誓旦旦地說他可是您的……」

「堂哥，」那傢伙連眼睛都沒有睜開，便在一旁搭腔道：「只要是姓麥斯的都是親戚啊。」

「但我可不認識您！」我頂嘴道。

「噢！這是什麼話！」他大吼大叫：「我大老遠過來就是要來找你的啊。」

「麥斯？都靈人？」我如此問道，並裝出一副苦思不得其解的模樣：「可是我不是都靈人啊！」

「怎麼會！不好意思」琶皮阿諾插嘴倒：「您之前不是告訴過我，一直到十歲那一年，您都待在在都靈嗎？」

「是嘛！」那男人又咕噥了起來，說他可是確定得不得了，卻有人懷疑他，搞得他很火大：「堂弟，堂弟！呃……這位先生……您怎麼稱呼？」

「特任丘・琶皮阿諾，請多多指教。」

「對！特仁奇亞諾他告訴我你爸去了美洲，意思就是說？意思就是說你是大騙子安東尼叔叔的兒子，安東尼叔叔去了美洲。所以說我們是堂兄弟。」

「可是我父親的名字是保羅……」

「是安東尼！」

「是保羅，他叫保羅。難道您比我更清楚不成？」

他縮起肩膀，嘴巴撅得尖尖的：

「我明明記得他叫安東尼的，」他一邊如此說道，一邊揉著他那至少已經四天沒刮，覆蓋著短而粗硬的灰色鬍鬚的下巴：「好吧，我不想跟你辯。也許他真的叫做保羅。我記得不是很清楚，因為我當初也沒能親自認識他。」

這個可憐的傢伙！他其實比我還更清楚他那位去了美國的叔叔到底叫什麼名字，但因為他不論如何想當我的親戚，不得不採信我的說法。他告訴我，他的父親跟他一樣都叫弗然切斯可，是安東尼……或說保羅的兄弟，總之那人就是我的父親啦！當他還是個七歲的小毛頭的時候，保羅離開了都靈；他又告訴我身為一個小職員，一直以來他都離鄉背井，一會兒住這兒，一會兒住那兒。因此，關於親戚的事——不管是父親還是母親那邊的親戚——他所知甚少，儘管如此，對於一件事，他十分確定，應該說確定得不得了——也就是，他是我的堂哥。

但爺爺，他至少有見過爺爺吧？我故意問他。嗯，是的，他見過爺爺，但他已經記不清楚他究竟是在帕維亞還是在皮亞琴察見過他。

「哦，是嗎？您見過爺爺？那他長什麼樣子？」

他……說實在的，他記不得了。

「那已經是三十年前的事了啊……」

看起來他並沒有惡意；他似乎只是個相當不幸的傢伙，因為不想被人生的悲慘和苦痛壓垮，他用酒精麻醉自己的靈魂。他閉著眼睛，頭低低的，同意我為了好玩而胡謅出來的一切；我很確定，如果我告訴他，我們從小一起長大，而我時常亂扯他的頭髮，他也會承認。只有一件事我不應該質疑：也就是我們是堂兄弟。關於這一點，他沒辦法通融，因為那是確定的事實，不用再討論了。

但後來，我看見琶皮阿諾一副稱心如意的模樣，頓時失去了開玩笑的心情。我向那位半夢半醒的可憐人說了聲：「親愛的親戚！再見了！」把他給送走，然後轉身盯著琶皮阿諾的眼睛看，我要讓他知道我可不是好惹的：

「現在請您告訴我您去哪裡找來了那個怪老頭。」

「真抱歉啊，阿德里亞諾先生！」那個騙徒先發制人地如此說道，我不得不承認他實在有一套：「我知道自己這次很不湊巧……」

「怎麼會？您可是每次都湊巧得不得了，而且屢試不爽啊！」我大聲說道。

「不，我的意思是：我很遺憾沒能討您開心。但請您相信我，這件事純屬意外。事情是這樣的：今早我有事去了稅捐處一趟，去那裡幫我的雇主侯爵大人辦一件事。在那裡的時候，我聽見有人在大喊：『麥斯先生！麥斯先生！』於是我以為您也湊巧在那兒辦事，所以，我立刻轉頭找您，心想假使您湊巧需要一些幫忙，我會竭盡所能地為您服務的。誰知道他們叫的不是您，而是那個怪老頭——您方才這麼稱呼他倒是很貼切——於是，就這樣……出於好奇，我走過去問他是否真的姓麥斯、家鄉在哪裡，因為我自己家裡也很榮幸住著一位姓麥斯的房客……這就是事情的原委！他一口咬定您絕對是他的親戚，堅持要來與您相認……」

「稅捐處？」

「沒錯，先生，他在那裡當助理營業員。」

我該不該相信他這番說詞？我決定要把這件事查個清楚。這一點是事實沒錯；但另一個事實是，琶皮阿諾已經對我起疑，我想要當著他的面，正面拆穿他的詭計，但他卻左閃右躲，藉此挖掘我的過往，想要在背後攻擊我。我很瞭解他的為人，因此我有充分的理由擔心，要不了多久的時間，他會用他那獵犬般敏銳的嗅覺，嗅出我的來歷——而他要是真的嗅出了任何蛛絲馬跡，我就糟了——因為他肯定會尋線而上，一路追溯到雞籠農場去的。

後來發生的一件事更把我給嚇個半死；幾天以後，我在房間裡看書的時候，聽見走廊那兒傳來了一個在我腦海裡仍然鮮明不已的聲音——而對我而言，那聲音彷彿從地獄直達我耳際。

「謝天謝地，我終於擺脫她了！」

不會吧？那個西班牙人？我在蒙地卡羅碰到的那個粗壯的大鬍子西班牙人？那個想和我共同下注，並且在尼斯與我大吵一架的傢伙？……哦，上帝！這就是了！被琵皮阿諾找到了一條線索！

我整個人跳了起來，雙手及時撐著桌子，才不至於在那突如其來的恐慌中不慎摔倒。我好震驚，幾乎倉皇失措，我豎起耳朵聽著，心裡唯一的念頭便是，一旦那兩個人——琵皮阿諾和那個西班牙人（毫無疑問絕對是他：我只是聽著他的聲音，他就好像活生生地站在我眼前似的）——走過走廊，我就要立刻逃之夭夭。逃跑嗎？可是萬一琵皮阿諾一進到家門就問過女傭我是否在家？那麼，發現我逃走，他又會作何感想？但話說回來，假使他早就知道我根本不是阿德里亞諾．麥斯呢？且慢！那個西班牙人又能有什麼關於我的消息呢？他了不起只是在蒙地卡羅見過我而已。那麼，那個時候，我有跟他說過我叫做馬悌亞．琵斯卡嗎？也許吧！我不記得了……

不知不覺中，我已經來到了鏡子前面，彷彿有人牽著我的手把我領到那兒似的。我看著鏡中的自己。哎呀，那隻該死的眼睛！他可能會從那隻眼睛把我給認出來。但琵皮阿諾究竟是如何循線而上，一路追溯到我在蒙地卡羅試手氣的往事？比起其他的事情，這才是最令我萬分吃驚的。現在該怎麼辦才好呢？我無計可施。我只能等待，眼睜睜地任由事情發展。

但什麼事也沒有發生。然而我內心的恐懼並沒有因此褪去；即使那一天晚上，琵皮阿諾向我解釋了那個令我百思不解、恐懼萬分的西班牙客人來訪的原委，解開了謎題，也證實了他根本沒在追查我的過往。這一切只是出於巧合，已經有好一陣子，我深受巧合的眷顧，而這一次巧合再度眷顧我，讓我跟這個西班牙人再次萍水相逢，說不定他根本不記得我了。

琵皮阿諾跟我說了一些關於那傢伙的事，依照他的說法，去了蒙地卡羅而沒碰見那傢伙是不可能的，因為他是個職業賭徒。奇怪的是，我居然會在羅馬見到他，或者，更確切地說，我在羅馬租房子，而他居然也進到了這房子裡來。當然，如果我沒什麼好懼怕的，這種狀況在我眼中也不會顯得那麼怪異，畢竟，因緣巧合之下跟一個之前認識的人在某處不期而遇，這種事情不是屢見不鮮嗎？此外，他會來到羅馬，住進琵皮阿諾家中，想必有他充分的理由，或說，至少他一定是這麼認為的。不對勁的其實是我，或者說，是那個搞得我剃掉鬍子，改名換姓的因緣巧合。

約莫二十年前，季里歐．德奧列塔侯爵——而琵皮阿諾是他的秘書——把他唯一的女兒嫁給了安東尼歐．潘托加達先生，一個在西班牙駐教廷大使館工作的外派人員。他們婚後不久的某個夜裡，潘托加達先生跟羅馬的一些權貴人士在非法賭場聚賭時被警方破獲，於是他被召回馬德里。

返鄉之後，他仍然流連賭場，甚至變本加厲，以至於最後他被迫放棄外交官的職務。那之後，德奧列塔侯爵德便不得安寧，他被迫不斷寄錢給死性不改的女婿，供他還債。四年前，潘托加達的妻子離開人世，留下一個年約十六歲的年輕女孩兒，侯爵想要把外孫女留在自己身邊，因為要是他不這麼做的話，那女孩會落到什麼地步，他再清楚不過了。起初，潘托加達不肯放女兒走，但之後，急需用錢的他把女兒交給了岳父。現在，他不斷揚言要跟岳父討回女兒，說他絕不善罷甘休；這正是他那天來到羅馬真正的目的，要從可憐的侯爵身上敲詐更多的錢財，因為他很清楚，侯爵說什麼也不會把他心愛的孫女裴琵塔交到他手中。

琵皮阿諾嚴詞撻伐潘托加達的勒索行徑，他那義憤填膺的怒火應該是發自內心的。我一邊聽著他大放厥詞，一邊不由得讚嘆那左右著他的良心的特別機制——他一方面可以因為別人幹的骯髒事如此真誠地大發雷霆，另一方面，卻又能心安理得地對自己的岳父琵雷阿里幹出同等的壞事。

總之，那一次，季里歐侯爵鐵了心不讓步，而這意味著潘托加達會在羅馬停留很長的一段時間，而他肯定會常來家裡找特任丘·琵皮阿諾，他們兩個人想必會心有靈犀。所以，我和那西班牙人無可避免地會碰頭，這是遲早的事。我該怎麼辦呢？

由於不能跟別人商量這件事，我只好再次請鏡子給我一些建議。在那塊玻璃裡，已故的馬悌亞·琶斯卡的形象彷彿從磨坊的貯水池底部浮出了水面，如今，他在我身上遺留的，只剩那隻眼睛，而他對我如此說道：

「我說阿德里亞諾·麥斯，你給自己惹上了什麼爛攤子啊！你很害怕琶皮阿諾，你就承認吧！而你想要怪罪於我，事到如今，你還想這麼做，只是因為我當初在尼斯和那個西班牙人吵了一架。可是，這點你心知肚明，我當時可沒做錯。你覺得眼前，你只要把最後一個屬於我的特徵從你身上拿掉就夠了嗎？好吧，那你就按照卡波拉雷小姐的建議，去找安布羅西尼醫師矯正那隻眼睛吧。然後……你自己就走著瞧吧！」

Chapter

XIII

小燈籠

四十個暗無天日的日子。

手術很成功，成功得不得了。唯一美中不足的是，那隻眼睛可能會比另一隻眼睛稍稍大一些。算不錯了啦！沒錯，在那段期間，我躲在房裡，度過了四十個暗無天日的日子。

於是我親身體驗到，受苦的人對於是非好壞會產生一種獨特的見解，換言之，他會愈來愈覺得別人有義務善待他，會順理成章地認為自己有權利要求別人善待他，彷彿痛苦的經驗賦予他索賠的權利似的；此外，他也會認為自己有虧待他人的權利，彷彿痛苦的經驗一併啟動了他虧待他人的能力。而假使他人沒有「出於職責」地善待他，他便會指控他們，而對於自身的錯誤，他也可以輕而易舉、理所當然地為自己脫罪。

暗無天日地度過了幾天以後，一種想被撫慰的慾望在我心中蔓延開來。沒錯，我知道自己寄宿在別人家中，應該感激屋主對我的悉心照料。但那些照料已經無法滿足我；相反的，我感到十分煩躁，彷彿那些照料是用來跟我過不去的。沒錯！因為我猜得到究竟是誰來照顧我的。阿德里亞娜用這種方式讓我知道，她的心幾乎整天都在那裡，在我的房間裡陪伴著我！真謝謝她的安慰！但這對我而言又有什麼價值呢？假使我的一顆心整天都狂燥不安，一會兒往這兒，一會兒往那兒，四處追尋她的蹤影呢？只有她一個人能撫慰我——而她應該那麼做，因為她比任何人都能夠理解我如何被一股厭倦感所拖累，理解那種想要見到她，想要感覺到她就在我身邊的渴望如何折騰著我。

潘托加達先生突然動身離開羅馬的消息也令我火冒三丈，那股狂燥與不耐也隨之飆高。早知道他這麼快就會離開，我又何必這樣窩在黑暗中四十天呢？

為了安撫我，安瑟爾莫．琵雷阿里先生跟我講了一長串的道理，想向我證明黑暗是人想像出來的。

「想像出來的？什麼？」我對他喊道。

「您先別急，慢慢聽我說。」

他向我灌輸（也許是為了好好訓練我，讓我有朝一日可以參與通靈的實驗，而為了取悅我，下一次的實驗將在我房裡舉行），我是說，他向我灌輸他那套獨一無二，似是而非的哲學概念，我們就暫且稱之為「小燈籠哲學」吧。

這位好心的老先生三不五時便會停下來問我：

「麥斯先生，您睡著了嗎？」

而我很想回答他說：

「是的，謝謝您，安瑟爾莫先生，我睡著了。」

但看在他來這裡純粹是出於好意來給我作伴，我回答他說，我聽得很開心，請他繼續講下去。

於是，安瑟爾莫先生接著講了下去，他向我指出，我們人類很不幸，我們不像樹木一樣只是單純而沒有覺知地活著，對於樹木而言，土壤、陽光、空氣、雨水都不是外物，也無所謂敵友。然而，我們人類卻生來便有一個悲哀的特權——我們察覺到自己活著，從而又產生許多美麗的錯覺——我們內心對生命的感受隨著時間、機緣、運勢而變化多端，我們卻將這些感受視為外於我們的客觀實體。

安瑟爾莫先生將這種對生命的感受比喻為一盞小小的燈籠，我們每個人內心都燃燒著一盞小燈籠，這盞小燈籠讓地球上的我們看起來茫然失措，讓我們看見善與惡；在這盞小燈籠的照耀之下，每個人的四周環繞著一個或大或小的光圈，而光圈外面便是可怕的陰影，一旦那個小燈籠不復存在，陰影也會隨之消失；但假使我們繼續在內心點燃這只燈籠，我們只好繼續相信陰影的存在。或許，到頭來，呼一口氣，燈籠熄了，最後，我們會發現，在那如同過眼雲煙，如夢似幻的白晝之後，我們終將投入永恆夜晚的擁抱？又或者說，我們會回歸到「存有」的懷抱裡，而「存有」不過是將我們的理性所杜撰的那些空泛的形式打破罷了？

「麥斯先生，您睡著了嗎？」

「安瑟爾莫先生，您繼續說吧，您儘管說下去，我沒有睡著。我感覺自己幾乎可以看見它！

看見您說的那只小燈籠！」

「啊，很好……不過既然您的眼睛尚未痊癒，我看我們還是不要講太多哲學，好嗎？我們不如試著在人類黑暗的命運裡，快樂地追逐這些四處飛翔的螢火蟲，追尋我們的小燈籠。首先，我會說，有許許多多，不同顏色的小燈籠存在，您說呢？不同的錯覺能量給了我們不同的玻璃，錯覺能量是個提供彩色玻璃的大商人。然而，麥斯先生，在我看來，在某些特定的歷史年代中，在每個人不同的人生階段裡，某種特定的顏色可能會蔚為主流，是吧？的確，在每一個時代裡，人們往往會不約而同地賦予那些大燈籠一種特定的光與色彩，而那些大燈籠是些抽象的術語，比如說真、善、美、榮譽等等，天曉得還有哪些……而舉例來說，難道您不覺得代表異教的美德的大燈籠是紅色的嗎？而基督教的美德則是紫色的，一種令人感到憂鬱的顏色。人類集體的感覺為一個共同的思想供給光線；然而，假使那份感覺開始瓦解，代表抽象術語的燈籠仍然會繼續存在，但思想的火焰會開始在裡頭發出劈哩啪啦的聲響，並開始閃爍、啜泣，這是在所有的過渡時期都很常見的現象。猛然來陣狂風，吹熄了所有大燈籠的案例，在歷史上也屢見不鮮。這下可好了！在突如其來的黑暗當中，可想而知，小燈籠們一定亂成一團——有的朝這兒跑，有的往那兒，有的走回頭路，有的繞遠路；霎時間，所有人都找不著路；他們彼此碰撞，有時候會十個、二十聚在一起，但由於彼此之間無法達成共識，很快的大家又會一團亂、鳥獸散，既憤怒又慌張，彷彿是一群找不到螞蟻窩入口的小螞蟻，而之所以如此，是因為有個壞心眼的孩子惡作劇地把螞蟻窩入口給堵住了。照我看來，麥斯先生，我們正處於這樣的一個時刻裡。放眼望去，一片漆黑！一團混亂！所有的大燈籠都熄了。我們應該投靠誰？我們是不是該回頭？還是我們應該求助於那些殘存的小燈籠，那些偉大的先賢遺留在墳上的燈火？我記得尼可洛·冬馬賽歐[1]曾經寫過一首優美的詩：

我的小燈
不像太陽般閃耀，
也不像烈火般生煙；
既不爆烈，也不狂噬，
但她的火苗向上竄升
竄向賜與我燈火的蒼天。
當我被埋葬，她將在我頂上繼續燃燒，
不畏風吹雨打，無懼時光流逝；
而路過的迷途者，

將來我這兒點燃他們熄滅的燈。

但麥斯先生，如果我們的燈籠裡頭缺少詩人的燈籠裡那維持燈火燃燒的聖油，那該怎麼辦？許多人仍然拎著自己的小燈籠去教堂補給燈油。而這些人大多是可憐的老人或婦人，在命運的捉弄下，他們提著一盞願望的小燈，在人世中摸黑前行，他們小心翼翼地維護著，不讓幻滅的冷風吹熄那盞小燈，在走到生命終點的懸崖之前，苦苦維持著火苗；他們一面疾步走向懸崖，一面注視著那個火焰；為了不聽見生活周遭的喧囂——在他們耳裡，那些流言蜚語只是一陣陣的咒罵聲——他們心中不斷想著：『願上主眷顧我！』他們之所以說『願上主眷顧我……』，是因為他們不只在內心當中看見祂，他們也在萬事萬物中看見祂，甚至在他們的苦難中也不例外，他們看見自己終將獲得報償。

這種微弱而柔和的火光令許多人好生羨慕；不過另外有些人，他們認為自己像是天神朱庇特[2]一般，他們身上的武器配備是被科學所駕馭的雷霆，而他們丟棄了小燈籠，洋洋得意地帶

1　尼可洛・冬馬賽歐（Niccolò Tommaseo）是一位十九世紀的義大利語言學家、作家和愛國主義者。他所著的《小燈籠》一詩以小燈籠象徵簡陋卻堅定、飄搖而不滅的「信仰之燈」。

2　希臘神話中的宙斯。

著電燈；對於那些還在使用小燈籠的人，他們既憐憫又輕蔑。但現在，麥斯先生，我想問的是：從前哲學家們費心探索、臆測『黑暗』這個巨大的謎團，儘管如今科學界已經放棄調查這一切，卻不排除它存在的可能性，但假使這一切終究不過是幻象，人類心靈所製造的幻象，一種無色的幻象呢？假使我們最後確定了這所有的奧秘在客觀上並不存在，僅僅存在於我們心中，假使我們發現，這一切僅出自於人類對於生命特有的感受，換言之，不就是我剛剛所提到的小燈籠在作祟嗎？簡言之，假使令我們畏懼不已的死亡根本不存在，假使死亡並非生命的毀滅，而像是一陣微風一樣，吹熄我們內在的那盞燈籠，吹熄了我們對生命懷有的那種悲哀的感受，那種痛苦、恐懼的感受；我們這些茫然失措、卑微可憐的螢火蟲努力地發出微光，而這小小的光圈被我們內心所虛構出來的黑影所界定、限制住，我們的生命就像是囚徒一般，暫時被排除在普遍、永恆的生命之外，而我們隱約覺得自己有朝一日終將回歸本源；殊不知我們其實打從一開始便身在其中，而且以後也將永遠待在裡面，而到時候，我們將不再有這種令我們倍感煎熬的放逐感？那條界線純屬虛幻，只相對於我們所發出的微光、我們的個體性而存在——本質上，界線根本不存在。我們——我不知道我這樣說，您聽了是否會開心——但我們向來與宇宙同生，並將與宇宙同壽；即使是現在，我們也以現有的形式參與著宇宙的一切展示與活動，只是我們不知道這一點，我們看不出來，因為令人嘆息的是，那盞該死的、飄搖的小燈讓我們只看得見燈光所及的狹小範圍；要是那盞燈至少讓我們如實地看見世界就好了！但事實並非如此，先生：那盞小燈任意地將世界染色，讓我們看見一些有的沒有的，唉！還真夠我們抱怨的了，我們如果以另一種形式存在的話，或許我們連一張可以對這一切哈哈大笑的嘴都沒有。笑些什麼呢，麥斯先生？笑那盞小燈給我們帶來的一切白費力氣、愚昧至極的苦難，嘲笑它在我們面前及四周所創造出的一切陰影以及形形色色、張狂而奇異的幻影，嘲笑它在我們心中所激發出來的恐懼！」

哈，這位安瑟爾莫．琶雷阿里先生，把我們每個人內心裡燃燒的那盞小燈籠振振有詞地批評了一番，然而，他又為什麼要在我的房間點燃另一盞紅玻璃的燈籠，進行他的通靈實驗呢？人內心的那盞燈籠不都嫌多了嗎？

我決定問問他。

「這是用來矯正的啊！」他回答我說：「用一盞燈籠抗衡另一盞燈籠的力量！而且，您知道，反正這盞燈籠也遲早會熄滅！」

「在您看來，為了看清楚些什麼，這是最好的辦法囉？」我大膽地提出了自己的見解。

「容我一句，所謂的燈光，」安瑟爾莫先生立刻反駁道：「所謂的燈光，唯一的功能便是，讓我們在所謂的生命當中可以自欺欺人地看見這個世界；但若要看見彼岸，請相信我，那燈光不但沒有幫助，反而是種阻礙。那只是某些心胸狹窄的科學家一些愚蠢且一廂情願的想法，他們寧願相信——因為這麼想令他們感到舒服——相信這些通靈實驗是對於科學與大自然的冒犯。但先生，事實並非如此！我們其實是在探尋大自然裡其他的法則，自然界裡還存在著其他與此不同的法則與生命形式，超乎我們那極其平凡的有限經驗，但那也是大自然的一部分啊！我們試圖突破平常感官所賦予我們的那種狹隘的理解力。現在，容我這麼說，難道科學家們不是比誰都更先強調，實驗要成功，必須要有適合的環境與條件嗎？沒有暗房，哪來的照片？所以說嘍！況且，關於我們的實驗還有許多檢驗的方法！」

不過經過了幾個晚上以後，關於那些檢驗的方法，我發現安瑟爾莫先生一個也沒用上。那不過是他們家人之間的實驗！他哪可能去懷疑卡波拉雷小姐和琶皮阿諾以欺騙他為樂呢？而他們為什麼要騙他？這又是哪種樂趣？他本人的信仰很堅定，他根本不需要藉著那些實驗來鞏固他的信仰。像他這麼善良的人根本不可能想到他們會心懷鬼胎地欺騙他。

若是產生了一些令人恐慌或莫名其妙的後果，神智學也能提供他一套自圓其說的解釋。處於「心智界」或更高層面的高等生物不能透過一個媒介降臨到這個世界上與我們溝通，因此，我們必須滿足於比較低階層的「星靈界」的亡魂那些較為粗糙的展現，也就是那些本質上與我們較為相似的生物的展現：事情便是如此。

而誰又能反駁他呢？

我知道阿德里亞娜向來拒絕參與那些實驗。自從我把自己關在房裡，過著暗無天日的日子以來，她便鮮少進到我的房裡，更沒有單獨過來問我過得如何。就算她有問起，那問題聽起來也不過是個客套的問候，而事實上那也只是客套。她知道我過得如何，她心知肚明！

我甚至從她的聲音中聽出了一種淘氣的諷刺，因為她並不知道我已經這麼突然地決定要動手術的真正原因為何，因此，她想必以為我之所以挨這一刀是因為我的虛榮心，因為我想讓自己變得更好看，或說不那麼難看，才聽從卡波拉雷小姐的建議去矯正了我的眼睛。

「我很好啊，小姐！」我回答她道：「我現在什麼也看不見……」

而這時，琶皮阿諾便會接著說：「是啊，但以後您便看得見了，而且會看得更清楚。」

我趁著自己看不見，在黑暗中揮拳，作勢要一拳打在他臉上。但他這麼說顯然是故意的，他想磨光我殘存的耐性。他不可能沒有注意到我被他的話搞得很煩躁——不管是打哈欠還是猛然吐一口怨氣，我用盡各種方法讓他知道；然而，看啊，他又來了！他不斷地進到我房裡，幾乎每晚都來（是的，是他沒錯），一待就是整整幾個小時，喋喋不休地聊個不停。一片黑暗當中，他的聲音幾乎奪走了我的呼吸，讓我如坐針氈，在椅子裡扭來扭去，並不斷地絞動著我的手指——有時我恨不得當場把他給掐死。他猜中我的心思了嗎？他感覺到了嗎？哼！正是在這當口，他的語氣柔軟了起來，幾乎可以說到了溫柔的地步。

人在遭逢損失或不幸的時候，總需要找個人出氣。事實上，琵皮阿諾想盡一切要逼我離開那個家；而關於這一點，假使那些日子裡我的理智有適時發聲的話，我應該要全心感謝他才是。但理智偏要借用琵皮阿諾的嘴巴發聲，叫我怎麼有辦法從善如流呢？畢竟在我眼裡，琵皮阿諾可是個壞胚子啊；這件事昭然若揭，他是個寡廉鮮恥的大壞蛋！對啊，他不正想把我給攆走，想要矇騙利用琵雷阿里，糟蹋阿德里亞娜？聽了他那些長篇大論以後，這是我心裡得到的唯一結論。唉！為什麼理智的聲音偏偏要選擇透過琵皮阿諾的嘴對我說話？不過，或許是我自己把理智的聲音放到他的口中，好幫自己找個藉口，好讓他成為不正義的一方，我之所以感到焦躁不安，其實不是因為那片黑暗，也不是因為琵皮阿諾那令人厭煩的喋喋不休，而是因為我感覺自己已被糾結的生命鎖鏈重重捆綁。

他究竟對我說了些什麼？他跟我說了些關於裴琵塔・潘托加達的事，夜復一夜地談著。雖然我過得很簡樸，他卻認定我是個有錢人。而現在，為了把我的心思從阿德里亞娜身上移開，或許他心裡妄想著要讓我愛上季里歐・德奧列塔侯爵的孫女；他把她描述成一個明智而勇敢的年輕女孩，聰明伶俐又堅毅不拔，為人乾脆、坦率又活潑；此外，她也長得很漂亮；呃，她簡直是太美了！她留著一頭黑髮，身材修長且凹凸有致；她還熱情如火，眼神燦爛，嬌嫩欲滴的嘴唇令人想要一親芳澤。更別提嫁妝了：「豐厚得不得了！」不多不少，正好是季里歐・德奧列塔侯爵德・奧萊塔全數的財產！要是能早早地把孫女給嫁掉，侯爵大人鐵定會高興得不得了，這點毫無疑問，一方面，是因為他可以藉此擺脫糾纏不清的潘托加達，另一方面，也是因為這對祖孫其實不太合得來——侯爵生性比較懦弱，整個人封閉在他那死氣沉沉的世界裡，而裴琵塔則全然相反，她個性強勢，活力奔放。

難道他不明白，他愈是在我面前稱讚這位裴琵塔，我就愈看她不順眼，即使我根本還不認識她？但我就要認識她了——他告訴我——因為幾天後的某個晚上，他將邀她來參加接下來幾次的通靈聚會。而季里歐・德奧列塔侯爵也很想認識我，因為琶皮阿諾已經跟他說了許多關於我的事情。但侯爵已經不再踏出家門一步，此外，由於他的宗教信仰的觀念，他說什麼都不會參加任何的通靈聚會。

「哪有這種道理？」我問道：「他自己不參加，卻允許自己的孫女參加？」

「因為他知道自己把孫女託付在誰的手裡啊！」琶皮阿諾洋洋得意地大聲說道。

我不想再聽下去了。為什麼阿德里亞娜拒絕參與這些實驗呢？她的宗教信仰令她有所顧忌。好吧，假使身為教權擁護份子的季里歐侯爵都能同意自己的孫女參加這些聚會，她又憑什麼不能參加呢？於是，首次聚會的前一天，我試著端出這番道理遊說她參加。

那天，她和她的父親一起走進我的房裡，而後者聽了我的提議以後如此說道：

「不就是那一套，麥斯先生！」他嘆了口氣道：「宗教，就如同科學一樣，一碰到這個問題，便固執得像頭驢似的，讓人看不清楚狀況。而我已經跟我女兒講解過很多次了，其實我們的實驗既不牴觸宗教，也不牴觸科學啊！相反地，特別是在宗教這一塊，這些實驗甚至為宗教所主張的那些真理提出了證據。」

「但假使我心裡感到害怕呢？」阿德里亞娜反駁道。

「怕什麼呢？」她的父親回嘴道：「怕見到證據嗎？」

「也許是怕黑吧？」我補充道：「小姐，到時候，我們都會陪在妳身邊！難道您想成為唯一缺席的那個人？」

「可是我……」阿德里亞娜遲疑地回答道：「可是我不相信這一套，對……我沒辦法相信，而且……我哪知道！」

她說不出其他的東西了。然而，從她尷尬的語調，我瞭解到，令她裹足不前而不願意參加那些實驗的，不僅僅是宗教信仰。她提出來當作藉口的那份恐懼，恐怕另有原因，然而安瑟爾莫先生卻不疑有他。也許她不忍心去看那一場猴戲？看自己幼稚的父親被琶皮阿諾和卡波拉雷小姐玩弄於股掌之間？

我沒勇氣再堅持下去。

然而她，她彷彿看出被她拒絕我會感到多麼失望，在昏暗的房裡脫口而出：「但話說回來……」我立刻飛快地抓住機會說道：

「啊，太好了！這麼說您會加入我們囉？」

「只有明晚這次。」她面帶微笑地讓步了。

隔天，很晚的時候，琶皮阿諾來到我房間佈置場地：他帶來了一張長方形，沒有抽屜、沒有上漆而且有點寒酸的杉木小桌；他在房間的一個角落裡清出了空間；繫了條繩索，並在上頭掛了條床單；然後擺了一把吉他、一只上頭掛著許多小鈴鐺的狗項圈，和其他林林總總的東西。這些準備工作是在方才所提到的那盞紅色玻璃燈籠的燈光下完成的。琶皮阿諾一邊佈置著——而當然囉！——另一方面，他那張嘴可是一刻也沒有停過。

「您要知道！這條床單的功能是……我也不知道，是……就這麼說好了，它是拿來蒐集那股神秘力量的……麥斯先生，到時候，您會看見床單抖動起來，像一張風帆一樣張開，有時會發出一些奇異的，幾乎可說是星芒般的光芒。沒錯，先生！我們目前還沒辦法做到『顯靈』的地步，但讓光芒顯現倒是可以——您就拭目以待吧！且看今晚席爾維婭小姐的狀況如何。她能跟一位從前一起在學院就讀的老朋友溝通，那傢伙十八歲的時候得了肺結核而蒙主恩寵。他來自……不知道，我想，他應該是巴塞爾人吧，但隨著家人來到羅馬定居。您要知道，他可是個音樂天才——但死神卻在他的才華開花結果前殘酷地奪走了他的性命。至少卡波拉雷小姐是這麼說的。甚至在她發現自己有這種通靈能力之前，她便能夠與馬可斯的靈魂溝通。是的，先生，馬可斯就是他的名字……等等，如果我沒有記錯的話，他的全名應該是馬可斯·歐利茲。是的，先生！她一旦被這個靈魂所附身，便會即興演奏鋼琴，有幾次，甚至一直彈到昏倒在地，不醒人事。有一天晚上，街上甚至聚起了一群人，在她演奏完畢之後為她鼓掌叫好……」

「而卡波拉雷小姐幾乎被嚇到了，」我靜靜地補上一句。

「啊，您知道這件事啊？」琵皮阿諾杵在那兒說道。

「她親口告訴我的。換句話說，令那些人拍手叫好的，其實是馬可斯的音樂，只是藉著卡波拉雷小姐的手彈奏出來？」

「是啊，是啊！可惜的是，我們家沒有鋼琴。只能找一些比較簡單的旋律，用吉他湊合地彈個幾下。您知道嗎？這會惹馬可斯生氣！有幾次，他甚至把吉他的弦給扯斷了……總之，您今晚自己會聽到。嗯，我看，這些東西差不多都弄好了。」

「我說特任丘先生，您說說看，我是好奇說……」在他離開前，我特意問他道：「您相信這一套嗎？真的相信嗎？」

「呃……」他立刻回答道，彷彿他早料到我會有此一問：「老實說，我半信半疑。」

「我就說嘛！」

「喔！不過這可不是因為實驗在黑暗中進行呦，這點我們可要說清楚！那些現象、展示是真實的，我們只得承認那些都是無法否認的事實。我們總不能連自己都不相信吧……」

「有何不可？我們當然可以！」

「這話怎麼說？我不懂！」

「我們人類欺騙起自己可是輕而易舉！尤其是當我們選擇寧可信其有的時候……」

「但我不一樣，我可不喜歡自欺啊！」琵皮阿諾抗議道：「我的岳父深入鑽研這些學問，他很相信這一套。我呢，別的不說，就算我想要……我也壓根沒時間去想這些東西。我有這麼多的事情要打點，多得不得了，因為侯爵那幫該死的波旁王朝貴族的事情把我綁得死死的！我只能偶爾在家裡消磨幾個晚上。就我而言，我的想法是，只要我們因神的恩典還活著，我們便對死亡一無所知；因此，您不認為去思考死亡這件事根本毫無意義嗎？與其如此，看在老天的份上，我看我們不如把心思放在如何好好活著上頭！這就是我對此事的看法，麥斯先生。好了，現在我得趕去彭特費切路接潘托加達小姐。」

約莫半小時之後，他氣急敗壞地回到家——除了潘托加達小姐和她的女管家之外，還有一位西班牙畫家與她們同行，他咬牙切齒地向我介紹道那是季里歐家族的一位朋友。畫家名叫曼努埃爾·貝爾納德茲，他講著一口標準的義大利語；但要他發出我的姓氏的斯這個音，似乎是件不可能的事——彷彿每次得發出那個音的時候，他都很害怕咬傷自己的舌頭似的。

「阿德里亞諾·麥」他是這麼叫我的，好像突然之間，我們已經成為了以小名互稱的莫逆之交。

「阿德里亞諾·突伊[3]」我差點就要這麼回答他。

接著進來的是女士們，有裴琵塔、女管家、卡波拉雷小姐和阿德里亞娜。

「吹哪陣風啊？怎麼妳也來了？」琶皮阿諾失禮地對她說道。

又一件出乎他意料之外的事。而我則從他接待貝爾納德茲的方式看出了他們不想讓季里歐侯爵知道他也來參加了這個聚會，而他私底下與裴琵塔小姐之間想必有些不可告人的計謀。

不過，我們偉大的特任丘並未因此放棄他的計劃。當他帶領著大家圍繞著小桌坐下來時，他讓阿德里亞娜坐在自己身邊，並安排潘托加達小姐坐在我身旁。

我不開心嗎？我的確不開心。而裴琵塔也不開心。她和她的父親一樣，說起話來西班牙文夾雜著義大利文，她立刻發難道：

「感謝很多，這樣子不可！我親愛的特任丘先生，我要坐在琵雷阿里先生和我的女管家中間！」

房間中瀰漫著昏暗泛紅的微光，不太能看清楚人的容貌；因此，我看不出來究竟潘托加達小姐的容貌與琵皮阿諾先前向我描述的到底有幾分相符；然而，透過他之前的描述，我對她的相貌有了幾分概念，她的輪廓、聲音和那毫不遲疑便出聲反抗的態度完完全全地印證了我之前的想像。

當然，潘托加達小姐這樣輕蔑地拒絕了琵皮阿諾的安排而不願意坐在我旁邊，對我而言顯然是種冒犯；然而，我非但不見怪，反而因此感到很慶幸。

「對極了！」琵皮阿諾大聲說道：「就這麼做吧！坎蒂妲女士坐到麥斯先生旁邊；然後，小姐，您就自己選個位子吧！我岳父坐在原來的地方，而我們其他三個人也是，留在原來的位子上。這樣好嗎？」

好個頭！這樣還是不好，不管是對於我，對於卡波拉雷小姐，對於阿德里亞娜，還是對於裴琵塔來講都不好——而這一點不久以後就一清二楚——後來，馬可斯之靈神通廣大地重新安排了

3　Tui 是拉第二人稱單數的所有格，意為「屬於你的」。

座次，裴琵塔才感覺舒服得多了。

但就目前而言，我看見自己身旁坐著一個鬼魂般的女人，她頭上頂著一座小山般的東西（那是一頂帽子？還是頭巾？抑或是一頂假髮？到底是什麼鬼啊？）。她頂著這巨大的負擔，不時發出幾聲歎息，並以短促的呻吟作結。沒有任何一個人想到要向我介紹坎蒂妲女士——現在，為了圍成一個圓圈，我們得彼此手牽手，而她嘆了口氣。嗯，她覺得這種排列順序不好。天啊，她的手可真冰冷！

我用另一隻手牽著卡波拉雷小姐的左手，她坐在桌頭主位，背對著牆角上懸掛的床單；琶皮阿諾則牽著她的右手。坐在阿德里亞娜的另一側的則是那位畫家；安瑟爾莫先生坐在桌尾，正對著卡波拉雷小姐。

琶皮阿諾說：

「我們首先應該跟麥斯先生及潘托加達小姐解釋清楚我們所使用的暗語……叫什麼名字來著啊？」

「敲擊法，」安瑟爾莫先生提醒道。

「拜託了，也請向我解釋吧，」坎蒂妲女士感到興致勃勃，在椅子上動個不停。

「沒錯!也要向坎蒂妲女士解釋清楚，當然的!」

「好的，」安瑟爾莫先生開始解釋：「兩次的敲擊聲代表『是』……」

「敲擊聲?」裴琵塔中斷：「什麼敲擊聲?」

「敲擊聲，」琶皮阿諾回答道：「或說，藉由碰觸的方式在桌子、椅子或其他地方所製造出的聲響。」

「哦，不，不，不，不，不!」她一面大呼小叫，一面跳了起來：「我可不喜歡碰觸。被誰碰觸?」

「小姐，當然是馬可斯的靈啊，」琶皮阿諾向她解釋道：「來這裡的路上我就像您提到過了。這種碰觸不會造成疼痛，您大可放心。」

「敲擊法，」高人一等的坎蒂妲女士用一種悲憫的口氣接著說道。

「因此，」安瑟爾莫先生繼續說道：「兩次的敲擊聲代表『是』；三次代表『不是』；四次代表『關燈』；五次代表『說話』；六次代表『開燈』。就這樣。現在，先生女士們，讓我們集中注意力吧。」

房間頓時一片寂靜。所有人屏氣凝神。

Chapter

XIV

馬可斯的神奇事蹟

我感到焦躁嗎？不，一點也不。然而，我一方面對此充滿好奇心，另一方面也擔心琵皮阿諾會丟人現眼。我理當有種看好戲的心態，但完全不是這麼回事。因為，假使演員的演技極為生硬拙劣，做觀眾的哪能不為此心生憐憫，或者說，哪能不感到敗興，並為他們捏一把冷汗呢？

「有兩種可能性，」我心想：「他要不然就是手段極為高明，要不然就是硬要坐在阿德里亞娜身邊的念頭把他衝昏頭了，以至於他沒有看見，要是貝爾納德茲、裴琵塔、我和阿德里亞娜感到索然無味，沒有滿足感，我們最後很可能看穿他的把戲。其中，阿德里亞娜最容易察覺真相，因為她坐得離他最近；況且她本來就懷疑其中有詐，早有心理準備。她沒能坐在我身旁，也許此刻她正在自問為何要待在這兒目睹這場對她而言不僅毫無趣味、毫無價值，又褻瀆神明的鬧劇。而另一方面，貝爾納德茲和裴琵塔想必也有同樣的疑問。琵皮阿諾原先想把我和潘托加達送做堆的意圖已經失敗，為什麼他還沒有意識到這一點？難道他如此信任自己的能力？我們就拭目以待吧。」

我這樣左思右想的同時，根本沒有考慮到卡波拉雷小姐。而突然間，半夢半醒的她喃喃地說起話來。

「圓圈，」她說：「必須調整圓圈……」

「馬可斯已經來了嗎？」安瑟爾莫這位好好先生善體人意地問道。

但過了好一陣子卡波拉雷小姐才回答了這個問題。

「是，」然後她很痛苦，幾乎是呼吸困難地說道：「今……今晚……來的人太多了……」

「這是真的，沒錯！」琶皮阿諾脫口道：「可是，我覺得我們這樣很好呀。」

「安靜！」琶雷阿里厲聲說道：「讓我們聽聽馬可斯怎麼說。」

「這個圓圈，」卡波拉雷小姐接著說道：「他認為圓圈排得不夠均衡。這裡（她舉起我的手），這一側有兩個女人坐在一起。安瑟爾莫先生最好跟潘托加達小姐交換一下位子。」

「馬上！」安瑟爾莫先生大聲說道，並站起身來：「來，小姐，請您坐到這裡來！」

而這一次，裴琵塔並沒有反抗。她坐到畫家的旁邊去。

「然後，」卡波拉雷又說道：「坎蒂妲女士……」

琶皮阿諾打斷她：

「坐到阿德里亞娜的位子，是吧？我原本便這麼想。這樣子好極了！」

阿德里亞娜一坐到我身旁，我便很用力、很用力地握緊她的手。同一時間卡波拉雷小姐緊握了我的另一隻手一下，彷彿在問我：「這樣您開心了吧？」「當然啦，開心得不得了！」我也捏了捏她的手回應她，順便向她傳達：「現在隨便你們了，你們喜歡怎麼樣就怎麼樣吧！」

「安靜！」這時候，安瑟爾莫先生叱喝道。

但哪有誰吭聲了？誰？小茶几！四個敲擊聲：「熄燈！」

我發誓我沒聽見敲擊聲。

然而，燈籠熄滅之後，發生了一件把我所有的假設都打亂的怪事。卡波拉雷小姐發出了尖銳無比的嚎叫聲，我們所有人都從凳子上跳了起來。

「點燈！點燈！」

究竟發生了什麼事呢？

重重的一拳！卡波拉雷小姐的嘴巴被狠狠地揍了一拳——她的牙齦流出汩汩的鮮血。

裴琵塔和坎蒂妲女士猛然站起身來，一副驚恐萬分的模樣。就連琶皮阿諾也起身點燃了燈籠。阿德里亞娜立即把手從我的手中抽開。貝爾納德茲的臉泛著紅光，他手中拿著一枝點燃的火柴，臉上帶著一抹介於驚喜和不可置信間的微笑，而陷入恐慌的安瑟爾莫先生則自顧自地重複說道：

「被打了一拳！這該怎麼解釋呢？」

我也心神不寧地問了自己同樣的問題。卡波拉雷小姐被打了一拳？所以說，換位子那件事並不是他們兩個之前協議好的。那一拳？所以說，卡波拉雷小姐忤逆了琶皮阿諾的意思。那現在又如何？

現在，卡波拉雷推開凳子，用手帕捂著嘴巴抱怨著，她說她不想再做這件事。而裴琵塔·潘托加達則放聲尖叫：

「先生女士，多謝暸！多謝暸！來這裡是會挨拳頭的！」

「沒有！沒這回事！」琶雷阿里先生驚呼道：「先生女士們，這件事很奇怪，這可從來沒發生過！我們應該找出一個解釋。」

「從馬可斯那裡？」我問道。

「對啊，從馬可斯那裡！問他說，親愛的席爾維婭是不是在位子分配上誤解了他的意思？」

「非常有可能！這非常有可能！」貝爾納德茲笑著大聲說道。

「您呢？麥斯先生？您對此有何看法？」琶雷阿里問我，他對貝爾納德茲實在沒啥好感。

「哦，那當然，看起來的確有這種可能。」我說。

但卡波拉雷小姐斷然地搖頭否認。

「所以說呢？」安瑟爾莫先生繼續說道：「這該怎麼解釋呢？馬可斯施暴！他之前可從來沒

有過這種表現啊？特任丘，你說呢？」

特任丘不發一語，在昏暗的燈光的掩飾之下，他只是聳了聳肩，沒有其他的反應。

「好吧，」於是，我對卡波拉雷小姐如此說道：「女士，我們照著安瑟爾莫先生說的去做好嗎？我們向馬可斯尋求一個解釋，但如果他又再次證明自己是個……是個沒有幾分靈性的靈魂，那我們便就此罷手。琶皮阿諾先生，我這麼說好嗎？」

「好極了！」他回答道：「我們問吧，我們儘管問吧。我贊成。」

「但我不贊成，沒什麼好說的！」卡波拉雷小姐衝著他說道。

「您在對我說嗎？」琶皮阿諾說道：「但要是您想就此罷手的話……」

「對，這樣會比較好，」阿德里亞娜膽怯地插嘴道。

但這時，安瑟爾莫先生立刻壓過她的聲音說道：

「膽小的女孩又來了！跟小孩一樣幼稚，真是的！對不起，席爾維婭，我這話也是對您說的！您跟這個靈如此熟識，也知道這是他第一次……好了啦，這樣子就作罷未免太可惜！因為——儘管剛剛那意外的插曲令人感到不愉快——種種現象顯示今晚的能量異常地強烈。」

「太強烈了！」貝爾納德茲一邊大呼小叫，一邊不懷好意地訕笑著，其他人也跟著笑了起來。

「我呢，」我接著說：「我可不想要有人在我這隻眼睛上揍出一個洞……」

「我也不要！」裴琵塔應和道。

「大家坐下！」這時，琶皮阿諾口氣堅定地下令道：「我們就照著麥斯先生的意思做吧。我們想辦法問出一個解釋。如果這一次通靈的過程又太過於暴力的話，我們就罷手不幹。大家就坐吧！」

然後他吹熄了燈籠。

我在黑暗中尋找阿德里亞娜的手，她的手很冰冷，而且微微地顫抖著。我體諒她內心的恐懼，沒有立刻握緊她的手，而是慢慢地愈握愈緊，彷彿要把體溫注入她的掌心，並讓她相信，從現在開始，接下來的一切都會平靜地進行。無疑地，琶皮阿諾想必後悔放任自己暴力的行為，而改變了主意。無論如何，我們有了一點點喘息的時間；此外，黑暗之中，也許我和阿德里亞娜可能會成為馬可斯的目標。「好吧，」我心想：「如果這場遊戲變得難以負荷，我們就很快地結束它吧。我不會讓阿德里亞娜受折磨的。」

同一時間，安瑟爾莫先生跟馬可斯已經說起話來，就像我們平常跟一個在場的真實人物說話那樣。

「你在嗎？」

輕輕地，在茶几上敲了兩聲。他在！

「都好嗎，馬可斯？」琶雷阿里用一種略帶責備又很親熱的語氣問道：「你平常一向那麼好心，那麼溫和，剛剛怎麼會對席爾維婭小姐那麼兇呢？你想告訴我們原因嗎？」

這一次，小茶几先是稍微震動了一會兒，然後，桌子中央發出了三個清脆而實在的敲擊聲。三個敲擊聲——意思是，不，他不想告訴我們。

「那我們也不堅持了！」安瑟爾莫先生繼續說道：「你可能還有點生氣，是吧，馬可斯？我可以感覺得到，我知道你……我知道你的……那你至少告訴我們，你還滿意現在圓圈的排列次序嗎？」

琶雷阿里還沒有問完這個問題，我便感覺到額頭被人迅速地用指尖碰了兩下。

「有了！」我立刻宣佈了這個現象，然後握緊了阿德里亞娜的手。

我必須承認，在那當口，那種突如其來「碰觸」著實在我心中留下了一種詭異的感受。我很確定，要是我及時出手，會一把抓到琶皮阿諾的手，然而……無論如何，那個碰觸的力道是如此的輕柔而準確，有種說不出的奇妙。此外，我再說一次，我根本沒料到會有那個突如其來的碰觸。但為什麼琶皮阿諾選擇了我來展現他的悔改？他想用這種方式安撫我？還是，相反地，那其實是個挑釁？意思是：「你等著看好了，我可是很開心的！」

「太棒了，馬可斯！」安瑟爾莫先生大呼道。

而我，我心想：

「沒錯，太棒了！我巴不得在你後腦勺狠狠地敲一頓！」

「現在，如果你不介意的話，」房子的主人接著說道：「你願意有所表示，對我們表現出善意嗎？」

茶几傳出五個聲響，命令我們：「說話！」

「這是什麼意思？」坎蒂妲女士如此問道，她已經嚇壞了。

「意思是我們必須說話。」琶皮阿諾鎮定地解釋道。

而裴琵塔：

「對誰說話？」

「您想跟誰說，就跟誰說啊，小姐！比如，您可以跟您隔壁的人說話。」

「大聲說嗎？」

「是的，」安瑟爾莫先生說道：「麥斯先生，這意味著，馬可斯正在為我們準備一個精彩的顯現。天知道……也許是一陣光！說話，我們大家說話吧……」

但說些什麼好呢？我已經對阿德里亞娜的手說了好一陣子的話，唉，除此之外，我再也想不到有什麼好說的了！我對這隻小手講了好長、好纏綿、好動人、好溫柔的一段話，而它也忘情地、顫抖地聆聽著我；對呀！我還迫使她讓步，讓我們十指交纏。一種熾熱而陶醉的感覺佔據了我，我樂不可支地壓抑著強烈的渴望，盡可能地溫柔體貼，順應著她那羞澀、純潔而甜美的靈魂的願望。

現在，正當我倆用手指在竊竊私語，我開始感覺到有個東西在磨蹭著我的椅子兩條後腳之間的橫木條；這使我心神不寧。琶皮阿諾的腳不可能伸那麼長；況且，就算他辦得到，椅子前腳的橫木也會擋住他。難道他離開了座位，來到了我的凳子後面？但是，如果真是這樣的話，除非坎蒂妲女士是個傻子，要不然她鐵定也會察覺此事。在把這個「現象」告訴其他人之前，我想以某種方式將它解釋清楚；但後來我尋思，既然我已經達到我的目的，現在，我幾乎該順理成章、毫不猶豫地配合這場騙局，避免進一步觸怒琶皮阿諾。於是，我娓娓道出我所感覺到的現象。

「真的？」琶皮阿諾坐從他的位子驚呼道，我感覺他的訝異似乎頗為真誠。

卡波拉雷小姐的訝異程度也不下於他。

我感覺自己額頭上的毛髮豎了起來。所以說，那個現象是真的囉？

「磨蹭？」安瑟爾莫先生焦急地問道：「這究竟是怎麼回事？究竟是怎麼回事呢？」

「是啊，確實是這樣！」我有點不悅地證實道：「而且還沒停！就好像我後面有隻小狗在磨蹭似的……對！」

我的解釋換來一陣爆笑聲。

「是米涅娃！是米涅娃啦！」裴琵塔・潘托加達大叫道。

「誰是米涅娃？」我狼狽地問道。

「我的小母狗啊！」那女人接著說道，仍然笑個不停：「我說先生啊，那是我養的老母狗，她總是這樣對所有的椅子磨蹭個不停。請見諒！請見諒啊！」

貝爾納德茲點燃一根火柴，然後，裴琵塔便站起身來去捉那條名叫米涅娃的小母狗，讓她窩在自己腿上。

「現在我明白了，」安瑟爾莫先生惱怒地說道：「現在我明白為什麼馬可斯會生氣了。今晚大家太不正經了，這就是原因所在！」

對於安瑟爾莫先生而言，這也許是真相，但老實說，即使在接下來的那些夜晚當中，我們的態度也沒有比較正經，當然，我指的是我們對通靈這檔事的態度。

黑暗之中，誰又會去管馬可斯究竟展現出哪種神奇事蹟呢？小茶几嘎吱作響，動來動去，用時而輕微時而紮實的敲擊聲跟我們說話；從我們椅背的框框或房間裡的家具，傳出此起彼落的敲擊聲，此外還有摩擦聲、拖曳聲，以及其他五花八門的聲響噪音；也有怪異的閃閃燐光像鬼火一般突然憑空點燃，四處飄盪，就連床單也會突然發亮，並且像一張風帆般地整張鼓起來；一張小菸几在房間裡來回散步，有一回甚至跳上了我們包圍住的那張小茶几；而那把吉他也彷彿也長了翅膀，從五斗櫃上飛到我們頭頂上亂彈一陣……後來，馬可斯還把一條縫有小鈴鐺的狗項圈套在卡波拉雷小姐的脖子上，在我看來，這是他傑出的音樂才華發揮得最好的一次；而安瑟爾莫先生認為這是馬可斯開的一個很熱情，很了不起的玩笑；但卡波拉雷小姐顯然不太領這個情。

顯然，琵皮阿諾的弟弟西皮佑內遵照著哥哥的特別指示，在黑暗的掩護下摸了進來。他的確患有癲癇症，但他可沒像他哥哥和他自己要人相信的那麼傻。長期以來他已經習慣摸黑，他的眼睛想必已經被訓練得在黑暗中也可以看見東西。坦白說，我沒辦法斷言他是否有執行好他哥哥和卡波拉雷串通好的那個把戲；對我們來說，也就是對我、阿德里亞娜、裴琵塔和貝爾納德茲來說，他高興在那裡搞些什麼把戲，我們都沒意見；在那裡，需要他滿足的人只有安瑟爾莫先生和坎蒂妲女士；看來，這點他做得有聲有色。儘管，坦白說，他們兩個人當中，無論是前者還是後者，都不算是難伺候的人。哦，安瑟爾莫先生整個人洋溢著喜悅；有些時候，他看起來活像是個在劇院觀賞木偶劇的小男孩；他那些幼稚的喝采搞得我很不舒服，而這不僅僅是因為我看不慣一個明明不傻的男人把自己搞得與一個真正的傻子沒啥兩樣，同時也因為阿德里亞娜讓我瞭解到，眼睜睜看著自己的父親被當猴子耍，要她對此樂見其成，良心上實在說不過去。

只有這個因素偶爾打擾我們的喜悅。然而，琵皮阿諾這樣任由我坐在阿德里亞娜身邊，還出乎我意料地沒叫馬可斯的靈來打擾我們，相反地，馬可斯彷彿還使勁地幫助著，呵護著我們，而就我對琵皮阿諾這個人的認識，我理當懷疑他心裡一定有其他不為人知的打算。但當時，我在黑暗中享受著那份不受干擾的喜悅，根本無暇起疑。

「不要！」潘托加達小姐突然尖叫了起來。

而安瑟爾莫先生立刻反應道：

「說說看，小姐！說說看發生了什麼事？您聽見了些什麼嗎？」

就連貝爾納德茲也體貼地敦促她說話；於是裴琵塔說道：

「這裡，這一邊，有種輕柔的……」

「用手是嗎？」琵雷阿里詢問道：「很輕，是吧？很冰冷、迅速、輕柔的撫摸是吧……哦，馬可斯這小子，如果他想的話，他可是知道如何溫柔地對待女人的！讓我們再試一次，馬可斯，你可以再給這位小姐一次輕柔的撫摸嗎？」

「在這邊！在這邊！」裴琵塔立刻尖叫了起來，還一邊咯咯地笑。

「這是什麼意思呢？」安瑟爾莫先生問道。

「又來了，又來了……他又摸我！」

「那親她一下好嗎，馬可斯？」琶雷阿里隨後提議道。

「不要！」裴琵塔再次放聲尖叫。

但她的臉頰立刻發出一聲好不響亮的吻聲。

我幾乎是情不自禁地把阿德里亞娜的手湊到了嘴邊親了一下；但意猶未盡的我彎下身子去找她的櫻唇，於是，我們就著樣交換了我們的第一次接吻，一個綿長而無聲的吻。

後來怎麼了？過了好一會兒，迷失在混亂和羞赧當中的我才從那突如其來的亂流中恢復過來。有人注意到我們的親吻嗎？大家尖叫個不停。這時，有人點亮了一根、兩根火柴，然後是蠟燭，紅色的玻璃燈籠裡的那枝蠟燭。而且每個人都站著！怎麼回事？究竟是怎麼回事？一個很大的撞擊聲，轟然巨響，彷彿有個無形的巨人狠狠地拍了茶几一掌，就這樣，在一片燈火通明的環境下。我們所有人都面色慘白，而琶皮阿諾和卡波拉雷小姐更是面如死灰。

「西皮佑內！西皮佑內！」特任丘呼喚道。

那個患有癲癇症的男孩跌倒在地，喘得很不尋常。

「大家坐下！」安瑟爾莫先生尖叫道：「他也被附身了！看，你們看，茶几動了起來，浮了起來，浮了起來……懸浮現象！太棒了，馬可斯！馬可斯萬歲！」

而那只小茶几千真萬確地浮了起來，沒有任何人碰它，它卻浮了起來，離地面超過一個手掌的高度，然後又重重地落下。

卡波拉雷小姐面色鐵青，渾身顫抖，整個人嚇壞了，她跑過來把臉埋在我的胸口。潘托加達小姐和女管家逃離了房間，而琶雷阿里先生則怒不可遏地大喊道：

「不要跑，回到這裡來，天哪！不要讓圓圈散開！最精彩的要來了！馬可斯！馬可斯！」

「去你的馬可斯！」琶皮阿諾大叫道，他終於擺脫剛剛那讓他一時之間動彈不得的驚恐，跑到他的弟弟身邊，搖晃著他的身體，試圖讓他甦醒過來。

霎時間，我也被眼前那詭異而無法解釋的靈異現象搞得驚悸不已，而暫時把剛剛的吻給拋在腦後。假使，真如琶雷阿里所聲稱的那樣，我在燈光下親眼目睹的那股神秘力量真的來自於一個無形無相的靈魂的話，很顯然地，那絕不會是馬可斯的靈魂——光看琶皮阿諾和卡波拉雷小姐的反應便可以證實這一點。馬可斯是他們捏造出來的。那麼，剛剛採取了行動的究竟是誰？是誰在那張茶几上狠狠地揍了一拳？

我在琵雷阿里的書所讀到的許多東西頓時在我腦海中激盪不已；然後，我倒抽了一口氣，我想到了那個在雞籠農場的貯水池裡溺死的無名氏，我搶走了他的家人和別人對他的悼念。

「該不會是他！」我心想：「該不會是他來到這裡，來找我報仇，來這裡揭發一切……」

只有琵雷阿里一個人既不驚奇也不恐慌，他一直搞不清楚，為什麼一個如此平凡和常見的現象，也就是桌子的懸浮現象，會讓我們如此印象深刻，因為在那之前，我們不也親眼目睹了許多靈異現象嗎？對他而言，這些現象在燈光下發生也沒什麼大不了的。他倒是比較弄不懂為什麼西皮佑內會出現在那兒，出現在我房裡，他原本以為那孩子待在自己的床上。

「我很吃驚，」他說：「因為這個可憐的男孩通常什麼都不關心。但看得出來，我們這些神秘的聚會顯然給他引起了一些好奇心——他大概是過來偷看的吧，他偷偷溜了進來，然後……啪的一聲，被抓住了！因為，麥斯先生，您要知道，那些神奇的通靈現象起初大多源於癲癇症、僵直性昏厥和歇斯底里的患者身上，這點是不可否認的。馬可斯從我們所有人身上取得能量，他也從我們身上拿走了很多的神經能量，用來製造那些現象。這點是確定的！您說說看，您自己是不是也感覺有人從您身上拿走了些什麼？」

「老實說，還沒有。」

幾乎一直到天亮，我都在床上輾轉反側，我的念頭一直圍繞著那個不幸的傢伙，他，以我之名，被埋葬在米拉紐的墓園。他是誰？他來自何處？他為什麼要自殺？也許他希望別人發現他悲慘的下場——那也許是一種補償，一種救贖……而我卻佔了這個便宜！我承認，在黑暗中，我不止一次因為害怕而全身冰冷。不只我一個人聽見打在我房裡的茶几上的那一拳。揮拳的是他嗎？而在這一片沉默當中，他該不會還在這兒吧？沒有形體的他該不會還靜默地待在我的身邊吧？我豎起耳朵，捕捉房裡任何的風吹草動。後來我睡著了，做了許多駭人的惡夢。

隔早，我打開窗戶，讓陽光照進房裡。

Chapter

XV

我和我的影子

好幾次，我在夜深人靜時醒來（而今天這種情況下，夜晚可一點也不寧靜），在黑暗與寂靜中，我感覺到一種詭異的驚奇感，為白天時不經意做的某件事感到一種莫名其妙的尷尬；然後我會問自己，我們平常的一舉一動是否也取決於日常生活的五光十色、一景一物和忙碌喧囂呢？是啊，當然是，無疑是這樣的；而且天曉得還有多少東西決定著我們的行為！安瑟爾莫先生所言不假，我們的生命難道不是與整個宇宙息息相關嗎？我們只需要盡情觀賞，看看這該死的宇宙讓我們幹下了多少傻事，而我們竟然還以為，我們那可憐兮兮的「主體意識」必須為此負責，其實，我們只是被外力左拉右扯，被外在世界的光線搞得頭暈目眩。而另一方面，有多少次，我們在夜裡所做的決定，所制定的計畫，以及所構思的妙計一到白天便都煙消雲散，顯得不堪一擊？白天是一回事，夜裡又是另一回事，以此類推——也許白天的我們是一回事，夜裡的我們又是另一回事：唉，但無論是黑夜還是白天，我們都不過是個卑微渺小的東西。

我只知道，四十天後，當我再度打開房間的窗戶，重見光明的時候，我的心裡並沒有一絲一毫的喜悅。想起在黑暗中度過的那些日子，那份喜悅便蒙上一層陰影而顯得黯淡無光。窗子敞開的那一刻，我之前在黑暗中覺得很重要、很有價值的那些道理、藉口和信念頓失其重要性和價值，甚至得到了相反的意義。長久以來，可憐兮兮的我關在一個窗戶緊閉、密不透風的房間裡，想盡辦法要緩解禁閉生活那種令人瘋狂的無聊，如今，我像條被痛打過的狗一樣，膽怯地走近那扇打開的窗戶、迎向天光的另一個我，他眉頭深鎖，表情嚴肅，浮躁不安；「可憐兮兮的我」設法讓「另一個我」擺脫陰鬱的念頭，想逗他開心，讓他走到鏡子前，看看手術成功而且鬍子也已經長回來的自己，看看自己因為蒼白而顯得比較溫文儒雅的相貌，但這一切都是枉然。

「蠢材，你做了些什麼？你到底做了些什麼？」

我做了些什麼？平心而論，也沒什麼！我不過是跟隨了愛的腳步。在一片漆黑當中，看不見阻礙的我喪失了自制力——而我這麼做難道錯了嗎？琶皮阿諾想要從我身邊搶走阿德里亞娜；卡波拉雷小姐又把她給了我，她讓她坐在我身邊，可憐的女人，為此她的嘴巴還挨了一拳；我當時正在受苦，而就好像所有那些受著苦的不幸傢伙——這可是人的天性啊！——我也順理成章地認為自己有權獲得補償；機會就在眼前，我當然一手抓住；他們在那兒做他們的死亡實驗，而坐在我身旁的阿德里亞娜則是個「生命」，一個等待著親吻、準備領迎向幸福的生命；而且曼努埃爾．貝爾納德茲在黑暗中吻了他的裴琵塔，所以說我也……

「哎！」

我跌坐在單人沙發上，雙手摀住面孔。一想到那個吻，我便感覺到自己的雙唇在顫動。阿德里亞娜！阿德里亞娜！我那一吻會在她的心中燃起何種希望之火？當我的新娘子，是嗎？打開天窗，公諸於世，歡慶吧！

我不知道自己在那張沙發上待了多久，我沈浸在自己的思緒當中，有時眼睛瞪得大大的，有時又生氣地整個縮成一團，彷彿想要抵抗內心深處那猛然的一陣抽痛。我終於看清楚，赤裸裸地看清楚：這一切不過是我自欺欺人的幻想。從前，初獲自由的我感到如癡如醉，還以為那份自由是我最大的好運，但如今，我終於看清楚那份自由究竟意味著什麼。

我原本以為自己獲得了無止盡的自由，不幸的是，因為我手頭的錢有限，因此這份自由也是有限的，我已體會到了這一點；此外，我也注意到，把那份自由稱為孤獨與無趣或許會更貼切些，因為它帶給我可怕的懲罰——我被迫要形單影隻，孑然一身；為了逃開那份孤單，我試圖靠近一些人；我千方百計地避免讓那些已經被切斷的線重新連接起來，哪怕那機率微乎其微，但這一切又有什麼用處呢？如今，那些線又自行重新連接了起來；我小心翼翼地避免被捲入人生，然而，人生——那個早已不再屬於我的人生——還是用它那不可抗拒的浪潮把我給拖了下水。啊！我現在才真的意識到這一點，如今，我再也無法拿一些空泛的託詞、幼稚的幌子或可憐兮兮、小器巴拉的藉口來搪塞，我已經無法隱瞞自己對阿德里亞娜的感情，也沒辦法掩飾我的意圖，我的一言一行、一舉一動都是認真的。我握著她的手，誘使她與我十指交纏，那無聲的傾訴勝過千言萬語；而一個吻，最後，我還用一個吻作為我們之間的愛情印記。現在，我要怎麼做才能兌現我的承諾？我能娶阿德里亞娜為妻嗎？可是，在雞籠農場那兒，蘿密爾達和培斯卡托瑞的遺孀，她們可不是自己跳進坊磨的貯水池裡，那兩個好女人把我給扔了進去！因此，真正獲得自由之身的不是我，而是我的妻子；而我，我扮起了死人，慶幸地以為這樣一來我可以搖身一變，變成另一個男人，活出另一種人生。沒錯，我可以變成另一個男人，但條件是——我從此什麼也不能做。而一個什麼也不能做的人算哪門子的人呢？不就跟影子沒兩樣！而這又算哪門子的人生呢？只要我有辦法一直滿足於孤單一人那密不透風的世界，只是在旁看著別人生活，那麼，是的，我還或多或少能自欺欺人地以為自己正在過著另一個人生；但如今，我如此接近這個女孩，接近到我已經對她那可人的雙唇一親芳澤，而我卻不得不驚恐萬分地踩住煞車，彷彿用來親吻阿德里亞娜的那張嘴，是一張死人的嘴，而那個死人無法為她復生！我仍然可以親吻那些用錢買來的嘴唇，但親吻那些嘴唇又有何滋味可言？噢！假使我把自己那詭異的經歷告訴阿德里亞娜……她？不行……不行……什麼嘛！想都別想！她是那麼的純潔，那麼的害羞……但就算她心中的愛強過一切，勝過所有的社會壓力……啊，可憐的阿德里亞娜，我又怎麼忍心把她囚禁在我那真空的命運中，讓她陪伴一個無法以任何方式宣告或證明自己活著的人呢？怎麼辦？我該如何是好？

有人在我房門上敲了兩下，我整個人從單人沙發上跳了起來。是她，阿德里亞娜。

儘管我使勁壓抑內心洶湧澎湃的感情，仍不免顯得心煩意亂。而她也心煩意亂，但那是因她很羞澀，以至於見到我的眼睛如願以償地痊癒了，我終於重見光明了，即使她很想，她也無法自在地表現出欣喜的樣子……是吧？為什麼不？……她微微抬起頭望向我，滿臉通紅；她遞給我一個信封：

「這是給您的……」

「一封信？」

「我想不是。大概是安布羅西尼醫師的帳單。他的傭人還在等您的答覆。」

她聲音顫抖。然後微笑了起來。

「馬上好，」我回答道，但突然間一股柔情盈滿我心頭，因為我了解到，送帳單不過是個藉口，事實上，她想從我這裡得到任何可以讓她繼續懷抱希望的隻字片語；一股痛苦深沈的憐憫之情征服了我——我既憐憫她，也憐憫我自己——這殘忍的感情讓我忍不住伸手撫摸她，撫平我寄放在她身上的那份痛苦，因為只有在她身上，那份痛苦才能找到慰藉——即使她是那份痛苦的原因。縱使我知道自己這樣會愈陷愈深，我依然把持不住：我向她伸出雙手。而她，充滿希望的她，雙頰緋紅如烈焰的她緩緩地舉起雙手，把手擱到我手裡。然後，我將一頭金髮的她攬向我的胸口，一隻手在她的髮絲間穿梭著。

「可憐的阿德里亞娜！」

「為什麼這麼說？」我撫摸著她的髮絲時，她如此問道：「我們這樣不是很開心嗎？」

「是的……」

「那為什麼可憐？」

霎時間，我一陣激動，差點想向她坦白一切，想回答她說：「為什麼？妳聽好了，我愛妳，但我不能，也不該愛妳！但如果妳想……」唉，夠了！那溫馴的小女人能要些什麼呢？我更用力地將她的頭緊緊地按向我的胸口，而我感覺到，眼前這個不知情的女孩正乘著愛情遨遊在快樂的巔峰，將她推向我內心深處的絕望深淵，那反而更加殘忍。

「為什麼？」我放開她，然後說道：「因為我知道許多會讓您開心不起來的事情……」

我突然放開她，瞬時間，她一陣錯愕與茫然。在那些耳鬢廝磨之後，也許她期盼著我會用「妳」來稱呼她？她望向我，看到我十分激動，然後口氣遲疑地問道：

「事情……您知道些什麼事情嗎……是關於您自己的，或是在這裡……在這個家裡的事情？」

我用手勢回答她：「這裡，是這裡」藉此擺脫那正一點一滴地征服著我，就要讓我向她坦誠以告的衝動。

如果我真的那麼做，我會立刻給她帶來極其強大卻一了百了的傷痛，如此一來，她會免於其他的傷痛，而我也不會被捲入其他節外生枝、更加苦澀的傷痛裡。然而，不久之前我才發現自己這可悲的處境，我還需要時間深入思考，而愛與憐憫讓我沒有勇氣就這樣摧毀她所懷抱的希望和我自己的人生；只要我保持緘默，自欺欺人的幻影仍然可以為我提供庇蔭。而我實在沒辦法告訴她真相，即使我應當那麼去做，應當告訴她我已有妻室。是的！是的！向她坦白，我根本不是什麼阿德里亞諾·麥斯，而回頭當那個「不但已經死了，而且還結過婚」的馬悌亞·琶斯卡，但這種事教人如何啟齒呢？沒有一個妻子能對自己的丈夫做出更令人髮指的事了——將一個溺斃的傢伙指認成他，然後永永遠遠地擺脫他，甚至在他死後，還繼續這樣把他壓得喘不過氣來。哼，我其實可以為自己出一口氣，宣佈我還活著，然後……但話說回來，在我的處境裡，換作是任何人，都會像我這樣處置吧？像我這樣，可以用這種做夢也想不到的方式，出乎意料之外地擺脫自己的妻子、岳母、債務和那種病態而悽慘的生活，任誰都會跟我一樣把那當成是天外飛來的福氣吧？可是，我當初哪料想得到，就連死後，我也擺脫不了我的妻子？沒錯，她擺脫了我，但我難道不能擺脫她嗎？我起先以為自己得到了一個自由自在的逍遙人生，我哪裡預料得到那根本是幻夢一場？而那場幻夢終究無法成真，我了不起能得到一種表面上的自由，而實際上，我比從前更像個奴隸，我被偽裝和謊言所奴役；為了不被拆穿，我不得不說謊，即使我根本沒犯錯，即使我對那些謊言是如此的深惡痛絕。

阿德里亞娜承認在這個家裡的確沒有什麼值得她高興的事；但現在……她用她的眼神和一抹悲傷的微笑詢問著我，這個家裡令她感到傷痛的一切，在我眼中該不會是一種阻礙吧？「不會，是吧？」她那憂傷的眼神和微笑如此詢問道。

「啊！對了，我們趕快付錢給安布羅西尼醫師吧！」我假裝突然想起帳單和還在那兒等候的僕人，大聲嚷嚷道。我不給她任何反應的時間，立刻撕開信封，並努力作出一種開玩笑的語氣：「哇！六百里拉耶！」我說道：「阿德里亞娜，您看看，老天爺隨便開個玩笑，我就得戴著一隻，這麼說好了，一隻『不太聽話』的眼睛，而且一戴就是好多年；為了矯正這個玩笑，我除了得忍受皮肉之痛，遭受囚禁之苦，此外，現在我還得付錢。您說老天爺這樣公平嗎？」

阿德里亞娜勉強擠出一絲微笑。

「假使，」她說：「假使您回覆安布羅西尼醫生說，請他找老天爺要錢，他也許會不高興吧。我想，他甚至預料您會好好地酬謝他一番，因為這隻眼睛……」

「在您看來，這隻眼睛還算可以吧？」

她努力抬起頭望向我，然後立刻垂下眼光，並輕聲說道：

「嗯……看起來完全不一樣了……」

「您指的是我？還是眼睛？」

「我說的是您。」

「也許這亂七八糟的鬍子……」

「不……為什麼？您留這鬍子很好看呀……」

我呢，我恨不得用一隻手指把那隻眼睛給挖出來！那隻眼睛正常了，但事到如今，這對我又有何重要性可言？

「可是，」我說：「也許，對眼睛本身而言，從前那樣它還比較快樂。現在，我覺得它有點煩……算了，這一切都會過去的！」

我走到壁櫥那兒，我的錢都放在那兒。這時，阿德里亞娜作勢想離開；而我這個蠢蛋竟然把她挽留下來；但我又哪能預料到後來會發生什麼樣的事呢？以往，我惹上或大或小的麻煩時，正如我們之前所看到的，命運總會助我一臂之力。而這一次，它再度幫助了我。

我試圖打開壁櫥的時候，發現鑰匙卡在鎖孔裡轉不動了，於是我稍微推了一推，而很快地，櫃子的門打開了——

門原本就是開的！

「什麼！」我驚呼道：「我怎麼可能會忘了關門？」

看見我突然一臉錯愕，阿德里亞娜的臉色也變得極為蒼白。我看了她一眼，然後說道：

「這裡……小姐，您看這裡，一定有人在這裡動過手腳！」

壁櫥內亂七八糟：有人從我存放鈔票的皮套裡抽出了鈔票，那些鈔票凌亂地散落在櫃子的隔板上。阿德里亞娜嚇得用手摀住了臉。我慌張地撿起那些鈔票，數了起來。

「這怎麼可能？」數完錢以後，我大叫道，兩手顫抖著擦拭著冷汗淋漓的額頭。

阿德里亞娜幾乎暈了過去，她攙扶著附近的一張小桌子，用一個聽起來幾乎不像她的聲音問道：

「遭小偷了嗎？」

「等一下……等一下……這怎麼可能？」我說道。

然後，我又回頭去數，氣急敗壞地用手指搓揉那些紙鈔，彷彿這樣搓久了，遺失的那些錢會被搓出來似的。

「被偷了多少？」我一數完，她便向我問道，她看起來既驚恐又沮喪。

「一萬……一萬兩千里拉……」我結結巴巴地說道：「原本有六萬五……只剩五萬三！您也數數吧……」

要不是我即時抓住她，可憐的阿德里亞娜就會像被重物擊中一般地摔倒在地。然而，她費了極大的勁才振作起來，然後她一邊抽泣，一邊掙脫想把她扶到沙發上休息的我，她試著走向門邊：

「我去叫爸爸！我去叫爸爸！」

「不用！」我對她大喊道，一邊拉住她，並強迫她坐下：「天啊！您別這麼激動好嗎？您這樣反而讓我感覺更糟……我不要，我不要您去叫他！這跟您有什麼關係？看在老天爺的份上，請您冷靜下來吧。讓我先把事情搞清楚，因為……沒錯，壁櫥被打開了，但我不能，也不願相信這一大筆錢是被偷走的……來，您要乖乖的！」

慎重起見，我又回頭把鈔票數了一遍；儘管我確定自己所有的錢都在那兒，在那個壁櫥裡，我還是在房裡翻箱倒櫃地四處尋找，甚至在那些除非我精神錯亂，否則我根本不可能在那兒存放那麼一大筆錢的地方。找著找著，我愈來愈覺得這番尋找不僅很傻，而且徒勞無功，於是我努力地說服我自己，竊賊絕不可能如此膽大妄為。但阿德里亞娜仍舊掩面哭泣，她用她那因為抽泣而支離破碎的聲音，幾乎神智不清地囈語道：

「沒用的！沒用的！」她嗚咽道：「小偷……小偷……連小偷也……一切都是事先計畫好的……在黑暗中，我聽見……那時我就起了疑心……但我當時不願意相信，他竟然會這麼過份……」

是琶皮阿諾沒錯，沒人比他更可能是那個小偷；絕對是他，在通靈會的時利用他弟弟後……

「但為什麼？」她痛苦地哽咽道：「您為什麼要這樣子……把這麼多現金藏在家裡？」

我轉過頭看著她，呆若木雞。要怎麼回答她呢？難道我能向她坦白我的處境，讓她知道我不得不把錢帶在身邊？難道我能告訴她，我被迫這麼做，而不能把錢拿去投資，或託給別人管？告訴她我甚至不能把錢存在銀行裡，因為，假使後來因為某些突發狀況錢領不出來，我根本沒辦法證明那是我的財產？

然後，為了不讓她看出我的驚慌失措，我故作冷酷：

「難道我能預料到錢會被偷走？」我說。

阿德里亞娜再次用手摀住她的臉，苦惱地呻吟著：

「天啊！天啊！天啊！」

想到後來可能會發生的事情，此時，小偷行竊時應該會有的那種提心吊膽的感覺反倒在我心中升起。琶皮阿諾當然不可能假設我會把這個竊盜案歸罪給西班牙畫家、安瑟爾莫先生、卡波拉雷小姐、家裡的僕人或馬可斯的靈──他當然知道我會首先懷疑他，他和他的弟弟──然而，哼，他還是幹了這檔事，彷彿是在對我下戰書。

而我？我能做些什麼？去告發他？怎麼個告法？不行，不行，門都沒有！我根本束手無策！又一次，我什麼都不能做！我感覺自己一敗塗地，全軍覆沒。這是我那一天的第二個發現！我明知道小偷是誰，卻不能告發他。我有什麼權利要求法律保護我？我根本置身於法律之外。我是誰？我根本誰也不是！對於法律而言，我根本不存在。現在任何人都可以偷我的東西，而我只能悶不吭聲！

但琶皮阿諾不可能知道這一切。所以說呢？

「他是怎麼做到這件事的？」我幾乎在自言自語：「他哪來的膽子這麼做？」

阿德里亞娜鬆開了手，訝異地望著我，彷彿在說：「難道你不知道嗎？」

「啊，對了！」我恍然大悟地說道。

「您得去告他！」她站起身來，然後說道：「拜託您，請讓我去叫我父親……您要立刻去告發他！」

我再一次及時攔下了她。眼前情況已經夠糟了，而阿德里亞娜竟然想逼我去報案！好像他們這樣無法無天地偷了我一萬兩千里拉還不夠似的！我還得擔心竊案會張揚出去；現在，我應該拜託阿德里亞娜，請求她絕對不要張揚出去，請她行行好千萬不要告訴任何人？門都沒有！我了解到，眼前阿德里亞娜根本不可能允許我保持沉默或叫自己保持沉默，她大有理由拒絕接受我這種看似寬宏大量的舉動——首先，因為她愛我，再來，她也得顧慮她的家人還有我的名譽，最後，還因為她痛恨她的姊夫。

但在那個當口，她那天經地義想為我挺身而出的模樣，在我眼中，根本是在幫倒忙——火燒屁股的我對她大吼道：

「您得閉上您的嘴，我命令您這麼做！這件事不准告訴任何人，明白了嗎？難道您想要讓家醜外揚？」

「不行！不行！」可憐的阿德里亞娜一邊哭泣，一邊急忙地反駁道：「我要讓我的家族擺脫那個無恥的男人！」

「可是他會否認一切！」我咄咄逼人地說下去：「然後，您還有家裡的每個人都得去面對法官……難道您不明白嗎？」

「是的，我明白得很！」阿德里亞娜滿腔怒火地回答道，她整個人因憤怒而顫抖個不停：「否認，他儘管否認啊！但請相信我，我們這一方，我們手上也掌握著其他證據！您儘管去舉發他，不需要顧慮太多，也不用擔心我們……相信我，您這麼做其實會幫我們一個大忙！請您替我那可憐的姊姊出一口氣……麥斯先生，您應該可以理解吧，假使您不去告發他，這等於是對我的一種冒犯。我要您去告發他，我希望您這麼做。要是您不去告發他的話，我自己也會這麼做！您怎麼可以要我和我父親蒙受這種不白之冤！不行！絕對不行！況且……」

看到她狂亂、絕望的痛苦模樣，我一把抱住她，我不再顧慮自己失竊的那些錢——我答應她，只要她冷靜下來，我會按照她的要求去做。不，哪有什麼不白之冤？無論是她，還是她的父親，都不會有什麼不白之冤；是誰偷了錢，我心裡再明白也不過了；琶皮阿諾認為，我對她的愛值一萬兩千里拉，難道我要向他證明我們的愛沒有這個價值？告發他？嗯，好吧，我會這麼做，但我這麼做不是為了我自己，而是為了讓那個家擺脫那隻害蟲，好，我會這麼做，但我有個條件——她得先冷靜下來，不要再哭了，好了！不哭了！然後，她得以她最珍愛的東西向我發誓，在我跟律師商討一切之前，她不會告訴任何人任何事，關於那起竊案的事，因為眼前我們兩個人都太過於激動，無論是我還是她，都無法看清事情可能的發展。

「您可以向我發誓嗎？以您最珍愛的東西向我發誓？」

她向我發誓，然後她淚眼汪汪地望著我，告訴我她以什麼向我發誓，告訴我什麼是她最珍愛的東西。

可憐的阿德里亞娜！

我就那樣獨自一人，杵在那兒，在房間的中央，我目瞪口呆，腦袋裡一片空白，我感到自己被徹底摧毀，彷彿整個世界的一切對我而言突然變得毫無意義。到底過了多久我才回過神來？我是怎麼回過神來的？唉……我是個大傻瓜！……而就像個傻瓜似的，我走到壁櫥旁邊，去看看櫃子的門是否有任何被用力撬開的痕跡。沒有，一點痕跡也沒有——櫃子是被人用萬能鑰匙打開的，因為我把鑰匙好好地收在我的口袋裡。

「您自己是不是，」上次聚會結束以後，琶雷阿里向我問道：「是不是也感覺有人從您身上拿走了些什麼？」

一萬兩千里拉！

一種絕對的無力感與空虛感又再度席捲了我，徹底擊敗了我。別人可以偷我東西，而我卻不得不保持沉默，甚至還得擔心這個竊案被發現，好像我才是小偷，而不是那個遭小偷的受害者——直到現在，我才意識到這一點。

一萬兩千里拉？小意思！這真的是小意思！他們其實可以偷走我的一切，甚至連我身上穿的襯衫都一併拿走；而我？我只能閉嘴！我有什麼權利說話？他們首先會問我：「您是誰？您這些錢是從哪兒來的？」但假使我不去告發他……讓我們試想一下事情會如何發展！要是今晚我揪著他的脖子，對他大吼道：「你這個人渣，把你從壁櫥偷走的錢放到這裡！立刻去拿過來！」他會尖叫並矢口否認；難不成他會告訴我：「是的，先生，錢在這兒，我當初不小心拿錯了……」？所以說，還是算了吧，說不定他還會反過來告我誹謗。所以說，閉嘴，我得閉上這張嘴！當初我被當作死掉了，不是覺得自己很走運嗎？是的，而這下我真的死定了。我死了嗎？我根本生不如死了；安瑟爾莫先生提醒了我這一點——死人不需要再死一次，而我卻非得再死一次——對死神而言，我還活著，對生命而言，我卻已經死了。的確，事到如今，我的生命還剩下些什麼？之前那無聊、寂寞、形單影隻的生活？

我用雙手摀住臉；跌坐在沙發上。

唉，我當個流氓都不會這麼慘！那樣一來，我至少還有辦法適應這個處境，讓自己懸浮在詭譎善變、危機重重的命運之流裡隨波逐流，儘管無所依從，也沒有立足之地。但我有辦法過那種生活嗎？我嗎？還是算了吧。那麼，該怎麼辦才好呢？一走了之？走去哪兒？那阿德里亞娜怎麼辦？我能為她做些什麼？什麼也不能……什麼也不能……但在發生了這件事情之後，我怎麼能夠一聲不吭便一走了之？她想必會去探究竊案的真相；她想必會這麼說：「為麼他要包庇那個罪犯，懲罰無辜的我？」噢，可憐的阿德里亞娜，不成，我不能這麼做！但，話說回來，我根本一籌莫展，這樣子的我要如何在她面前扮演一種比較討喜的角色呢？唉，我只能狠下心來，失信於她。殘忍和背信是我的宿命，而我是頭一個為此感到痛苦的人。琶皮阿諾那個賊偷了東西，但就連他都不像我這麼矛盾與殘忍，而我，我卻不得不顯得如此狼狽。

他之所以想將阿德里亞娜佔為己有，是因為他不想把第一任妻子的嫁妝還給他岳父——我想搶走阿德里亞娜是嗎？那麼我就得代替他把嫁妝還給琶雷阿里。

對於一個小偷而言，這可是天經地義的事！

小偷？他甚至稱不上是小偷；因為偷錢這件事只是表象，而非實質；的確，他知道阿德里亞娜是個清白規矩的女孩，他當然不可能認為我會想要讓她成為我的愛人——我當然想娶她為妻——那麼一來，我拿到阿德里亞娜的嫁妝就等於是重新拿回我的錢，此外，我還會得到一個聰慧賢淑的好妻子，這樣子還不夠嗎？

噢，我敢說，要是我能等，假使阿德里亞娜能保守秘密，說不定在年底之前，我們便能看到琶皮阿諾信守承諾，如數歸還他已故妻子的嫁妝。

事實是，那些錢不可能回到我手中，因為阿德里亞娜不可能成為我的妻子。但假使她聽我的話保持沉默，假使我有辦法繼續在那兒住一段時間的話，那筆錢最後會回到她手中。我會無所不用其極，使出渾身解數，讓阿德里亞娜至少能重新奪回她自己的嫁妝。

我這樣想著，心理也稍微平靜了下來，這樣一來，至少她能得到補償。唉，但我一無所獲！對我而言，我只能眼睜睜地看著自己被我當初的自以為是所欺騙，相較之下，被偷走一萬兩千里拉根本不算什麼，甚至還可以算上好事一樁，因為那至少可能給阿德里亞娜帶來一點好處。

我看到了一個事實——我永永遠遠地被排除在人生之外，再也回不去了。接下來，經歷了這一切的我會懷著沉重的心情離開這個地方，離開這個家，離開這個我已經熟悉，並在其中找到一點點寧靜，幾乎已成為我的小窩的家；然後，我會再次啟程，沒有目標，沒有方向地回到空虛當中。而為了避免再一次陷入人生的糾葛，我會盡可能地離群索居，孤單一人，孤單，真真正正的孤單，我將不再信任任何人，像影子一般地活著；坦塔洛斯的懲罰[1]將應驗在我身上。

我失魂落魄地走出家門。過了一會兒，我發現自己來到了弗拉密尼亞路靠近莫雷橋的地方。我來到這裡幹嘛？我環顧四周，然後我的眼睛停在我在地上的倒影上，我注視了它一陣子；最後，我氣憤地想抬起腳去踹它。但我不能，我不能踐踏它，我不能踐踏自己的影子。

到底誰才更像影子？是我？還是它？

兩個影子！

在那兒，在地面上；任何人都可以踩在那上頭——踐踏我的頭，踐踏我的心——而我，我只能默默承受；我只能默默承受，影子它，也只能默默承受。

一個死人的影子——這便是我的人生……

一輛馬車駛了過來——我在那兒駐足不動，我是故意的——先是一匹馬，用牠的四條腿踐踏了我，接著是馬車的輪子。

「對，就是那裡，沒錯！用力一點，輾過我的脖子！欸，欸，小狗狗，連你也來湊熱鬧嗎？好極了，踩吧，抬起你的腿！抬起你的狗腿啊！」

我爆出一陣邪門的狂笑；小狗嚇得拔腿逃開；馬車伕也回頭看了我一眼。然後，我向前移動；陰影也跟著我向前。我放縱自己，加快腳步，把影子趕到其他馬車的輪下，趕到路人的腳下。一種邪惡的狂熱佔據了我，幾乎撕裂了我的肚皮；最終，我再也不想見到眼前的影子；我只想一腳甩開它。於是我轉過身子，哈，這樣一來，它就在我背後了。

1 昆塔洛斯是天神宙斯的兒子，原本地位尊貴，受到眾神的歡迎，但虛榮心使他作惡多端，甚至為了考驗天神是否真的無所不知，而烹殺自己的兒子珀羅普斯，宴請眾神，因而觸怒了眾神，最後被打入地獄，永無休止地忍受後人稱為『坦塔洛斯的懲罰』的三重折磨。荷馬史詩《奧德賽》、古希臘抒情詩人品達的《奧林匹亞頌》以及尤里皮底斯的劇本《奧瑞斯特》都有提到坦塔洛斯的故事。

「假使我開始奔跑，」我心想：「它也會跟著我跑！」

我用力地揉了揉自己的額頭，我擔心自己會發瘋，會無法擺脫這個念頭。可是沒錯！這就是事實啊！那個影子已經成為我生命的象徵，揮之不去的鬼魅——我就在那兒，躺在地上，任人踐踏。看啊！這就是死在雞籠農場的馬悌亞．琶斯卡身後所遺留下來的——他在羅馬的街道上的影子。

但那影子有一顆心，而它不能用那顆心去愛人；那影子有錢，但任何人都可以偷它的錢；它還有一個頭腦，因此它可以思考和理解到，它是一個影子的頭腦，而不是一個頭腦的影子。事實便是如此！

這時，我感覺到，它是個活生生的東西，我為它感到悲傷，彷彿方才那匹馬、馬車的輪子和行人的腳已經真的把它踐踏得支離破碎。我不想把它丟在那兒，在地上任人踐踏。一輛電車開了過來，於是我上了車。

而回到家的時候……

Chapter

XVI

米涅娃的肖像畫

門還沒打開，我便嗅到房子裡氣氛不對勁，我聽見琶皮阿諾和琶雷阿里彼此咆哮著。這時，驚慌失措的卡波拉雷迎面走向我：

「是真的嗎？一萬兩千里拉？」

我停下腳步，氣喘吁吁的，還搞不清楚狀況。這時，西皮佑內．琶皮阿諾，那個患有癲癇症的男孩，正好穿過門口的前廳，他打著赤腳，手裡拎著鞋子，臉色慘白，身上沒穿夾克；而他的哥哥在房子的另一頭咆哮著：

「好啊，去告啊！去告啊！」

而我心裡立刻燃起熊熊怒火，氣惱阿德里亞娜還是不顧我的禁令，違背自己的誓言，把事情說了出來。

「誰說的？」我向卡波拉雷小姐大吼道：「根本胡說八道！錢我已經找回來了！」

卡波拉雷目瞪口呆地看著我：

「錢？找回來了？真的？啊！謝天謝地！」她驚呼道，兩隻手臂舉得高高的，然後跑向飯廳，而我則尾隨著她，這時，琶皮阿諾和琶雷阿里正在那兒互相吼叫，而阿德里亞娜則在一旁哭泣；卡波拉雷眉飛色舞地宣佈道：「錢找回來了！找回來了！你們看！麥斯先生已經把錢找回來了！」

「什麼？」

「找回來了？」

「怎麼可能？」

他們三個人頓時呆若木雞；但阿德里亞娜和她的父親看起來面紅耳赤，琵皮阿諾則是面色鐵青，臉色猙獰。

我盯著他看了一會兒。我看起來想必比他還要蒼白，而且全身抖個不停。他垂下眼睛，猶如驚弓之鳥，任由弟弟的夾克從他的手中落下。我走到他面前，幾乎可以頂到他的胸口，然後，我向他伸出一隻手。

「真對不起您，也對不起大家，」我說道。

「不！」阿德里亞娜氣惱地喊道，但又立刻用手帕摀住自己的嘴。

琵皮阿諾看著她，不敢向我伸出手。於是，我又說了一遍：

「對不起……」我把手臂伸得更長，我想看看他的手顫抖得有多厲害。那根本是隻死人的手，而他那混濁、黯淡的眼神，也像極了死人的眼睛。

「我真的感到很抱歉，」我繼續說道：「我無意間引起了軒然大波，給大家帶來這麼大的麻煩。」

「不是……呃，我的意思是，沒這回事……」琵雷阿里結結巴巴地說道：「對嘛！這是一件……根本不可能發生的事，簡直是太扯了！總之，麥斯先生，我很高興，我真的很高興您已經找回那筆錢，因為……」

琵皮阿諾喘了一大口氣，他用手擦拭汗水淋漓的額頭還有腦袋，然後轉身背對我們，望向露台。

「我大驚小怪的樣子……」我強迫自己帶著微笑，繼續說道：「就像是騎在驢子身上又到處找不到驢子。我自己身上帶著一萬兩千里拉，就放在這裡，在我的皮夾裡。」

但說到這裡，阿德里亞娜再也按捺不住：

「可是您明明，」她說道：「您明明就當著我的面到處都找過了，連您的皮夾也找過了啊；而且，壁櫥那裡……」

「是的，小姐，」我口氣堅決地打斷她，態度冷峻而嚴厲：「顯然我當時沒看仔細……我得特別向您鄭重地致以歉意，因為我的粗心大意搞得大家雞飛狗跳，特別是讓您。但我希望……」

「不！不是這樣的！」阿德里亞娜大叫道，她泣不成聲，衝出了房間，卡波拉雷小姐也跟了過去。

「這到底是怎麼回事……」琶雷阿里目瞪口呆地說道。

琶皮阿諾轉過身來，憤憤然說道：

「我還是會走，今天就走……事到如今，看來，這裡已經沒有……沒有我容身之地了……」

他突然住嘴，彷彿吸不到空氣一般；他特地轉向我，卻沒有注視我的勇氣：

「我……我甚至，請您相信我，他們……他們把我扯進來的時候……我……我甚至沒辦法否認……我馬上衝向我弟弟……他不懂事……因為他生病了……我想說……不能怪他……誰知道！您可以想像……他被我拖到這裡……真的是很不堪的一幕！我不得不脫下他的衣服……給他搜身……到處都搜遍了……不管是衣服還是鞋子……而他……唉！」

講到這裡，他喉嚨哽咽了起來，眼眶盈滿了淚水，彷彿因痛苦而窒息，他補充道：

「這樣一來，他們才親眼看見……但反正您已經……經過這種事情，我非走不可！」

「沒這回事！絕對不可以！」我接著說道：「因為我的緣故？您應該要繼續待在這裡！真的要走的話，是我應該要走！」

「麥斯先生！您這是哪兒的話？」琵雷阿里滿是惋惜地大叫道。

就連泣不成聲的琵皮阿諾也搖手反對，然後他說道：

「我……我非走不可；事實上，這一切會發生，是因為我……我天真的……宣布我要離開，因為我的弟弟沒辦法待在這個家裡……其實侯爵大人給了我一封信……我隨身帶著……是寫給拿波里的一個收容所的，我必須去那裡一趟，處理一些其他所需的文件……這時候，我的小姨子，她對您……對您特別關心……當然您當之無愧……她跳出來說，誰都不准離開這個家……大家都得待在這裡……因為您……我不知道……您發現了……竟然怪我……我是她姊夫啊！……她找上我……也許是因為我，我雖然很窮，但我為人清白啊，也許是因為我還欠我的岳父……」

「你想到哪兒去了！」琵雷阿里一聲驚呼打斷了他。

「不！」琵皮阿諾很有骨氣地再次強調：「我就是這麼認為！而我這麼認為一點也沒錯，不用懷疑！要是我離開的話……西皮佑內就慘了，那可憐的孩子啊！」

他再也忍不住地嚎啕大哭了起來。

「好啦！」琵雷阿里說道，一方面搞不清楚狀況，一方面很感動：「但這又有何關係？」

「我那可憐的弟弟！」琵皮阿諾接著說道，他看起來一副掏心挖肺的模樣，就連我都幾乎為之動容，肚子裡一陣糾結。

我從中感覺到了他的悔恨，那一刻，他想必覺得很對不起他的弟弟，他利用了他，假使我去告發他的話，他會讓他弟弟頂罪，他才剛剛給他搜完身，大大地羞辱了他。

沒有人比他更清楚我根本不可能已經找回了他偷走的那筆錢。原本已經事蹟敗露的他想把罪行賴給他弟弟，或者說，他至少希望大家會——根據他事先的計畫——猜想他弟弟才是那件竊案的罪魁禍首，如今，我這令他意想不到的聲明竟然令他整個崩潰。他現在之所以哭，是因為他需要好好地讓他那備受煎熬的內心發洩一下，也可能是因為不哭的話，他不知道要拿哪張臉面對我。他之所以願意哭成那副德性，跪倒在地，幾乎是匍匐在我的腳邊，有個交換條件——我必須維持先前的說法，說我已經把錢找回來了——倘使我想利用他現在的沮喪收回我方才的說法，他絕對會立刻變得火冒三丈，並奮起反擊。一切再清楚也不過了——關於那起竊案，他不但不知情，也不可能知情，而我剛才那樣說只不過救了他弟弟，而由於他弟弟有病，就算我去告發他，說不定也無須受罰；而另一方面，他要人相信他會盡力將嫁妝如數歸還給琶雷阿里。

以上是我從他大哭一場一事所看出的端倪。在安瑟爾莫先生還有我的勸慰之下，他終於安靜了下來；他說，他會先把弟弟送進收容所，然後會為了他先前與人合夥的生意去辦理一些手續，還得去幫侯爵大人蒐集一些文件，一旦完成這些事情，他便會立刻動身返回拿波里。

「順道一提，事實上，」他轉身向我總結道：「我差點忘了這件事。侯爵大人先前曾向我提到，如果您願意賞光的話，今天……可以跟我的岳父還有阿德里亞娜一起……」

「嗯，太棒了，真不錯！」他話沒說完，安瑟爾莫先生便如此大喊道：「我們大家一塊兒去……好極了！我認為現在是該好好歡樂一番，是吧？您說如何呢，阿德里亞諾先生？」

「我的話……」我攤開手臂如此說道。

「好吧，那就約四點左右……好嗎？」琶皮阿諾擦乾淚水，如此建議道。

我回到房間，思緒立刻飛到阿德里亞娜身上，她聽見我澄清說已經找回那筆錢，便啜泣逃開。要是她現在跑來要我解釋清楚怎麼辦？她當然不可能相信我真的找到了錢。所以，現在她心裡作何感想呢？她大概會以為，我這樣子矢口否認，是要懲罰她沒有信守諾言。為什麼呢？顯然是因為之前我曾告訴她，我會先徵詢律師的意見，因為我知道她和住在她家裡的每個人都會成為嫌疑人。嗯，但她不是親口告訴我她不在乎家醜外揚嗎？沒錯，但是我，事實很明顯，我並不希望事情如此發展——我寧願損失一萬兩千里拉……所以說，她只得相信我很寬大為懷，而且因為我愛她，我願意作此犧牲？看哪！我的處境如何強迫我又扯了一個天大的謊言！一個令人作嘔的謊言——搞得我好像為了愛做了什麼細心體貼的舉動，而由於她根本沒有要求或期望我這麼做，我這寬大為懷的舉動甚至顯得更加偉大。

不，不，不！我是在白日夢個什麼勁的？照道理來說，我那個不得不說，非撒不可的謊其實理當導向其他的結論。什麼寬大為懷！什麼犧牲！什麼愛的舉動！難不成我還可以繼續讓那可憐的女孩懷抱著不切實際的希望？我必須撲滅，撲滅我熾熱的感情；我不該再對阿德里亞娜投以任何愛慕的眼光或對她說出任何一句濃情蜜意的話語。然後呢？我一副寬大為懷的樣子，接著又猛然收回我的感情，她會如何看待這種落差呢？所以說，我不得不利用她違背了我的意思把竊案洩漏出去，逼得我不得不澄清的這件事，趁機與她斷絕關係。但這是哪門子的邏輯？這件事只有兩種可能：要麼我被偷錢，我明知小偷是誰卻不舉發他，竟然還收回我對她的愛，搞得好像是她也有罪似的？要麼我真的找到了錢，但如此一來我為什麼不能繼續愛她？

對自己的噁心、憤怒與憎恨感幾乎令我窒息。要是我能告訴她我這麼做根本不是什麼寬大為懷就好了；事情的真相是：礙於情勢，我根本不能提告……但我總得給她一個理由……我那些錢該不會是贓款吧？她說不定會這樣認為……還是我應該告訴她我因為被人迫害，正在逃亡，而不得不生活在陰影當中，所以我不能將自己的命運與另一個女人的命運結合起來？換言之，我只能對這個可憐的女孩謅更多的謊……但是，話說回來，如今，就連在我自己眼中，所謂的真相都已經顯得不可思議，像個荒謬絕倫的故事，一場光怪陸離的幻夢，我能告訴她這種「真相」嗎？為了不再對她撒謊，難道我得跟她坦白自己一向在說謊？這便是向她揭露我的處境可能帶來的後果。而這麼做又能對誰有任何好處呢?對我而言那沒辦法當成一個換取原諒的藉口,對她而言也於事無補。

然而,儘管此刻的我如此的悲憤、惱怒,原本我還是打算向阿德里亞娜坦白一切的;她卻偏偏派了卡波拉雷小姐,而不是自己來我房間向我解釋她為何違背諾言。

理由我原本就瞭然於心——琵皮阿諾親口告訴我的。卡波拉雷小姐還補了一句:阿德里亞娜為此感到傷心欲絕。

「為什麼呢?」我硬擺出一種漠不關心的態度,如此問道。

「因為她不相信,」她說:「她不相信您真的把錢找回來了。」

這時候,我心生一計——而這個計謀與我的心境,與我對自己感到噁心的狀態正好相互呼應——我要讓阿德里亞娜失去對我的所有敬意,我要裝出一副虛情假意,鐵石心腸,見異思遷,別有所圖的模樣,讓她不再愛我……這樣一來,我便能懲罰自己先前讓她所承受的一切痛苦。沒錯,眼前,我還是得讓她吃苦,但這麼做是為她好,為了療癒她的創痛。

「她不相信?為什麼不呢?」我不懷好意地大笑,然後對卡波拉雷小姐如此說道:「那可是一萬兩千里拉,而不是一堆沙子!如果他們真的從我這裡偷走了那麼多錢,她以為我會這麼平靜嗎?」

「可是阿德里亞娜告訴我……」那女人還想多說。

「廢話！都是一堆廢話！」我打斷她：「聽我說，沒錯……我剛開始的確懷疑了片刻……但我也對阿德里亞娜小姐說過，我不認為錢是被偷的……而事實也是如此！況且，要是我沒有真的找到那筆錢，我有什麼理由要說自己已經找到了呢？」

卡波拉雷小姐聳了聳肩。

「或許阿德里亞娜認為，您一定有什麼苦衷……」

「沒有！我沒什麼苦衷！」我連忙打斷她：「小姐，我再說一遍，這可是一萬兩千里拉啊！如果只是三、四十里拉的話還有得講！……相信我，我沒有這麼慷慨啦……什麼跟什麼啊！那可是聖人才做得到的事……」

卡波拉雷小姐離開我房間，去向阿德里亞娜轉告我的說法，我焦躁地扭絞、啃咬著我的雙手。難道我非要這麼處置不可？我利用那起竊案，彷彿想藉著被偷的錢補償她，彌補她的失落？噢！這真是一種卑鄙的作法啊！她一定會氣得尖叫，一定會看不起我……但她不知道，其實我跟她一樣痛苦。算了，事情就該如此！她應該要痛恨我，鄙視我，就像我痛恨，鄙視自己那樣。而為了讓她對我更加憤恨不平，更輕視我，從今以後，我會對琶皮阿諾——她的敵人——表現出一副百依百順的模樣，彷彿想要彌補之前害他被冤枉的過錯一般。對，對，這樣一來，我也會讓竊賊大吃一驚，甚至讓每個人都以為我瘋了……這樣還不夠，我們待會兒不是要去季里歐侯爵的家裡嗎？嗯，就在今天，我要開始追求潘托加達小姐。

「阿德里亞娜！這樣一來，妳才會更加輕視我！」我在床上輾轉反側，痛苦地呻吟著：「除此之外，我還能為妳做些什麼呢？」

四點過後不久，安瑟爾莫先生來給我給我敲門。

「我這就出來，」我一邊披上長大衣，一邊對他說道：「我已經準備好了。」

「您要這身打扮過去嗎？」琵雷阿里訝異地望著我，如此問道。

「怎麼了？」我說。

然後，我馬上意識到，我頭上還戴著我在家的時候習慣戴著的那頂旅行用頭罩。我把頭罩塞進口袋裡，然後從架子上取下帽子，而安瑟爾莫先生在一旁呵呵笑，彷彿他……

「您這是要上哪兒去，安瑟爾莫先生？」

「您自己看看，我差點也這個德性就要去了，」他笑哈哈地指著自己腳下的拖鞋：「您先過去吧，那邊；阿德里亞娜已經在那兒了……」

「她也一塊去嗎？」我問道。

「她原本不想來，」琵雷阿里一邊說，一邊走向他的房間：「但是我說服了她。您先過去吧！她已經準備好，人已經在飯廳了……」

在飯廳裡等著我的是眼神嚴峻，滿臉責備的卡波拉雷小姐！有多少次，她為愛情受盡折磨，而那位未經世事，溫柔體貼的女孩都好心地安慰她，如今，阿德里亞娜領略了箇中滋味，受了傷，出於感激與關愛，她也想安慰她，報答她；於是她對我充滿敵意，因為她覺得，我讓如此善良美麗的女孩受苦實在太不公平。她自己的話就算了，她不漂亮，也不是什麼好女人，因此，如果男人們虧待她，那勉強還說得過去。可是，我憑什麼讓阿德里亞娜受苦？

她的眼神對我訴說了這一切，並要求我轉過去看一看那個為我受苦的女孩。

她好蒼白！我可以從她的眼睛看出她剛哭過。天知道她費了多少力氣，經過多麼痛苦的掙扎，才鼓起勇氣換上衣服跟我一塊出門……

儘管這次我去作客的心情很複雜，季里歐・德奧列塔侯爵這個人物還有他的家仍讓我心底升起一股好奇。

我知道他之所以住在羅馬，是因他認為，事到如今想要讓兩西西里王國復辟的唯一的方法，便是透過抗爭，鞏固世俗的權力——一旦羅馬回到教皇的掌控之中，義大利便會四分五裂，到時候的狀況……就有得瞧了！侯爵也不願意輕易地作出什麼預言。他目前的任務很明確：他只須待在那兒，待在神職人員的大本營裡全力抗爭。那些死硬派的高級教士，還有黑黨最激進的支持者，都是他家的常客。

然而，我們來訪的這一天，豪華寬敞的大廳裡空無一人。不，其實大廳裡還是有人。大廳中央有個畫架，上面放著一張草稿打到一半的畫布，那應該是米涅娃，也就是裴琵塔的那條小母狗的肖像。一身黑毛的牠躺在一張全白的單人沙發上，牠的頭靠在向前伸展的兩條腿上。

「這是畫家貝爾納德茲的作品，」琶皮阿諾口氣嚴肅地向我們宣布此事，彷彿他正在介紹著一個了不起的人物，而我們應該要朝他深深地鞠個躬似的。

裴琵塔．潘托加達和她的女管家坎蒂妲女士首先走了進來。

這兩個人，我上次在昏暗的房間裡都已經見過——現在，燈光下，潘托加達小姐看起來像是另一個人；她並非徹頭徹尾的不同，只是鼻子有點不一樣……難道，上次在我家的時候，她的鼻子真長成這樣不成？我原本想像她有個微翹、有點倔強的小鼻子，但實際上，她有個頗有份量的鷹勾鼻。但就算如此，她仍然十分美麗——皮膚黝黑，一雙水汪汪的眼睛，一頭烏黑亮麗的大捲髮，一對線條俐落的火紅薄唇。她身上那套點綴著白色細節的深色套裝緊貼著她那修長而豐滿的軀體，彷彿是畫上去的。在她的旁邊，金髮的阿德里亞娜那溫和的美顯得相形失色。

而我終於知道坎蒂妲女士頭上到底戴著什麼東西！一頂栗子色，華麗而鬈曲的假髮，一條很寬的天藍色的絲巾——原本應該是條披肩吧——包裹著那頂假髮，在下巴的地方打了個很優美的結。那裝飾有多麼講究，她那張小小的臉看起來就有多消瘦、鬆垮，儘管她已畫了個大濃妝，盡可能的裝扮美化自己。

這時，米涅娃，那隻已經上了年紀的小母狗，用牠那低沉沙啞的聲音聲嘶力竭地叫著，搞得大家沒辦法好好地客套寒暄。可是，這可憐的小動物並非衝著我們猛吠，牠是衝著那幅畫，還有那張白色的單人沙發狂吠不止——這兩個東西想必是令牠苦不堪言的刑具——牠那憤怒的靈魂藉著汪汪大叫奮力地抗議著，發洩著。牠恨不得把那個長著三條腿的怪物從客廳裡給趕出去；但那東西仍然停在那兒，一動也不動，而且一副虎視眈眈的樣子，牠先是一邊狂吠，一邊退後幾步，然後又朝著它張牙舞爪地撲了過去，之後又怒氣沖沖地向後撤退。

米涅娃那四條瘦巴巴的腿撐著一個嬌小肥胖的身體，長得實在很彆扭；由於年歲已高，她的眼睛看起來很混濁，頭頂上有撮毛也已經顏色花白；此外，因為牠每次看到什麼架子或椅子的橫木之類的東西時，都會跑去那兒瘋狂地磨蹭，牠背上靠近尾巴附近的毛髮已經全數脫落。關於這點，我已經親自領教過。

突然間，裴琵塔從牠脖子將牠拎了起來，丟到坎蒂姐女士的懷裡，並對牠吼道：

「閉嘴！」

就在這個當口，伊尼亞丘・季里歐・德奧列塔先生疾風般地走了進來。他身形佝僂，看起來像被折成了兩半似的，他快步走到窗邊的單人沙發。待他坐下，並將拐杖固定在兩腿之間，他就深吸了一口氣，那張看起來已經筋疲力竭的臉上露出了一抹微笑。他那張疲憊的面孔上刻劃著無數直條的皺紋，鬍子刮得乾乾淨淨；儘管他的臉像死人一樣蒼白，他的眼睛卻活潑慧黠、炯炯有神，幾乎像是個年輕人。一撮撮粗厚鬈曲的頭髮懸掛在他的側臉和太陽穴旁，看上去像是用灰泥攪水揑出來的。

他十分親切有禮地接待了我們，操著一口濃濃的拿波里口音；然後，他請他的秘書向我們一一介紹大廳裡琳瑯滿目的紀念物品，這一切在在證明了他對波旁王朝的忠貞不二。然後，我們來到了一幅小畫前面，畫被一塊綠色的毯子覆蓋著，毯子上用金線繡有幾個字：「我不隱藏；我守護；揭開我，閱讀我。」他請琶皮阿諾把畫從牆上取下，拿過來給他。毯子包著的，是一封用玻璃鏡框裱起來的信，一八六零年九月，也就是在兩西西里王國苟延殘喘之際，皮葉特羅・烏洛阿寄出這封信，邀請季里歐・德奧列塔侯爵擔任政府的成員，但這個政府最終還是沒能成立；一旁的則是侯爵回函接受邀請的草稿，這可是一封傲雪凌霜的信，在那危及存亡，動盪不安的緊要關頭，根本沒人願意一肩挑起重責大任，去面對幾乎已然兵臨拿波里城門下的逆賊加里巴爾迪。

這個老人高聲朗讀這份文件；儘管我對他朗讀的內容不以為然，看見他情緒激昂，感動不已，我還是肅然起敬。因為，以他的立場而言，他堪稱是位英雄豪傑。後來，他向我解說同樣放在大廳裡的一個鍍金的百合花木雕時，又再度證實了這一點。一八六零年九月五號的早上，國王偕同王后以及兩位宮廷大臣搭乘一輛敞篷馬車離開拿波里皇宮，馬車來到齊亞雅路時停了下來，一家以金色百合花為招牌的藥房前，擠滿了貨車和馬車。一把斜倚在店招上的梯子阻礙了交通。一些工人攀爬在梯子上，正要從招牌上取下百合花。國王注意到了這件事，用手向王后指出藥房老闆那見風轉舵的懦弱舉動；那人從前曾經懇求皇室的恩准，才得以使用皇室的標誌裝飾他的店舖。而他，德奧列塔侯爵，當時剛好路過那裡——他勃然大怒地衝進藥房裡，一手揪住那個無恥小人的衣領，指著外頭的國王給他看，並朝他臉上啐了口唾沫，然後，他揮舞著被拆下來的一朵百合花，在人群中高呼：「國王萬歲！」

如今，大廳裡的這朵木百合讓他憶起那個悲傷的九月早晨，那也是國王最後幾次現身於拿波里的街道；侯爵以這朵木百合為榮，他對它的重視不下於大廳裡所展示的內閣大臣金鑰和聖雅納略的騎士勳章，以及其他許多擺放在費迪南多國王和弗然切斯可二世的兩幅巨型油畫肖像下方的榮譽勳章。

不久之後，為了讓我的邪惡計畫付諸實現，我把侯爵交給琶雷阿里和琶皮阿諾，湊到了裴琵塔身旁。

我馬上感覺到她的神經質與焦躁。首先，她問我現在幾點。

「四點半嗎？好！很好！」

然而，「現在四點半」一事顯然令她不甚滿意——我會這麼想，是因為她那句「好！很好！」講得咬牙切齒，而且之後還話鋒一轉，大肆評論——幾乎可以說大力抨擊了義大利王國和一天到晚拿輝煌歷史來自吹自擂的羅馬城一番。此外，她還告訴我，他們西班牙也有一個跟我們一模一樣，歷史同樣悠久的競技場；只不過他們根本不在乎那東西：

「不就是些沒有生命的石頭罷了！」

對他們而言，鬥牛場可是有價值得多了。是的，於她而言尤其如此，那幅由曼努埃爾·貝爾納德茲所畫，尚待完工的米涅娃肖像畫可是比所有的經典藝術傑作更有價值。而這幅畫遲遲無法完工，正是裴琵塔焦躁不安的原因，而她的不耐煩已經到了一個極點。她說話的時候，全身抖個不停；三不五時便會用一隻手指摸鼻子；有時她會咬自己的嘴唇；一下子緊握拳頭，一下子又鬆開，眼睛還不斷看向門口。

最後，終於有個僕人前來稟告貝爾納德茲的來臨，他出現的時候，看起來滿頭大汗，好像他是用跑的過來似的。裴琵塔看見他便立刻轉身背對他，努力地裝出一副冷淡漠然的矜持態度；但是，在畫家跟侯爵打過招呼，並朝著我們（事實上是朝著「她」）走過來的時候，他用母語為他的姍姍來遲向她道歉，她便再也按捺不住了，只見她旋風似的回答他說：

「第一，您必須說義大利話，因為我們現在是在羅馬，而這些先生女士不識西語，要是您朝我說西語，這樣子很沒教養。然後，我得讓您知道我一點也不關心您遲到與否，您大可以省去這番道歉。」

畫家感到羞愧不安，他露出一抹緊張的微笑，然後鞠了個躬；接著問她是否可以趁著現在還有天光繼續作畫。

「隨您便！」她用同樣的姿態及語調回答道：「您可以不畫我，或把畫全部塗掉，隨您便。」

曼努埃爾．貝爾納德茲再次鞠躬，然後轉向懷裡還抱著小母狗的坎蒂妲女士。

於是，米涅娃的酷刑又要開始了。但跟負責折磨牠的畫家所遭受的折磨比起來，牠所受的折磨還不算殘忍——為了懲罰遲到的畫家，裴琵塔開始跟我打情罵俏，就連原先就別有居心的我也覺得她似乎做得有點太過火了。我轉身瞄了阿德里亞娜一眼，看見她痛苦不已。因此，不只是貝爾納德茲和米涅娃備受煎熬；她和我也是。我感覺自己雙頰火燙，彷彿我給那個可憐的小伙子帶來的憤恨也影響了我，不過，我對他沒有任何憐憫之情——在我的內心深處，我只心疼阿德里亞娜；既然我都得讓她受苦了，我哪裡還在意畫家是否也在受苦——相反地，在我眼中，彷彿他愈痛苦，阿德里亞娜就可以少受點苦似的。在場的每個人都壓抑自己的痛苦，而這股力量一點一滴地攀升著，遲早會以某種方式爆發開來。

米涅娃給了大家一個發作的藉口。這天，小母狗沒了女主人嚴厲眼光的訓斥，只要畫家把目光一挪開，看向畫布，牠便會一聲不吭地改變姿勢，牠的爪子和鼻子探向椅背和椅墊之間的縫隙，彷彿想鑽進去躲在那兒似的，而這樣一來，牠光禿禿，圓滾滾的屁股便朝著畫家，豎得直直的尾巴搖來搖去，彷彿存心嘲弄畫家一般。坎蒂妲女士已經把牠挪正了好幾次。貝爾納德茲一邊等待，一邊吹鬍子瞪眼，偶爾，有些我講給裴琵塔聽的話會傳到他耳裡，只見他含糊不清，嘟嘟囔囔地暗自評論著。我注意到了這件事，好幾次，我想要挑釁他說：「說大聲一點啊！」最後他再也按捺不住，對裴琵塔大吼道：

「拜託，請您至少讓那畜生別再亂動！」

「畜生！什麼畜生！」裴琵塔揮舞著雙手激動地嗆了回去：「您竟敢喚牠為畜生!?」

「天曉得這可憐的小東西聽了作何感想……」我忍不住為貝爾納德茲幫腔。

這句話其實一語雙關，但等到話出口了以後我才意識到這一點。我本想說的是：「這隻狗不知是否能想像人們究竟在說些什麼。」但貝爾納德茲以另一種方式解讀了我的話，然後，他瞪著我的眼睛，兇巴巴地回嗆道：

「牠會聽懂您聽不懂的東西！」

他那麼挑釁地瞪著我，加上我自己的情緒也十分激動，於是，我忍不住回嘴道：

「先生，我懂得很，您或許是個偉大的畫家沒錯……」

「怎麼了？」侯爵注意到我們這邊劍拔弩張的態度。

貝爾納德茲再也無法克制自己，他起身衝到我面前：

「一個偉大的畫家怎麼樣了啊……您把話說完啊！」

「您是一個偉大的畫家沒錯……但在我看來，您是缺乏禮貌的畫家；您只會嚇唬小狗！」我用一種鄙夷的語氣果斷地對他說道。

「好啊，」他說：「我們就來見識一下我是不是只會嚇唬小狗！」

然後，他便退了回去。

突然間，裴琵塔突然以一種極其怪異，抽搐般的方式大哭了起來，哭到整個人昏倒在坎蒂妲女士和琶皮阿諾的懷裡。

在突如其來的一陣混亂中，我看著大家如何手忙腳亂地把潘托加達小姐搬到長沙發上。這時，我感覺到有人抓住我的胳膊，我看見剛才退了回去的貝爾納德茲又向我撲了過來。我及時抓住了他朝我打過來的手，用力地推開他，但他又再次朝我撲過來，他的手輕輕觸碰到了我的臉頰。我火冒三丈地朝他撲了過去，但琶皮阿諾和琶雷阿里跑過來制止我，而貝爾納德茲則一邊後退，一邊叫囂著：

「儘管放馬過來啊！我隨時候教！……這裡的人都知道我住哪兒！」

侯爵氣得渾身發抖，他撐著椅子站起身來，怒斥那個發動攻擊的人；同一時間，我試圖掙脫琶雷阿里和琶皮阿諾，他們不讓我去追上去。侯爵也試著安撫我，他對我說，作為一個紳士，我應該要派兩個朋友去給那個竟敢在他家作亂的莽夫一個教訓。

我渾身發抖，上氣不接下氣，我為了這個令人不悅的意外事件簡單地向侯爵道歉之後，便匆匆離去，琶雷阿里和琶皮阿諾也隨後告辭。阿德里亞娜留下來照顧那位不省人事的小姐，她已經被抬到別的房間裡休息了。

現在，我不得不去請求偷走我的錢的傢伙為我作證，除了他以外，我也找了琶雷阿里——要不然我還能找誰？

「我？」安瑟爾莫先生一派誠懇，吃驚地大叫道：「怎麼！不會吧，先生！您是說真的嗎？」他微笑了起來：「麥斯先生，我是說，我不太知道怎麼處理這方面的事……算了吧，那不過是些幼稚的事，一些傻事，我這麼說您可別見怪……」

「您得幫我這個忙，」我用一種宏亮，堅定的聲調對他說道，這節骨眼我不想跟他討論：「您和您的女婿一道兒去找那位先生，然後……」

「您在說些什麼啊！我不會去的！」他打斷了我：「您可以向我要求我為您做任何其他的事，我隨時可以為您效勞；但這件事不成，首先是因為我不適合做這件事；此外，我剛剛就說過了，算了吧，那不過是件幼稚的事情！我們不必那麼在意……那一點也不重要啊……」

「不不不！可不是這樣的啊！」琵皮阿諾看到我這麼激動，如此插嘴道：「重要得不得了！麥斯先生完全有權要求對方還給他一個公道；我甚至想說，他有義務這麼做，這一點是肯定的！他必須，必須這麼做……」

「那麼，您找一個您的朋友跟您一起去嘍？」我如此說道，心想不可能連他也拒絕我。

但琵皮阿諾張開雙臂，一副痛心疾首的模樣。

「您要知道我可是真心真意地想為您效勞！」

「但您也不去嗎？」我顧不得自己人還在大馬路上，便對他吼出聲來。

「您小聲點，麥斯先生，」他低聲下氣地求我：「等等……您聽我說……您要考慮到我……我只是侯爵大人手下一個小小的……微不足道的秘書……一個僕人，我只是個僕人啊……」

「這又有什麼關係了？侯爵自己不是也說……您不是也有聽見嗎…？」

「是的，先生！但明天？一個教權派的成員……面對著政黨……而他的秘書卻扯到這種貴族的紛爭裡面……噢！天啊！您不知道到時我下場會有多慘！而且，您不是也看到了嗎？那個輕浮的女人像隻母貓似的愛上了那個畫家，那個惡棍……明天他們倆又會言歸於好，到時候，我該怎麼辦？我會吃不完兜著走！麥斯先生，請您耐下性子來，考慮一下我……事情真的是這樣。」

「所以說，在這個節骨眼，你們想丟下我一人，棄我於不顧嘍？」我再次火爆地怒吼道：「在羅馬這兒，我一個人也不認識！」

「……一定有辦法！一定有辦法的！」琶皮阿諾趕緊建議道：「我本來想馬上告訴您的……請您要相信我，不管是我，還是我的岳父，對這種事都不在行，所以，我們不是合適的人選……我看得出來，您已經氣得渾身發抖，這也是人之常情，畢竟您是個有血有淚的男子漢。所以，請您立刻去找兩位王室軍隊的軍官，在這種攸關榮譽的對決裡，他們不可能拒絕幫您這樣的紳士主持公道。您先向他們介紹自己，然後向他們吐露這個狀況……這不是他們第一次替陌生人提供這類的服務。」

我們已經到了家門口；我告訴琶皮阿諾：「好吧！」然後，我便把他，還有他的岳父丟在那兒，獨自一人臉色陰沉，漫無目的地離開了。

關於自己完全無力的體認再次壓垮了我。像我這種狀況，我能跟人決鬥嗎？難道我還不願意承認自己根本束手無策？兩名軍官？是的，但首先他們就會想知道我到底是誰，而這也理所當然。唉！他們甚至可以朝我臉上吐口水或賞我耳光，或用亂棍打我，而我，是的，我只能求他們扎扎實實地打，但不要吼得太大聲，不要搞得太吵……兩名軍官！要是我對他們透露我真正的處境，第一他們根本不會相信我，此外，天曉得他們會把我想成哪種人；而且，這一切終究會徒勞無功，就像對阿德里亞娜坦白那樣——就算他們相信我說的，他們也會建議我先讓自己重生，因為，算了吧，騎士規章裡哪能找到關於死人的規則……

因此，我只得默默地吞下這個羞辱，就像上次發生竊案時那樣？我蒙羞受辱，幾乎可說是被打了耳光、下了戰書，而我卻得像個懦夫般地走開，然後消失在那令人難以忍受的命運所帶給我的陰影當中，做一個連我自己都看不起的可鄙之人？

不，不行！我怎麼能夠這樣子活下去？我怎麼能忍受這種生活？不，不，夠了！夠了！我停下腳步。眼前一陣天旋地轉，然後，我的內心突然升起一股烏雲罩頂的感覺，一陣不寒而慄的感覺從頭頂貫穿到我的腳掌，我感覺自己雙腿虛軟無力。

「但至少首先，首先……」我對自己喃喃說道：「至少首先我得試試……為什麼不呢？要是有人對我……至少得先試試看……才不會搞得連自己都覺得自己很懦弱……如果我能……要是有人對我……我才不會那麼厭惡自己……反正我已經沒什麼可以失去的了……所以為何不姑且一試呢？」

我當時離阿拉紐咖啡廳只有兩步之遙。「那兒，就是那兒，上吧！」在盲目衝動的驅策之下，我走了進去。

在第一個房間裡，五六個砲兵圍著一張小桌子坐著，他們當中的一個人注意到我一臉困惑，舉棋不定地杵在那兒，轉身看著我，我向他打了招呼，然後，上氣不接下氣地吱唔道：

「請……對不起……」我對他說：「我能跟您說句話嗎？」

那是一位沒有蓄鬍的年輕小伙子，想必是今年剛從軍校畢業的中尉。他立刻站起身來，十分有禮貌地來到我身邊。

「先生，您儘管說……」

「是的，讓我介紹一下自己：我叫阿德里亞諾．麥斯。我是個外地人，在這兒沒有認識任何人……我跟人起了……起了紛爭，是的……我需要找兩個人來當副手見證這場決鬥……可是我不知道要找誰……如果您和您的一位同袍願意……」

他既驚訝又困惑地打量了我一會兒，然後轉向他的同伴，喊道：

「格里佑堤！」

那是一位上了年紀的中尉，留著一雙濃密的翹鬍子，一隻眼睛上戴著一只單眼眼鏡，頭髮梳得油亮亮的，全身上下精心打扮，他一邊站起身來，一邊繼續向同伴們說著話（他發 r 這個音的時候，帶著法語口音），他走向我們，微微向我拘謹地鞠了個躬。我一看見他站起身來，就差點忍不住想對年輕的中尉說：「不要，千萬不要找這一個，拜託！不要這一個啊！」不過，我後來也見識到，在他們那個小隊裡，實在沒人比他更能勝任這個任務。他對於騎士規章的所有條文可說是瞭若指掌。

他得意地對我的案例大放厥詞，並向我要求這要求那的，在此，我無法一一詳述……照他的說法，我應該發一封不知道什麼內容、也不知道給誰的電報揭發一切，把事情說清楚，然後去找上校，這點不用多說……他當初尚未從軍時，也在帕維亞遇到了同樣的事情……因為，根據騎士規章……他嘰哩咕嚕講了一堆什麼條文、先例，還有一些關於糾紛和榮譽法庭的事，天知道他還講了些其他什麼的。

我第一眼看見他便已感到芒刺在背——更別提現在得聽他長篇大論了！後來，我再也無法忍耐——我感覺所有的血液衝向腦門——於是我迸出這些話：

「是是是，先生！這些我都知道！好……您說得很好；但眼前您叫我怎麼發電報？我就自己一個人！我要決鬥，就是這樣！立刻去決鬥，如果可以的話……廢話少說，明天就去！我哪裡懂得您說的那些？抱歉！我之所以來找你們，就是希望可以省去繁文縟節、陳腔濫調和長篇大論！」

在我發作之後，這番談話幾乎演變為爭吵，但那些軍官突然發出一陣粗俗的爆笑，打斷了我們的爭吵。我奪門而出，怒火中燒，滿臉通紅，彷彿被人鞭笞了一頓。我用手抱著頭，彷彿想藉此抓住竄逃的理智；我被那陣笑聲所追殺而抱頭鼠竄，我想鑽到一個地方去躲起來……但要躲在哪兒呢？家裡？我感到一陣驚恐。我瘋狂地跑啊跑的；然後，漸漸地放慢腳步，最後，我氣喘吁吁地停了下來，彷彿我再也拖不動我那個飽經嘲諷謾罵，已經膽顫心寒、抑鬱寡歡的靈魂。我呆立半晌，然後又邁開腳步；一瞬間，我感到無憂無慮，心中所有的鬱結都莫名地煙消雲散，幾乎像個傻子一般；然後，我又開始漫無目標地四處遊蕩，也不知道這樣走了多久。三不五時，我會停下腳步，張望店鋪的櫥窗，漸漸地，櫥窗上的簾子一張張被拉下，我感覺他們是衝著我打烊的，永永遠遠地打烊了；我感覺街上的人煙愈來愈稀少，就是為了丟我一個人在夜裡茫然徘徊，被沉默漆黑的房子和緊閉深鎖的門窗所包圍，彷彿因為我的緣故，它們再也沒有開啟的一天了。所有的人家都熄滅了燈火，深鎖著大門，如同夜晚一般地沉默不語；在我眼中，這一景一物看來恍如隔世，彷彿這一切對我而言都已經毫無意義。後來，一種幽微的感覺鑽進了我心中，在我內心慢慢發酵，最後，不知不覺中，我再度來到了瑪格麗塔橋。我倚靠在欄杆上，眼睛張得大大的，凝望著在深夜中奔流的黑色河水。

「跳下去？」

我毛骨悚然地打了個哆嗦，霎時間，我渾身上下的生命力奔騰而上，化為一股猛烈的憎恨，我怨恨那兩個遠在他方的女人，我被逼得跳進雞籠農場的貯水池裡，稱了她們的意。她們，蘿密爾達和她母親，她們害得我落到這步田地——噢，我絕對不可能想到要藉著假裝自殺來擺脫她們的。兩年來我像個影子般四處走避，活在一種死後重生的幻覺裡，如今，發現自己幾乎是被揪著頭髮般地被迫親自執行她們強加在我身上的刑罰。她們真的把我給殺了！是她們擺脫了我……

一種不服氣的感覺撼動了我。難道我非得自殺不可？我不能找她們報仇嗎？我要是一躍而下，害死的是誰？誰也不是……不過是一個死人罷了……

我彷彿靈光乍現地駐足不動。復仇！所以說，我得回到那兒？回米拉紐去？走出這個已經搞得我無法呼吸，令我難以忍受的謊言？用自己的真實姓名、真實狀況，帶著我真真切切的痛苦活著回去，回去懲罰她們？但眼前的這些痛苦呢？我能就這樣甩開這些痛苦，就好像拋開一個過重的包袱那樣嗎？不，不，不！我感覺自己不能這樣做。而我就這樣心亂如麻，狂燥不安地站在橋上，對自己的命運感到一片茫然。

此時，嗯，我惶惶不安地掏著大衣口袋，突然間，手指好像抓到了個不知名的東西。最後，我氣沖沖地把它給抽了出來。原來是我離開家門要去拜訪季里歐侯爵時，無意間順手塞到口袋裡的那頂旅行用的頭罩。我正想把它扔到河裡，但一瞬間，有個念頭在我腦海中一閃而過；從阿楞加前往都靈的那段旅程裡所想過的一件事又鮮明地回到記憶當中。

「在這裡，」我幾乎是不知不覺地對自己如此說道：「在這欄杆上……帽子……手杖……是的！就如同她們在磨坊的貯水池那裡對馬悌亞．琶斯卡所做的一切；我，阿德里亞諾．麥斯，此時此地……會一樣一樣地要她們還回來！我要活著回去；為自己報仇！」

一陣雀躍，或說一陣狂喜席捲了我，讓我樂不可支。對嘛！對嘛！我不應該自殺，我不該做掉一個死人，我應該做掉兩年來不斷折騰我，令我生不如死的那個瘋狂荒謬的虛構身份，做掉阿德里亞諾．麥斯，他生來就注定要當懦弱撒謊的可憐蟲；阿德里亞諾．麥斯才是我該做掉的人，這傢伙只不過是個假名，他的大腦想必塞滿了麻絮，他的心是紙糊的，他那橡皮做的血管裡流的肯定是染了色的水而不是血液！所以說，對嘛！把他做掉吧！滾開！這個令人憎惡的邪惡傀儡！就讓他淹死在那兒，像馬悌亞・琶斯卡那樣！一報還一報！令人毛骨悚然的謊言造就了那個影子般的傢伙，如今，他的生命理當用另一個令人毛骨悚然的謊言畫下句點！如此一來，我便可以彌補一切！除此之外，我又能如何彌補我帶給阿德里亞娜的傷痛呢？難道我應該吞下那個混球帶給我的侮辱？這個懦夫！他在背後捅了我一刀！噢，我當時那麼確定自己對他無所懼怕。不，不是我，受到侮辱的不是我，受到侮辱的其實是阿德里亞諾・麥斯。而現在，看啊，阿德里亞諾・麥斯要了結自己的生命了。

除此之外，我無路可走！

這時，我渾身顫抖了起來，彷彿我真的要去殺人。但不一會兒，我又感到茅塞頓開，心境也豁然開朗，幾乎可說是興高采烈。

我環顧四周。我懷疑臺伯河環河道路一帶說不定有什麼警衛因為見到我在橋上逗留了好一陣子而停下來監視我之類的。我決定先確定此事，我走了過去，先後巡視了自由廣場和梅利尼環河道路。沒有任何人！於是我往回走，我並沒有直接回到橋上，而是在幾棵樹之間的一盞路燈下停下腳步——我從筆記本中撕了一頁，用鉛筆如此寫道：「阿德里亞諾・麥斯。」還需要寫些什麼呢？沒什麼好寫的。地址和日期吧。這樣就夠了。阿德里亞諾・麥斯的一切都在那兒了，一頂帽子、一把手杖。其他的一切，衣服、書籍之類的，就留在那個家裡好了……錢的話，竊案之後，我便都隨身帶著。

我靜默地回到橋上，彎著身子。我的雙腿抖個不停，心臟幾乎跳出胸口。我找了一個路燈比較照不到的地方，立刻脫下我的帽子，把折起來的小紙條塞到裡頭，然後把它們擺在橋的護欄上，擱在手杖旁邊；我迅速套上那個上天在冥冥之中送來拯救我的頭罩，然後，像個小偷似的，我挑個陰暗無光的地方，頭也不回地離開了。

Chapter

XVII

重生

我來到火車站時，正好趕上十二點十分開往比薩的火車。

我買了票，鑽進一節二等車廂裡；我把頭罩往下拉到可以蓋住鼻子的高度，倒不是怕被人看見，而是我自己不想看見任何東西，然而，紛亂的思緒仍使一切歷歷在目——擱在護欄上的帽子和手杖就像是一場揮之不去的夢魘。啊，說不定此時有人剛好路過那裡，瞥見了那兩樣東西……也許某個在夜裡巡邏的警衛已經跑去派出所報案了……而我人還在羅馬！火車在等待什麼呢？我幾乎不敢呼吸了……

列車終於嘎然啟動。很幸運的，包廂裡只有我一個人。我一躍而起，伸長了手臂，痛快地吸了一口氣，彷彿壓在胸口的一顆大石頭終於被移開。啊！我，馬悌亞．琵斯卡，我又活了過來。此刻，我恨不得對所有人放聲大叫：「是我，馬悌亞．琵斯卡！就是我！我沒死！我就在這兒！」我不必再說謊，也不必再擔心被揭穿！其實，還沒呢——我得先到達米拉紐……到那兒以後，首先，我得去申報我是誰，讓人家知道我還得活著，把我自己與我那已經被埋葬的根再次連接起來……太瘋狂了！我當初怎麼會誤以為被切斷樹根的樹幹能夠獨自存活？然而，我還記得，在從阿楞加前往都靈的那一趟旅程裡——當時的我曾以同樣的方式想像自己會得到幸福。太瘋狂了！解脫！我那時候竟然這麼說……我那時候竟以為這就是解脫！哪門子的解脫啊？當時，謊言的外衣像套鉛衣似的，沈重地壓在我身上！一個沉重的陰影……而眼看著，我的妻子和岳母又將壓得我喘不過氣來……不過，我身為死人的時候，難道不也是如此？現在，至少我活著，而且我還充滿鬥志。喝！咱們走著瞧吧！

兩年前，我竟會如此輕率地逃避法律的羈絆，開始了這一路的歷險，如今回想起來，這一切顯得令人難以置信。我彷彿再次看見那段日子的自己，一開始在都靈的那幾天，我感到一種莫名的幸福，或者說我根本樂昏了頭，然後我輾轉到了其他的一些城市，踏上了朝聖的旅程，我孤單、沉默，封閉在一種自以為是的幸福感裡頭；看啊！那時我人在德國，我搭著輪船航行在萊茵河上——難道那只是南柯一夢？不，那可是真的！啊！要是我能夠永遠處在那種狀態裡就好了；四處漂泊，當個一輩子的過客……但後來在米蘭……我想跟賣火柴的老人買下那隻可憐的小狗……那時候，我已經開始察覺到……然後……唉！然後！

我的思緒又落到了羅馬上頭；我像個影子般地進到了如今已被我拋棄的那個家。這時，他們都睡了嗎？阿德里亞娜可能還沒有……她還在等著我，等我回家；他們想必告訴她說，我為了跟貝爾納德茲決鬥，跑去尋找兩個作證的副手；她看見我還沒回家，可能正在為我擔心哭泣……

我緊緊地摀住臉，感覺心臟因為痛苦而揪成一團。

「但阿德里亞娜！對妳而言，我不可能是個活人，」我痛苦地呻吟著：「眼前最好的，就是讓妳以為我已經死了！偷走妳一個吻的那雙嘴唇已經死了，可憐的阿德里亞娜……忘了我！忘了我吧！」

啊！明天早上，警察局派人去通知他們這件事時，那個家裡會有什麼樣的狀況呢？一開始的震驚之後，他們會如何歸咎我的死因？一個從來沒有表現出絲毫懦弱的人因為畏懼一場決鬥而自殺，這也太說不過去了……所以說呢？我因為找不到作證的副手而自殺？這根本是個莫名其妙的藉口！或者因為……天曉得！有可能是，在我那充滿神秘的生活背後，隱藏著不為人知的秘密……

哦，是的，他們無疑會這麼認為！我就這樣，表面上看起來根本毫無動機，事先也沒有表現出任何徵兆地自殺了。不，其實在最後的那幾天裡，我的確有過一些詭異的行徑，而且還不只一次，比如說那個竊盜案，我先是表示了懷疑，然後又突然否認……也許那筆錢根本不是我的？將來我還得還給別人？該不會是我非法侵佔了其中的一部份的錢，然後讓佯裝自己才是竊案的受害者？可是我後來後悔了，從而走上自殺的下場？天曉得！不過可以確定的是，我是個充滿神秘的人——我沒有任何朋友，也從來沒有任何人從任何地方捎信給我……

唉，要是除了姓名、日期和地址以外，要是我在那張紙條上還寫了些其他的東西就好了，比方說，隨便一種自殺動機之類的……可是，在那當口誰又想得到那麼多呢？……此外，有啥原因可寫呢？

「天曉得……」我焦躁不安地想著：「天曉得報章會如何大肆渲染阿德里亞諾．麥斯這個神秘兮兮的傢伙……我那位鼎鼎有名的都靈老鄉，那個名叫弗然切斯可．麥斯，並且在稅捐處工作的好堂兄，想必會迫不期待地跑去向警方提供消息；然後，警方會依照那些消息展開調查，而天曉得最後會迸出什麼樣的結果？對，但那些錢呢？還有繼承的問題？阿德里亞娜親眼見到了我的那些鈔票……更別提琵皮阿諾了！他一定會衝去壁櫥拿錢！然後發現裡頭空無一物……然後呢？錢遺失了嗎？沉到河底了嗎？可惜，太可惜了！他一定會很氣惱自己當初為何沒有及時把錢偷個精光！警方會沒收我的衣物、我的書籍……而這些東西最後會落到誰的手裡？噢！我至少有留下一點東西給可憐的阿德里亞娜做紀念！如今，她會用何種眼神凝望我那已經人去樓空的房間？」

就這樣，夜深人靜時，當火車呼嘯地向前疾駛，種種的疑問、揣測、思緒與情感在我的腦海中澎湃激盪著，讓我絲毫無法平靜。

我估計在比薩停留個幾天會比較保險，這樣一來，馬悌亞．琵斯卡再度出現在米拉紐一事與阿德里亞諾．麥斯在羅馬人間蒸發一事，才不會被聯想在一起，畢竟，要是羅馬的報紙大肆報導這起自殺案件，眼尖的人很容易便會把這兩件事聯想在一起。我將在比薩等著看羅馬的早報和晚報；然後，假使他們沒有過度張揚，在回到米拉紐之前，我會先去歐內利亞一趟，去找貝爾托哥哥，先看看我的重生會引起他什麼樣的反應。但我絕對不可以在他面前提起一絲半點關於羅馬的事，以及我先前所經歷的風風雨雨。關於我失蹤兩年的事，我要編出一些匪夷所思的說法，說我到遠方旅行去了……啊，現在，我活著回來了，我可以滿口謊言，像堤托・樗齊騎士那樣瞎說胡謅出許許多多的謊話，甚至更上一層樓！

我身上還有五萬兩千多里拉。眼看我都已經死了兩年，我的那些債權人得到了雞籠農場和磨坊，想必已經心滿意足。他們可能已經變賣了這兩項財產，並從中獲取了最大利益，因此，他們應該不會再來騷擾我了。如果不然，我也會設法讓他們不要再來煩我。手邊有著五萬兩千多里拉，就算不能過得很鋪張，在米拉紐這種地方也能過上很體面的生活了。

在比薩下車之後，我首先跑去給自己買了頂帽子，那帽子的形狀和尺寸都和從前馬悌亞・琶斯卡習慣戴的那種帽子很相似；那之後，我立刻去把阿德里亞諾・麥斯那個低能兒般的長髮剪掉。

「剪短，剪得很短，懂了吧？」我對理髮師如此說道。

我的鬍子已經長了回來，而現在，剪短了頭髮，我又開始恢復成原來的模樣，不過現在的我可是好看得多，高雅得多了呢！對呀……是嘛，我又變得風度翩翩了。而且，那隻眼睛已經不歪了呢！它已經不再是馬悌亞・琶斯卡獨特的正字標記了。

是沒錯，但話說回來，我的臉上還是留下了一點點阿德里亞諾・麥斯的影子。但現在的我長得很像柔貝爾托；這可是我當初料想不到的。

等我擺脫了那該死的頭髮，並且戴上了剛剛買來的那頂帽子以後，發生了一個小問題——帽子向下沉，蓋住了整個後腦勺！我只好找理髮師幫我補救，拿一些紙張塞到帽子的襯裡下面。

為了不要這樣子兩手空空地進旅館，我給自己買了一只行李箱——眼前，我也只能把大衣和身上穿的這套西裝放進去。我得重新為自己添購一切所需，畢竟，我不可能奢望在過了這麼長一段時間以後，在米拉紐那兒，我太太還保存著我的衣物和內衣。我在一家商店裡買了件成衣，然後便直接穿著那套衣服離開；接著，我便拎著新的行李箱投宿到「海王旅館」。

從前我還是阿德里亞諾·麥斯的時候曾來過比薩一次，當時我所下榻的是「倫敦旅館」。我已經欣賞過這個城市所有的藝術傑作；這一回，在經歷了那麼強烈的情緒波動之後，我已精疲力竭，加上從前一天的早上我就沒有進食，我又餓又睏，幾乎站不穩腳步。吃了點東西，我便一覺睡到了傍晚。

不過，一醒來，一股陰鬱不安的感覺漸漸攫取了我。我幾乎是不知不覺地度過了那一整天的，我先是忙著打點一開始的那些瑣事，後來又昏沉地墜入夢鄉，天曉得與此同時琶雷阿里家又是哪番景象！惶恐、震驚、毫不相干，卻跑來多管閒事的陌生人、草率的調查、懷疑、完全站不住腳的猜測、影射、徒勞無功的搜尋；而我遺留在那裡的衣物和書籍一定會招來悲慟的眼光，歸橫死之人所擁有的物品總是能引起這種效果。

而當時的我只不過是大睡了一場！而現在，被痛苦所煎熬的我卻不得不等到第二天的早上，才能從羅馬的報紙知道些什麼。

同一時間，我不能立刻回到米拉紐，甚至連歐內利亞也不行，我只能在這裡待個兩三天，或者更多天，處在一種不上不下的狀態——在米拉紐那兒，我以馬悌亞．琶斯卡的身份死了一次；而在羅馬，我則是以阿德里亞諾．麥斯的身份又死了一次。

經歷過諸多震撼以後，我想分散自己的注意力，由於我不知道該怎麼辦，我便伴隨著這兩個死人在比薩街頭閒晃。

啊，這次的散步可真愜意啊！曾經來過這裡的阿德里亞諾．麥斯差點就給馬悌亞．琶斯卡做起嚮導了；但馬悌亞．琶斯卡心事重重，他試圖打起精神，他揮舞著一隻手臂，彷彿想把那個煩人，頭髮茂密，全身穿著套裝，戴著寬邊帽子和眼鏡的身影驅走似地。

「滾！走開！回到河裡去，你已經溺死了！」

但我還記得，當兩年前阿德里亞諾．麥斯走在比薩街頭的時候，也同樣感覺自己被馬悌亞．琶斯卡那惱人的影子所困擾，而他也曾想過要用同樣的動作擺脫馬悌亞．琶斯卡，把他驅趕回雞籠農場磨坊的貯水池裡。最好跟這兩個人都不要再扯上任何關係。噢！白色的巨塔啊！[1] 你可以倒向一邊，而我，我卻不能倒向任何一邊。

感謝老天，我總算熬過這個沒完沒了、充滿煎熬的夜晚，並且弄到了幾份羅馬的報紙。

要我說自己在閱讀那些報紙的時候心情很平靜，這我說不出口——我根本靜不下來。然而，看到我自殺的消息篇幅不大，而只被當成一般的社會新聞來報導，這使我大吃一驚。那些報導大致上大同小異——瑪格麗塔橋上尋獲一頂帽子、一枝手杖，還有一張內容簡短的小紙條；所有的報導都說我來自都靈，是個頗為奇特的人，至於我為何想不開跳河，原因不詳。然而，其中有一篇報導大膽推測我之所以會自殺是因為「感情因素」，因為我「在某位教權派知名人士家裡跟一位西班牙畫家發生過口角」。

另一篇報導則說：「極可能是財務問題所導致」。總之，就是一些籠統、簡短的報導。只有一家習慣加油添醋的早報稍稍提到：「死者麥斯曾寄住在前教育部科長，目前已經退休的安瑟爾莫·琵雷阿里騎士家裡，後者因為對死者彬彬有禮，溫文儒雅的舉止倍感推崇！」——真是謝謝他了——這份報紙也提到了我和某位名為「貝某某」的西班牙畫家下了戰帖，並指出自殺的原因其實應該與一段不為人知的秘密戀情有關。

1 這裡的白色巨塔指的是比薩斜塔

總之，照他們的意思，我是為了裴琵塔・潘托加達而自殺的。話說回來，這樣也好。報導沒有提到阿德里亞娜的名字，對於我的那些鈔票也隻字不提。此外，警方將展開秘密調查。但他們又有什麼線索可以追蹤呢？

現在，我可以啟程前往歐內利亞了。

我抵達的時候，柔貝爾托正在他的莊園裡採收葡萄。再度見到記憶中那美麗的海灣，我的心中百感交集，畢竟我當初根本無法想像自己還有機會再次踏上這塊土地。然而，喜悅中夾雜著即將抵達的焦慮；我也擔心自己在見到親戚之前會被某些陌生人認出來。想著他們見到我突然活生生地出現在他們面前會作何感想，我心中便激盪了起來。想著想著，我的眼睛好像蒙上了一層霧，天空和大海都變得模糊，我的血液在血管中奔騰，心臟噗通噗通地跳著。我感覺自己彷彿永遠無法抵達目的地！

最後，傭人過來打開華美的莊園的柵門，這莊園是貝爾托妻子的嫁妝；我穿過大街，往這兒走的時候，真有種恍如隔世的感覺。

「請報上貴姓大名，」傭人讓道給我，並對我說道：「好讓小的通報。」

我的喉嚨一陣瘖啞，無法回答。我努力地用微笑掩飾，然後結結巴巴地說道：

「請……請您告……告訴他……是的，他……他……他……一位很……很熟的朋友，來……

來自遠……遠方的朋……朋友……就……就這樣……」

這個傭人就算沒有多想，至少也會認為我是個口吃的傢伙。他把行李箱擱在掛衣架旁邊，並招呼我進到一旁的客廳。

那是個面積不大，明亮，整齊，擺設著綠釉家具的客廳；等待的時候，我全身抖個不停，一下子傻笑，一下子喘氣。突然間，我看見一個年約四歲，長得很漂亮的小男孩出現在門口，他一手拿著一只小小的澆花器，另一手拿著一把小耙子，圓滾滾的眼睛張得大大的盯著我瞧。

我感到一陣無法言喻的憐愛之情——他想必是我的小侄子，貝爾托的長子；我彎下身子，向他招手，要他過來我這兒；但他怕生地跑開了。

這時，我聽見客廳的另一扇門被打開。我站直了身子，兩眼因感動而一片模糊，喉嚨裡發出一種尷尬的笑聲。

柔貝爾托來到我面前，他看起來十分困惑，幾乎可說是詫異極了。

「您是……？」他說。

「貝爾托！」我張開手臂，向他喊道：「你不認得我了嗎？」

一聽見我的聲音，他的臉色一下刷白，一隻手在額頭和眼睛間來回快速地搓揉，身子搖晃了起來，然後結結巴巴地說道：

「這……這怎可能……這怎可能呢？」

我及時扶住了他，儘管他因為驚嚇過度而一直往後退。

「是我啊！是馬悌亞！你別怕！我沒死……你看到了嗎？你可以碰碰我！柔貝爾托，是我啊。我從來沒有比現在更有生命力！欸，拜託，你冷靜一點……」

「馬悌亞！是你！馬悌亞！」可憐的貝爾托仍不敢相信自己的眼睛，他開始說：「這究竟是怎麼一回事呢？你？哦，我的天啊……這究竟是怎麼一回事？我的弟弟！我親愛的馬悌亞！」

他緊緊、緊緊地抱住了我。我像個孩子一樣地哭了起來。

「究竟是怎麼一回事？」貝爾托也一邊哭著，一邊不停地問道：「這究竟是怎麼一回事？怎麼一回事呢？」

「你看！我回來了……你看到了嗎？我並不是從另一個世界回來的……不，不……我一直活在這個可悲的世界裡……別哭了……待會兒，我會把一切都告訴你……」

柔貝爾托緊緊地抓著我的手臂，淚流滿面地望著我，眼神仍然充滿了震驚：

「這怎麼可……那麼，埋在那個地方的……？」

「不是我……我會把一切都告訴你的。他們弄錯人了……那時候，我離開米拉紐，到了一個很遠的地方，我是……想必你也是……我是從報紙得知我在雞籠農場自殺的消息的。」

「所以死的不是你嘍？」貝爾托大叫道：「那你又做了些什麼呢？」

「我扮起了死人。你先別問，將來，我會把一切經過告訴你的。現在還不能說。我現在只能告訴你，這些日子來我四處遊蕩，你知道嗎？一開始，我還以為自己那樣很幸福……後來，我……我歷盡滄桑，發現自己搞錯了，扮死人可不是件好差事，所以我回來了，我讓自己重新活了過來。」

「馬悌亞，我說馬悌亞，你根本就瘋了，我從前便總是這麼說……瘋了！瘋了！瘋了！」貝爾托大叫道：「但你搞得我多開心啊！誰會預料到這種事呢？馬悌亞還活著……而且就站在我眼前！你知道嗎？我到現在都還無法置信？讓我好好看看你……你看起來完全變了個人似的！」

「我修好了這隻眼睛，你看出來了嗎？」

「啊，對喔……難怪我覺得你看起來……我也說不上來……我剛剛看著你，看著你……總之，太棒了！走吧，我們去那邊，去找我太太……噢！等等……可是你……」

他突然停下腳步，然後有點慌亂地看著我：

「你想回去米拉紐？」

「當然，今晚就去。」

「所以，你還不知道嘍？」

他用雙手摀住了臉，然後哀嘆道：

「你這個歹命的傢伙！你招誰惹誰……究竟招誰惹誰了……？難道你不知道，你太太她……？」

「死了？」我驚呼道。

「不！比死還糟！她……她改嫁了！」

我呆掉了。

「改嫁了？」

「是的，她改嫁給波密挪！我還收到了喜帖。這已經是一年多前的事了。」

「波密挪？嫁……嫁給波密挪……」我又結巴了起來，接著，我感覺胃裡一陣翻騰，膽汁彷彿逆流到了喉嚨，一陣苦笑脫口而出，我笑了起來，瘋狂地笑了起來。

柔貝爾托目瞪口呆地看著我，他大概擔心我已經失去理智。

「你還笑得出來？」

「我笑！我笑！我當然笑得出來！」我抓著他的手臂，一邊搖晃，一邊喊道：「這樣子還更好！我真是好運得不得了呢！」

「你在說些什麼？」柔貝爾托猛然回嘴，幾乎有些生氣地：「什麼好運？要是你現在回去那裡……」

「對啊！我這就動身！」

「所以，你不知道你得重新把她給娶回來？」

「我？憑甚麼要我這麼做！」

「當然囉！」貝爾托重申這一點，而現在，現在換我目瞪口呆地瞪著他看了：「第二次婚姻會依法自動失效，你有義務再把她娶回來。」

我感到天崩地裂。

「憑甚麼我得再娶她一次！這是哪門子的法律啊？」我大叫道：「我的妻子再嫁了，而我……什麼跟什麼啊？你給我閉嘴！不可能會這樣！」

「可是我告訴你，事情就是這樣！」貝爾托重申道：「等等！我的小舅子就在那兒。他可以幫你把事情解釋得更清楚，因為他是個法學博士。來吧……呃，不，你先在這兒稍等一下。我老婆懷孕了；她不太認識你，我不希望突然見到你會嚇著她……我先過去通知她一下……你在這兒等等，好吧？」

他拉著我的手，一直走到門口，彷彿很擔心，一旦他丟下我片刻，我就會再度消失得無影無蹤一般。

這時，大廳裡只剩我一人，我像隻籠中獅一般來回踱步：「她再嫁了！嫁給波密挪！當然……跟我娶同一個老婆。對嘛！他從前就喜歡她嘛。他做夢也沒想到會有這一天！而她……她怎麼可能放過這個機會！成為有錢的波密挪夫人……她再嫁的時候，當時我人在羅馬……而現在，我竟然得把她給娶回來！不會吧？」

不久之後，柔貝爾托興高采烈地跑來叫我。然而，方才得知了那個消息，搞得我一時之間方寸大亂，因此，即便我的嫂嫂、她的母親還有弟弟熱烈地招呼我，我卻不知如何反應。貝爾托注意到了這一點，於是，他立刻詢問他的小舅子，請他解答我心中最迫切的疑問。

「這是哪門子的法律嘛？」我再度脫口而出：「呃，對不起！我的意思是，這法律也太難以理解了吧！」

這位年輕的律師露出一抹微笑，他調整了一下鼻樑上的眼鏡，散發出一股優越感。

「但事實便是如此，」他回答道：「柔貝爾托說的沒錯。我不記得明確的條文是哪一條，但法律已經預想到這種情況：一旦第一個配偶再次出現，第二次婚姻便自動宣告無效。」

「所以說，我必須把她娶回來，」我怒氣沖沖地大喊道：「娶回一個所有人都知道一年以來已經和另一個男人有婚姻之實的女人……」

「但很抱歉，親愛的琶斯卡先生，這可是您的過失所導致的！」這個小律師打斷我的話，他依然面帶微笑。

「什麼我的過失？怎麼會？」我說道：「那娘們先是把一個溺死的可憐蟲錯認為我，然後又迫不急待地改嫁，這一切怎麼會是我的過失？而我還得把她給娶回來？」

「當然，」他回答道：「因為琶斯卡先生您並沒有在法律規定可以再度結婚的期限內修正您的妻子所犯下的錯誤，當然，您的妻子也有可能是故意犯錯的，我並不排除這個可能性。可是，您不但沒有對於她錯誤指認了那個屍體提出異議，甚至還利用了這件事……抱歉，您要知道，您這麼做我可是很激賞的，我個人認為您做得好極了。相反地，我很訝異您現在竟然又跑了回來，準備再度與我們這些剪不斷理還亂的社會規範糾纏不清。換作我是您，我絕對不會再與任何人聯絡。」

這個剛剛畢業的年輕人用這種平靜，自以為是的態度大放厥詞，搞得我火上加火。

「您會這麼說是因為您根本不知道這是怎麼一回事！」我聳了聳肩回嘴道。

「什麼嘛！」他接著說：「還有比這個更幸運或更幸福的事了嗎？」

「對啊，您猜猜看啊！自己猜猜看啊！」我大叫道，然後轉身面向貝爾托，讓他一個人繼續自以為是下去。

但這一邊，我哥哥也不放過我。

「哦，對了，」我哥哥問：「這些日子，你是怎麼樣混……？我的意思是……」

他搓揉著拇指和食指，作出錢的手勢。

「我怎麼樣混過來的？」我回答道：「這一點說來話長！現在我沒辦法跟你一一描述。但你知道嗎？我賺了錢，而且，現在手邊還有一筆錢，所以，你可別以為我是因為缺錢才想回米拉紐的！」

「既然如此，你還是堅持要回去？」貝爾托不鬆口：「你都知道一切了啊！」

「我當然要回去！」我大叫道：「難道你認為，在我飽經風霜，受盡了折磨以後，我還會想要繼續扮死人嗎？不，親愛的哥哥——我要回家，回到那裡；我想要有合法的證件，再次感覺到自己還活著，活生生的，就算得娶回我的老婆也在所不惜。對了，告訴我，我的岳……培斯卡托瑞的遺孀還活著嗎？」

「哦，這我不曉得，」貝爾托回答我道：「你應該明白，弟妹再婚以後也不便……但我想是的，她應該還活著……」

「可真是個好消息啊！」我大喊道：「但沒關係！我會幫自己報仇！你知道嗎？我跟從前不一樣了。只有一件事令我感到遺憾，也就是，這樣一來會便宜了波密挪那個白痴！」

大家都笑了起來。這時候，傭人過來宣布午飯已經上桌。我只得留下來用餐；但我全身因不耐而顫抖，根本沒意識到自己在吃些什麼；不過，用餐完畢之後，我感覺自己彷彿狼吞虎嚥了一番。我內心的猛獸好好地吃了一頓，已經蓄勢待發。

貝爾托建議我至少在莊園裡住個一晚——第二天早上，他會陪我一起去米拉紐。他想要親眼看到我這樣突然返家會引起多大的震撼，見證我像隻禿鷹般俯衝進波密挪巢穴的一幕。但我已經不想布局，我管不著這麼多了，我請求他讓我一個人去，就在今晚動身，一刻也不耽擱。

我搭上了八點的火車，半個小時之後，我就會在米拉紐了。

Chapter

XVIII

已故的馬悌亞・琶斯卡

我擺盪在焦慮和憤怒之間（我不清楚到底哪一種情緒比較激烈，但也許——不管是焦慮的憤怒，還是憤怒的焦慮——到頭來根本是同一回事吧！），我再也顧不得會不會有人在火車上或在我剛剛抵達米拉紐時便認出我來。

我鑽進了一個頭等車廂，這是我唯一採取的預防措施。現在是晚上，而且之前貝爾托的反應也讓我安心多了。大家都堅信我早在兩年前便一命嗚呼，根本不會有人認為我是馬悌亞．琶斯卡。

我把頭伸出車窗外，尋找那些熟悉的景物，希望可以藉此平息心中澎湃的情緒；但這只讓那股焦慮和憤怒節節高升。在月光的照耀之下，我隱約看見了遠方雞籠農場的斜坡。

「那兩個殺人兇手！」我咬牙切齒：「當時，就在那兒，她們……但如今……」

那個消息令我始料未及，震驚之餘，有好多事我都忘了要問柔貝爾托！我們家的農地和磨坊最後真的賣掉了嗎？或者是在債權人的協議之下繼續暫時由我們管理？馬拉尼亞是否還活著？還有絲柯拉絲堤卡姑媽呢？

我感覺經過的這兩年幾個月，久得像是永恆，而由於這些日子裡，許多不可思議的種種發生在我身上，我能想像在米拉紐那兒也發生了許多特別的事。話說回來，說不定在那兒一切風平浪靜，說不定除了蘿密爾達和波密挪的婚事之外，根本也沒發生過什麼大事；要不是我現在即將再度現身，他們結婚這件事本身也不是什麼不尋常的大事。

我抵達米拉紐以後，該往哪裡去呢？這對新人把愛巢築在哪兒呢？

波密挪可是個富有的獨生子，我之前住的那個家對他而言想必太過於寒酸。此外，波密挪的心思是那麼的細膩，要他住在一個處處都有我的痕跡的房子裡，他想必會不太舒服。也許，他搬回他父親的「宮殿」裡去住了。哈，培斯卡托瑞的遺孀想必一副「太后」嘴臉！這麼一來，可憐的杰若拉繆．波密挪一世那個溫文有禮，心地柔順善良的騎士便淪落到那個老巫婆的魔掌裡了！真是一場好戲！不管是做父親的還是兒子的，想必都沒有勇氣一腳踹開她，擺脫她的糾纏。而現在，看我的，哼！真叫人生氣啊！我回來解救他們了……

是的，我應該往波密挪家去——萬一我在那裡找不到他們，我也可以從門房的口中探聽出他們藏身何處。

噢！明天一到，我復活的消息會在這個沉睡的小鎮裡引發多大的風暴呢！

這是個月色明亮的夜晚，但就像往常一樣，所有的街燈都沒有點燃，因為大部分的人都在家裡吃晚餐，街道上幾乎空無一人。

我的神經過於亢奮，雙腿幾乎麻痺——我感覺自己似乎是飄著走的。我說不上來自己究竟帶著何種心境——我只是感覺到一股聲勢浩大的笑意在我的肚子裡猛烈激盪，卻爆發不出來——假使它真的爆發出來，一定會笑掉我的大牙；那些用來鋪路的石塊會一一崩裂，一旁的房舍也都會搖搖欲墜。

不消一會兒，我便來到波密挪家門口；但我並沒有在走廊上那個像是玻璃展示櫃的東西裡見到看門的老女傭；我在那兒等了幾分鐘，身體抖個不停，然後，我注意到大門的一扇門板上釘著一條喪家的緞帶，緞帶已經褪色而且蓋滿灰塵，顯然已經釘在那裡好幾個月了。是誰死了呢？是培斯卡托瑞的遺孀？還是波密挪騎士？想必是他們其中之一。假使死的是老騎士……這樣一來，那兩隻小鴿子一定會來佔據這個「宮殿」，也就是，我會在樓上找到他們。我已經按捺不住，於是我三步併作兩步地奔上樓梯。我在樓梯間的第二個平台上撞上了女門房。

「波密挪騎士在嗎？」

從這隻老烏龜望著我的詫異的表情，我理解到過世的想必是老騎士。

「我是說他兒子！他兒子！」我立刻修正自己，然後繼續向上爬。

我不知道那個待在樓梯間裡的老太婆自己一個人在那兒嘀咕些什麼。爬到最後一個平台之前，我不得不停下來休息一會兒——我已經喘不過氣來了！我盯著門，心想：「也許他們還在吃晚飯，三個人都在飯桌旁……不疑有他地吃著飯。而幾分鐘之後，等到我去敲他們的門，他們平靜的生活將霎時陷入混亂……是的，我的手裡可是握著繫著他們腦袋的命運之線呢。」我爬完最後幾階樓梯，手裡握著門鈴的繩子，豎起耳朵聽著門內的動靜，一顆心臟幾乎快從喉嚨跳出。一點聲音也沒有。在這片寂靜當中，我聽見門鈴稍稍地被拉扯而慢慢發出了叮叮噹噹的聲響。

我感覺所有的血液都衝向腦門，耳朵開始嗡嗡作響，已經消失在那片寂靜當中那微弱的叮噹聲彷彿繼續在我的腦門裡瘋狂地，震耳欲聾地迴響著。

不久之後，我身子一震，因為我聽見門的另一側傳來培斯卡托瑞的遺孀的聲音：

「是誰啊？」

一時間，我無法回答；我拳頭握得緊緊的，按在胸口，彷彿想按住快要跳出胸膛的心臟。然後，我用一種低沉的聲音，幾乎是一個音節一個音節地說道：

「馬、悌、亞、琶、斯、卡。」

「誰？」裡頭傳來尖叫的聲音。

「馬、悌、亞、琶、斯、卡。」

我又說了一次，並把聲音壓得更低。

我聽見老巫婆拔腿逃開的聲響，她想必是嚇壞了，然後，我立刻猜到此刻門的那一邊上演著什麼戲碼。這時候，輪到男人出場了——勇敢的男子漢波密挪！

但在那之前，我又拉了一次門鈴，像方才那樣，輕輕地拉。

波密挪一把門整個推開，便看見我抬頭挺胸地站在他面前，他驚慌失措地縮了回去。我逼上前去對他大叫道：

「馬悌亞．琶斯卡從陰曹地府回來了！」

波密挪腳下一軟，碰的一聲一屁股跌坐在地上，手臂撐在背後，眼睛瞪得大大的：

「你……你是馬悌亞？」

拎著一盞燈趕了過來的培斯卡托瑞的遺孀發出產婦般刺耳的尖叫。我一腳把門踢得關上，然後一把接住她手上搖搖欲墜的燈。

「住口！」我衝著她的醜臉說道：「你們真把我當鬼不成？」

「還活著？」她兩手抓著頭髮，面色慘白地說道。

「活著！活著！活得可好了！」我趾高氣昂，開心得不得了，然後繼續說道：「你們說我死了，是不是啊？你們說我已經淹死在那裡了是吧？」

「你從哪裡冒出來的？」她驚恐地問我。

「從磨坊那兒啊，妳這個老巫婆！」我朝著她大叫道：「妳拿好這盞燈，好好地瞧瞧我呀！

是我沒錯吧？妳認得我嗎？或者妳還是把我當成已經淹死在雞籠農場的那個倒楣鬼？」

「淹死的不是你？」

「妳才該死，老巫婆！我就在妳面前，活生生的！好啦，你這個呆瓜，你給我站起來！蘿密爾達人在哪兒？」

「看在老天的份上……」波密挪一邊呻吟著，一邊匆匆忙忙地站起身來：「小不點……我擔心……奶水……」

我抓住他的胳膊，這下子，換我嚇了一跳：

「什麼小不點？」

「我……我女兒……」波密挪結結巴巴地說道。

「啊，你這個天殺的！」培斯卡托瑞的遺孀淒厲地大喊道。

在這個消息的震撼之下，霎時間，我答不上話來。

「你女兒……」我喃喃地說道：「連女兒都有了？……這下可好了……」

「媽，看在老天的份上，妳先去告訴蘿密爾達吧……」波密挪催促道。

但已經來不及了。這時，袒著胸脯的蘿密爾達走了進來，小女嬰趴在她身上吸吮著乳汁，她披頭散髮，一副剛剛才匆匆地起床的模樣；她瞥見了我，一聲：

「馬悌亞！」然後便跌到波密挪和她母親的懷裡。他們手忙腳亂地把她拖去歇著，我也追了上去，一陣天翻地覆中，最後小女嬰落到了我手裡。

我就站在那兒，在黑暗的門廳當中，手中抱著那個瘦弱的小女嬰，這個乳臭未乾的小不點嚶嚶地啼哭著。我驚惶失措，六神無主，耳裡還迴盪著那個曾經屬於我，現在卻是這個孩子的媽的女人所發出的尖叫聲，而這個孩子卻不是，不是我的骨肉啊！而我親生的骨肉，她卻從來沒有愛過她！所以說，不，看在老天爺的份上，現在要我疼愛她，我辦不到，真的辦不到！我不該憐憫這個孩子，也不該憐憫他們。她改嫁了是吧？那如今我……但小女嬰仍然哭個不停；所以說……該怎麼辦呢？為了讓她安靜下來，我讓她趴在我胸口，用另一隻手輕輕地拍打她的肩膀，一邊來回步行，一邊抱著她搖啊搖的。我沸騰的怨恨慢慢降溫，怒氣也漸漸消退。然後，慢慢地，小女嬰也安靜了下來。

一片黑暗中，波密挪慌張地叫道：

「馬悌亞！……小寶寶！……」

「你給我閉嘴！她在我這兒，」我回答道。

「那你想怎麼樣？」

「我想怎麼樣！……我想吃了她……是你們自己把她扔到我懷裡的……現在，就讓她留在我懷裡！她已經睡著了。蘿密爾達在哪兒？」

他渾身顫抖，提心吊膽地走到我身旁，看起來就像一隻看見自己的孩子被主人拎在手中的母狗：

「蘿密爾達？你找她做什麼？」他問道。

「我有話要跟她說！」我粗聲粗氣地回答道。

「是這樣的，她昏倒了。」

「昏倒了是吧？那我們就把她給叫醒。」

波密挪檔在我面前，低聲下氣地說道：

「聽著……看在老天的份上……我擔心……唉，你怎麼會……怎麼會還活著呢！……你去了哪些地方？……噢，天啊……聽我說……你不能跟我說就好？」

「不行！」我大喊道：「我得跟她說。現在你已經不算數了。」

「你在說什麼？我不算數？」

「你的婚姻已經自動失效。」

「什麼……你在說什麼？那小寶寶呢？」

「小寶寶……小寶寶……」我咕噥道：「不要臉！兩年的時間裡，你們不但結為夫妻，還生了個女兒！不要哭，小可愛，不要哭！我們這就去找媽媽……來，妳帶我去！要往哪邊走呢？」

當我手裡抱著女嬰，一進到臥室，培斯卡托瑞的遺孀便像條獵犬般的朝我撲上來。

我不爽地把她推開：

「去，你們都給我站到那兒去！你的女婿在那兒，如果你們要大吼大叫，你們儘管自己在那兒叫。我不認識你們！」

我朝蘿密爾達彎下身子，她沒命地哭著，我把小女嬰遞給她：

「挪，接著……妳在哭？妳哭什麼？哭我還活著？妳希望我死是吧？妳看看我啊……來，看著我的臉！我是死人還是活人呢？」

她淚流滿面地抬起頭來望向我，然後用一種嗚咽破碎的聲音結結巴巴地說道：

「可……可是…怎……怎麼？你……你幹了什麼好事？」

「我？我幹了什麼好事？」我苦笑道：「妳問我，我幹了什麼好事？妳改嫁了……嫁給了那個蠢材！……還生了個女兒，而妳還好意思問我，我幹了什麼好事？」

「現在該怎麼辦呢？」波密挪用雙手摀著臉，痛苦地呻吟道。

「那你！你……你跑到哪裡去了？你假裝自己死了，然後溜之大吉……」培斯卡托瑞的遺孀一邊高舉雙臂朝著我走過來，一邊鬼叫了起來。

我抓住她一隻手臂，然後把那隻手臂扭到她背後，並對她大吼道：

「我再說一遍，妳給我閉嘴！閉上妳的狗嘴！因為，再讓我聽見妳吭聲的話，我告訴妳，我對妳那蠢女婿還有那個小東西的那一丁點同情心就會消耗殆盡，我就會訴諸法律！你們知道法律是怎麼規定的嗎？法律規定我要把蘿密爾達娶回來……」

「我的女兒？跟你？你瘋了！」她不為所動地謾罵了起來。

但在我的恐嚇之下，波密挪立刻上前求她住嘴，要她看在老天的份上安靜下來。

老巫婆這才放過我，轉身對他破口大罵——低能兒！智障！沒出息的東西！只會在那兒哭哭啼啼、唉聲嘆氣，像個婦道人家似的……

我放聲大笑，笑到肚子都疼了。

「你們別鬧了！」當我終於克制住笑意，我大叫道：「我願意把她讓給他！樂意得不得了！

難道妳真的以為我會瘋狂到要再當一次妳的女婿？啊，可憐的波密挪！我可憐的朋友啊，你知道嗎？請原諒我剛剛罵你低能；但你聽到了嗎？剛剛你的岳母也這麼說了，而我可以對你發誓，從前蘿密爾達，我們的妻子，也說過你低能……是的，就是她，她說你很愚蠢，很低能，很無趣……還有其他的，但我記不得了。是吧，蘿密爾達？妳就實話實說吧……好了，好了，別哭了，親愛的，來，擦乾妳的眼淚，別把妳的孩子弄痛了……妳看見了嗎？我又活了回來。而我想要開開心心的……開開心心的！就像我的一位酒鬼朋友曾對我說過的那樣……波密挪，你笑一個嘛！難道你以為我要讓一個女兒沒有媽媽？這怎麼可能！我已經讓一個兒子沒有爸爸了……蘿密爾達，妳看到了嗎？我們打平了：我有一個兒子，他現在是馬拉尼亞的兒子，而妳有一個女兒，她現在則是波密挪的女兒。老天允許的話，說不定某天我們還可以讓他們結為連理呢！如今，妳再也不會因為那個兒子而心裡不平衡……從現在開始，我們只談開心的事……來吧，告訴我，當初在雞籠農場那兒，妳和妳媽是怎麼認出死者是我的啊……」

「可是就連我也以為死的是你啊！」波密挪氣惱地大叫道：「全鎮的人都這麼認為！不是只有她們倆！」

「做得好！好極了！這麼說，那傢伙長得很像我囉？」

「體型一樣……鬍子也一樣……跟你一樣一身黑……然後你又這麼多天不見人影……」

「對啊，我逃之大吉，你剛剛也聽見她是怎麼說的？講得好像不是她們把我給逼走的……這個女人，還有這個女人……儘管如此，你知道嗎？我當初本來要回來的。口袋中裝著滿滿的鈔票衣錦還鄉！誰知道我……那傢伙死了，淹死了，屍體都腐爛了……還被指認成我！謝天謝地，我揮霍了兩年；而你們就在這兒：訂婚，結婚，度蜜月，慶佳節，享清福，還生下了一個女兒……！反正死人不會說話，是吧？然後，活著的人就可以稱心如意了是吧……」

「那現在呢？」波密挪彷彿芒刺在背，用一種哭哭啼啼的腔調重複說道：「我的意思是，這下子該怎麼辦呢？」

蘿密爾達站起身來，輕手輕腳地把小寶寶放到搖籃裡。

「來吧，我們到那邊說，」我說：「小寶寶又睡著了。我們到那邊繼續討論。」

我們走到飯廳裡去，飯桌還沒有收拾，桌上還擺著吃剩的晚餐。波密挪渾身顫抖，一臉茫然，像具死屍般慘無血色，一對眼皮在他那黯淡無光的眼球上眨呀眨的，他的瞳孔已經縮成兩個小小的黑點，裡頭閃爍著驚恐；他抓了抓額頭，然後神智不清地囈語道：

「還活著……還活著……該怎麼辦呢？這該怎麼辦呢？」

「你不要太過分了！」我對他咆哮道：「我是說，現在我們就走著瞧吧。」

多套了一件睡袍的蘿密爾達加入了我們。我望著燈光下的她，不禁在心中讚嘆道——她又變得跟我當初認識她時一樣漂亮了！而且身形還更加豐滿。

「讓我好好看看妳……」我對她說：「可以吧，波密挪？這沒有什麼不對啊，因為我也是她的丈夫呀，而且比你還更早就當上了她的丈夫呢。來嘛，蘿密爾達，不要害羞！來看啊，來看看小密挪有多難受！哎呀，我並沒有真的死掉，我又能如何呢？」

「不能這樣下去！」波密挪面色鐵青地哼了一聲。

「冷靜！」我一邊對蘿密爾達眨眼，一邊說道：「好啦，我親愛的小密挪，你別激動……我已經告訴過你，我會把她讓給你，而且我也會信守諾言。只是你得稍微等一下……如果你允許的話！」

我走到蘿密爾達身邊，在她的漂亮的臉頰上啵地親了一下。

「馬悌亞！」波密挪氣得發顫尖叫。

我又爆出一陣大笑。

「吃醋了嗎？吃我的醋？算了吧！我可是有優先權的呦。總之，好吧，蘿密爾達，擦乾淨，妳把臉擦乾淨吧……聽著，在回這裡的路上，我本以為——抱歉喔，蘿密爾達——但親愛的小密挪，我本以為我這趟回來會給你幫個大忙，幫助你解脫，我承認我被這個想法折磨得很慘，因為那時我一心想為自己報仇，而我現在其實也還想這麼做，我想把蘿密爾達從你身邊搶走，因為我看到你這麼愛她，而她也……是的，她看起來如夢似幻，就像許多年前的她一樣……欸，蘿密爾達，妳還記得嗎？……妳不要哭！妳又要開始哭了嗎？啊！那真是一段美好的時光啊……沒錯，那段日子再也不會回來了！……好吧，好吧，現在你們有一個女兒，所以就沒什麼好談的了！媽的，我不會騷擾你們的平靜的！」

「但我們的婚姻關係自動宣告失效啊？」波密挪大叫道。

「就讓它失效啊！」我對他說：「而且就算如此，也只是『形式上』失效——我不會行使我的權利，要是他們不強制施行的話，我甚至不會正式申請註銷死亡。對我來說，只要大家可以看見並知道我實際上還活著，這就足夠了，這樣一來，我便可以脫離死亡，相信我，我之前那樣真的跟死掉沒兩樣！事實很明顯，蘿密爾達已跟你結為夫妻……其餘的一切都不重要！你的婚禮是公開舉行的；她已經當了你太太一年，這是眾所皆知的事，而以後，她仍會繼續當你的太太。誰又會關心她的第一次婚姻在法律上是否有效呢？那都是過往雲煙了……蘿密爾達『曾經』是我的太太，而現在，一年以來，她是你的太太，你女兒的媽。一個月以後，不會有人再提起這件事。我說得沒錯吧，我的『雙胞岳母』？」

培斯卡托瑞的遺孀點了點頭，她一臉陰鬱，眉頭深鎖。波密挪的情緒卻愈來愈激動，他問道：

「那你會留在這兒嗎？留在米拉紐？」

「對，三不五時，我會找個晚上到你們家來喝杯咖啡或葡萄酒，祝你們身體健康。」

「這可不行！」培斯卡托瑞的遺孀跳了起來，厲聲說道。

「他只是開玩笑啦！……」蘿密爾達目光低垂地說道。

我又哈哈大笑了起來，跟剛才一樣。

「蘿密爾達，妳看到了嗎？」我對她說：「他們擔心我們會再次陷入愛河……那倒也不賴！不不不，我說還是算了，我們不要折騰波密挪……也就是說，如果他不希望我進到他家裡頭，那我只好在樓下，在妳窗前的街道上散散步。好嗎？到時候，我會為妳獻上許多美妙的小夜曲。」

波密挪面色蒼白，渾身顫抖，他一面在房間裡來回踱步，一面咕噥道：

「這怎麼可能……這怎麼可能……」

然後，他突然停下腳步，並說道：

「事實是……要是你，活生生的，出現在這裡，她就不再是我的妻子了啊……」

「你就當作我已經死了嘛！」我一派平靜地回答道。

他又開始來回踱步：

「如今，我辦不到這一點了！」

「那你就別辦到。好啦，好啦，」我接著說道：「難道你真的以為我會來打擾你？不過要是蘿密爾達這麼希望的話……這只能讓她自己說囉……來吧，蘿密爾達，妳說說看，誰長得比較好看？我還是他？」

「我說的是法律方面的事！法律方面的事！」他再次駐足，然後大喊道。

蘿密爾達又焦急又心疼地看著他。

「在這種情況下，」我向他指出：「我覺得——請原諒我這麼說——最該懷恨在心的人其實應該是我啊！你想想看，從今以後，我得眼睜睜地看著我美麗的前妻跟你行夫妻之實。」

「但她也跟你……」波密挪反駁道：「因為她不再是我的妻子了啊……」

「唉，夠了，」我哼了一聲：「我本來想報仇，但我現在不報仇了；我允諾把老婆讓給你，也不會來煩你，我都做到這個地步了，你難道還不滿意？好了，蘿密爾達，起來！我們走吧，就我們兩個人！我帶妳去度蜜月……我們會玩得很開心！離開這個迂腐無趣的傢伙吧，他竟然要求我真的跳進雞籠農場的貯水池裡。」

「我才沒有這麼要求！」已經到達崩潰邊緣的波密挪猛然說道：「但你至少可以遠走他鄉吧！你就離開呀，既然你當初喜歡被當死人看！你離開吧，立刻就走，走得遠遠的，到一個沒人會見到你的地方。因為……要我在這兒……跟你……活生生的你……」

我站起身來；用手拍拍他的肩膀，想讓他平靜下來，然後我告訴他，首先，我已經去過歐內利亞找了我哥哥，因此那兒的人都知道我還活著，而明天，無可避免地，這個消息也將會傳回米拉紐，此外：

「再死一次？遠離米拉紐？親愛的，你在開玩笑吧！」我大聲說道：「你就認命吧：你就安安心心地繼續扮演丈夫的角色，光明正大的……再怎麼說，你的婚禮已經合法地舉辦完畢。而且，考慮到你們已經生了個小寶寶，所有人都會認可我們這個做法。我可以向你保證，向你發誓我永遠不會來打擾你，甚至不會過來喝杯咖啡，也不會來這裡觀賞你們卿卿我我、打情罵俏的戲碼，我不會來見證你們的恩愛和那份建立在我的死亡上的幸福……你們這些忘恩負義的傢伙！我敢打賭，在這段時間裡你們當中沒有一個人，甚至連你這個拜把兄弟也不例外，沒有一個人曾經去過墓園，沒人到過我的墳上掛個花環，連放朵花都沒有……你說啊，不是嗎？回答我啊！」

「你真愛說笑！……」波密挪回答道，然後聳了聳肩。

「說笑？我可沒在說笑！那裡可真的躺著一具男人的屍體啊，這可不能拿來說笑！你到過我的墳上嗎？」

「沒……我……我沒勇氣……」波密挪咕噥道。

「但搶走我老婆的勇氣，你倒是有啊，無賴！」

「那你當初是怎麼對我的？」他脫口而出：「你還沒死的時候，那時，可是你先從我手中把她給搶走的，不是嗎？」

「我？」我驚呼道：「夠了！是她自己不要你的！你希望她親自再告訴你一次她當初覺得你看起來很蠢嗎？蘿密爾達，妳自己告訴他吧，說啊，妳看看，他竟然怪我背叛他……但現在，這又有什麼關係！他是你的丈夫，沒什麼好說的；但我可沒有錯……好啦，好啦。我明天會到那個可憐蟲墳上探望他，他就這樣被遺棄在那兒，沒人給他供花，也沒人為他流淚……不過，告訴我，你們至少有為他立一塊墓碑吧？」

「有，」波密挪連忙回答道：「是市政府出的錢……是我可憐的父親……」

「我知道，是他幫我主持葬禮，宣讀悼詞的！要是你那可憐的父親發現…… 墓碑上寫了些什麼？」

「我不知道……那都是小雲雀撰寫的。」

「當然，捨他其誰！」我嘆了口氣：「夠了。我們換個話題吧。與其談這個，告訴我，為什麼你們這麼快就結婚了啊？……我說，我的小寡婦，妳可沒為我流過幾滴淚啊……我看妳根本沒為我掉過一滴眼淚，是吧？妳說啊，難道我沒有權利聽見妳的聲音？妳看，現在已經是深夜了……天一亮，我就會離開這裡，那之後，就當作我們從來沒認識過彼此吧……現在，讓我們珍惜剩下的這幾個小時吧。來吧，告訴我……」

蘿密爾達聳了聳肩，她看了波密揶一眼，然後露出一抹緊張的微笑；接著，她壓低目光，盯著自己的手：

「我能說些什麼呢？我當然有為你流淚……」

「你根本不配她為你流淚！」培斯卡托瑞的遺孀脫口罵道。

「真謝謝妳啊！但總歸一句，說吧……妳只流了一兩滴眼淚，是吧？」我接著說道：「可不能把這雙容易被迷惑的漂亮眼睛給哭壞了，這是當然的。」

「我們當初受到好大的打擊，」蘿密爾達很歉疚地說道：「要不是他挺身而出……」

「好一個波密揶！」我大呼道：「可是，馬拉尼亞那個惡棍什麼都沒有表示嗎？」

「沒有，」培斯卡托瑞的遺孀斷然、冷淡地回答道：「一切都是他打點的……」

她指著波密挪。

「也就是……就是……」他連忙糾正她的說法道：「是我那可憐的父親……你知道他在市政府工作吧？是的，他先為死者的家屬爭取了一筆慰問金……然……然後……」

「然後答應你們成婚？」

「他為此高興得不得了呢！而且他還要我們所有人都搬到這裡來跟他一起住……只可惜，兩個月前……」

然後，他開始向我敘述他父親生病和過世的種種；敘述他有多喜愛蘿密爾達這個媳婦和他的小孫女；還有全市的人為他的死感到多麼的哀傷。然後，我也向他打聽絲柯拉絲提卡姑媽的消息，姑媽跟老波密挪騎士可是交情匪淺。這時，坐在椅子上的培斯卡托瑞的遺孀顯得侷促不安，當初那場麵粉大戰裡，姑媽狠狠地朝她的臉上甩了一個麵團，她想必還記憶猶新。波密挪告訴我，他已經兩年沒見過姑媽了，但她還活著；然後，他也反過來問我，這些日子裡，我做了些什麼，到過哪裡之類的。我避開地名和人名不提，把能說的都告訴他了，好讓他知道這兩年我可不是都在外頭逍遙自在。我們就這樣你一句我一句的，一起等待著黎明的到來，到時候，我復活的消息就會公諸於世了。

徹夜未眠，加上激動情緒的折騰，我們都累了，身子也因為受寒而抖個不停。蘿密爾達親手準備了咖啡給我們暖身。她把咖啡杯遞給我的時候，看了我一眼，然後嘴唇微微一揚，露出一抹哀傷，幾乎可說是恍如隔世的微笑，然後她說道：

「跟從前一樣，不加糖，是吧？」

那一刻，她從我的眼神裡看出了些什麼呢？只見她立刻垂下目光。

在那蒼白的晨光裡，我感覺自己的喉頭有一個哽咽的結，我充滿怨恨地望著波密挪。但咖啡的熱氣湧向我的鼻子，我陶醉在咖啡的香氣裡，一口一口地啜飲了起來。然後，我請波密挪允許我把行李寄放在他家，一旦我找到一個落腳的地方，我就會派人來拿。

「當然囉！沒問題！」他殷勤地回答道：「我說，你根本不用費心，我會派人幫你送過去……」

「喔，」我說：「反正它是空的，你知道嗎？……對了，蘿密爾達：妳有沒有留下我以前的東西，像是……我的衣服、襯衣之類的？」

「沒有，什麼也沒留……」她很感傷地雙手一攤，然後回答道：「你可以諒解吧……在發生了那種不幸的事以後……」

「誰又能料得到呢?」波密挪大聲說道。

可是我敢打賭，波密挪這個小氣鬼脖子上圍的那條絲巾肯定是我從前的絲巾。

「好了。永別了，誒!祝你們好運!」我一邊告辭，一邊盯著蘿密爾達看，但她避開了我的眼光。然而，她揮手向我道別時，一隻手不住地發顫:「保重!永別了!」

下樓來到了街上，我陷入一陣茫然，即使現在我已經回到了自己出生長大的故鄉——我還是孤伶伶的，而且無家可歸，無處可去。

「現在該怎麼辦?」我問自己:「我該往哪裡去?」

我一邊動身，一邊觀察往來的路人。什麼嘛!沒有人認出我?可是我現在長得跟從前幾乎一模一樣啊!所有人看到我至少該這麼想:「你看那個陌生人!他長得跟可憐的馬悌亞・琶斯卡還真像啊!假使那隻眼睛稍微歪向一邊，簡直就是他本人了。」什麼嘛!沒有人認出我，因為事到如今，根本沒有人會再想起我。我甚至沒辦法引起別人的好奇心，或一丁點驚喜的感覺……而之前，我還以為我在街頭露面會引起軒然大波，搞得天下大亂呢!深深的失望之餘，我感到屈辱，氣惱，和某種難以言喻的苦楚;屈辱和氣惱的感覺讓我盡量避免去挑起那些我認出的人的注意力——我能說什麼呢?兩年的光陰……唉，這就是死亡!沒有人，沒有任何人記得我，彷彿我根本未曾存在過……

我在城裡從頭到尾來回走了兩次，沒有任何人攔下我。我已經惱怒到了極點，甚至想過要回波密挪那兒去，想告訴他我們之間的協議對我而言不划算，想把整個城市裡沒人認出我來的氣出在他身上。但柔順的蘿密爾達不可能跟我走，而我也不知道要帶她上哪兒去。我至少得為自己先找個家。我有想過要去市政府的戶政單位註銷我的死亡登記；但走著走著，我改變了主意，轉而來到解放的聖瑪利亞教堂，我在這兒見到我那可敬的朋友埃利舟．裴雷格里諾托神父，然而就連他，乍看之下，也沒能認出我。埃利舟神父聲稱其實他馬上認出了我，他只是等待我報上大名之後，才敢敞開雙臂，給我一個大大的擁抱，因為他覺得那不可能是我，而他也不能因為一個人長得很像馬悌亞．琶斯卡便隨便衝上去擁抱他。就當他所言不假好了！他可是頭一個熱烈歡迎我回來的人；然後，他堅持要帶我到城裡，去彌補同胞們的健忘給我帶來的陰影。

但現在，為了爭一口氣，我不願意描述那之後埃利舟神父，先是在布利西戈藥房，然後是在統一咖啡廳，如何興高采烈地到處向眾人介紹復活的我。一瞬間，消息如燎原野火般傳開，所有人都衝來見我，珠連炮地問個不停。他們想從我這裡知道淹死在雞籠農場的傢伙究竟是誰，彷彿當初把那傢伙指認成我的不是他們，不是他們每一個人。所以說，是我，真的是我——那我從哪裡回來的？從陰曹地府回來的！我都做了些什麼？我做了死人！我下定決心要堅守這兩個答案，讓高漲的好奇心把他們折磨得氣憤難耐。這個狀況持續了好幾天。連代表《佛里耶托小報》前來採訪我的朋友小雲雀也沒有得到特殊待遇。他帶了兩年前刊載了我的訃文的那份報紙，想藉此打動我，引誘我多說一些，但都徒勞無功。我告訴他，那整篇我都會背了，因為《佛里耶托小報》在地獄相當普及。

「呃，對了！親愛的好友，多謝了！也謝謝你幫我寫墓誌銘……你知道嗎？我會抽空去看它。」

在此，我就不提隔週日他在報紙上用斗大的標題所刊登的那篇名為「馬悌亞・琶斯卡還活著！」的特別報導了。

除了我的幾位債主之外，只有幾個人沒來見我，馬拉尼亞便是其中之一，但有人告訴我，兩年前我自殺慘死的時候，他可是痛心疾首。我相信此言不假。他當時知道我永永遠遠地消失了有多麼痛心，現在知道我又活了過來就有多麼不悅。不管是彼時的痛心，還是此時的不悅，其原因我都了然於心。

而歐莉瓦呢？有幾次星期天，我曾在街上遇見剛做完禮拜的她牽著她那五歲大的兒子站在教堂門口，那孩子跟她一樣長得很好看，而且還活蹦亂跳——我的兒子啊！她用深情含笑的目光望著我，短短的一瞥彷彿道盡千言萬語……

別提這些了。年歲已高的絲柯拉絲堤卡姑媽決定收留我，現在，我跟她住在一起，過著平靜無波的生活。我那匪夷所思的際遇讓我在她心目中的評價提高了不少。我現在睡在我那可憐的母親當初病逝的那張床上，而一天裡，我有大半的時間都待在圖書館這兒，與埃利舟神父作陪。他不知還得花多少時間，才有辦法把這些佈滿塵埃的古書整理出一個頭緒。

我大概花了六個月的時間，才在他的協助下將我那光怪陸離的故事付諸文字。他對我所寫下的一切守口如瓶，就好像他絕口不提人們告解的內容那樣。

我們一起花了很長的時間討論我的案例，我經常向他坦承，我實在看不出別人讀了這種書能有何收穫。

「嗯，第一個收穫便是，」他告訴我：「一個人想要活在法律之外，或避開人生中那些快樂或悲傷的點滴而活，親愛的琶斯卡先生，那是不可能的。」

而我向他指出，我不僅沒有回到法律之內，也沒有回到曾經屬於我的點點滴滴之內。現在，我的老婆，是波密揶的老婆，而我實在不知道如何向別人解釋我究竟是誰。

米拉紐的墓園裡，那個在雞籠農場自殺的可憐蟲的墓碑上依然刻著小雲雀撰寫的墓誌銘：

天妒英才　造化弄人
心胸開闊的圖書館員
馬悌亞・琶斯卡
長眠於此
米拉紐市民哀慟不已
特立此碑

我遵守諾言給他帶了個花環到墳上，而每隔一段時間，我都會抽空去瞻仰已經一命嗚呼並被埋葬在那裡的自己。總是有好奇的人遠遠地尾隨著我；後來，回程的時候，他會走到我身邊，對我投以微笑，然後一面猜測著我的來歷，一面問我說：

「我說您，我可以知道您究竟是誰嗎？」

而我會聳聳肩，瞇著眼睛地回答道：

「哦，親愛的朋友……我是已故的馬悌亞・琶斯卡。」

附錄——針對想像力的顧忌所提出的警告[1]

阿爾伯特．海因茨先生，美國水牛城人，碰上了一個愛情難題，他在妻子和一個二十歲的年輕女孩之間舉棋不定，但他想到了一個好點子，他邀請了妻子，也邀請了女孩，跟他一起開個會，讓事情有個了斷。

兩個女人和海因茨先生都準時出現在約定地點；他們討論了很久，最後達成共識。

他們決議三個人一起自殺。

海因茨太太回家；用一把左輪手槍射死自己。此時，海因茨先生和他那二十歲的愛人看出，隨著海因茨夫人的死，阻止他們恩愛結合的一切障礙已不復存在，他們認為自己不再有自

1 這篇附錄是作者於此書在1921年再版時所加上的。

殺的理由，因此決定活下去，並結為連理。但司法當局的判決卻有所不同，將兩人逮捕。

好個庸俗至極的結局。

（詳見 1921 年 1 月 25 日紐約各大早報。）

＊

我們作個假設，有個倒楣的喜劇作家好死不死地想把這類的案子搬上舞台。可以肯定的是，他的想像力一定會有所顧忌，使勁地想出一些補救方法，好讓海因茨夫人那荒腔走板的自殺行徑顯得較為逼真。

但同樣可以肯定的是，不論這位喜劇作想出了多麼巧妙的補救方法，百分之九十九的戲劇評論家仍會一口咬定這種自殺是荒謬的，認定這齣喜劇不夠逼真。

因為人生中充斥著大大小小荒誕不經的事——所幸如此——人生享有一種無法估量的特權，人生可以無視那項愚蠢至極的逼真原則，但藝術卻認為自己有義務遵循這個原則。

人生的荒謬不必顯得逼真，因為它們原本就是真的。藝術裡的荒謬正好相反，它們需要顯得逼真。而一旦顯得逼真，它們就不再荒謬。

人事可以是荒謬的；一件藝術作品，假使它真是件藝術作品，便不能是荒謬的。

由此可見，以人生之名指責一件藝術作品荒謬而不逼真，是一種愚蠢的行為。

以藝術之名，可以；以人生之名，則否。

*

自然史中有個為動物學所研究的領域，因為該領域為動物所棲息。眾多的動物棲息在這個領域裡，人類也不例外。

動物學家大肆談論人類，舉例來說，動物學家說，人類不是四足動物，而是兩足動物，人類跟猴子、驢子還是孔雀一類的不同，人類沒有尾巴。

動物學家所談論的人類——這麼說好了——從不會遭逢失去一條腿或安裝木腿之類的不幸；他們也不會有失去一隻眼睛而必需安裝玻璃眼珠的厄運。動物學家所談論的人類總是有兩條腿，其中沒有任何一條是木腿；而且總是有兩隻眼睛，其中不包括任何玻璃眼珠。

而我們不可能駁倒動物學家。因為假使我們帶著一位有一條木腿或一隻玻璃眼珠的人去見動物學家，他會回應說，他不認識那個人，因為那不是人類，而是一個特定的人。話說回來，我們每個人也大可以回動物學家說，他認識的人類根本不存在，真的存在的是許許多多特定的人，而存在的人當中，沒有兩個是完全一樣的，而且他們都可能遭逢必須裝一條木腿或一隻玻璃眼珠的厄運。

現在的問題是：某些人在評論一本長篇小說、一則短篇故事，或一齣喜劇時，會以人類之名——而他們似乎對所謂的人類瞭若指掌，彷彿除了人世間形形色色的每個人，那些可以做出上述各色本身為真所以毋需逼真的荒謬行徑的人之外，當真存在著某種抽象的人類——而非以藝術之名（即使這麼做才是正當的）——批評某個人物、某個事件或情感的表現方式。問題是，這些人究竟想被視為動物學家還是文學評論家？

*

話說，我從自己遭遇此種批判的經驗裡得知，最妙的是——動物學家承認，由於人類具有邏輯思考的能力，而其他動物沒有邏輯思考的能力，因此人類有別於其他動物；而評論家對我筆下的眾多人物多所詬病的，正是這種邏輯思考的特質（即人類獨有的特質），他們認為我筆下那些不太開心的人物似乎有過度思考的缺點。因為在他們看來，構成「人性」的成份裡，感性似乎多於理性。

但如果真要像評論家那樣，以如此抽象的方式探討，那麼我們是不是得說，人類除了受苦的時候以外，從未如此熱切地推理（或者編造歪理，而這是一體兩面的現象），之所以如此，是因為，他想看見苦難的根源，想看見帶給他苦難的是誰，想了解他是否應該承受這種苦難，以及該承受多少；而另一方面，人享樂的時候，就只是享樂，而不會多加思考，彷彿享樂是一種天賦人權？

動物的義務，是沒有思考地受苦。而對於那些評論家而言，既受苦又思考的人（而這些人之所以思考，正是因為他們在受苦）不符合人性；因為對他們而言，受苦的人似乎只能當動物，彷彿人非要成為動物才符合人性。

*

但最近我找到了一位我很感激的評論家。

談到我那種的不符合人性而且顯然無藥可救的「知性」，以及我筆下那些矛盾且不逼真的故事與人物，這位評論家對其他的評論家提出疑問，質疑他們拿來批判我的藝術世界的標準究竟從何而來。

「從所謂的『正常的人生』嗎？」他問道：「但所謂的『正常的人生』不就是我們從混亂的日常事件裡選擇出來、並自作主張地稱之為正常的一種關係體系嗎？」他總結道：「我們只能以取自藝術家的世界的標準去評斷藝術家的世界。」

為了拯救這位評論家在其他評論家心目中的地位，我必須補充說明——儘管他提出此類的疑問，也正因他提出此類的疑問，就連他也對我的作品作出負面的評價——因為他認為，我沒能賦予我筆下的故事與人物一種普世的價值與意義，而讓必須評斷這一切的人感到困惑。他推測我是不是刻意侷限自己，只描繪某些奇怪的案例和某些特殊的心理狀況。

但假使我筆下的那些——如他所說——被安置在真實與虛幻、個人形貌與社會共相的對比裡的故事與人物，如果說這些故事與人物的普世價值與意義正來自於上述對比所被賦予的價值與意義呢？（儘管造化弄人，這種對比總被視為不存在）因為今日的每個事實必然會在明日被視為幻覺——很遺憾，但這是必然的——然而，這種幻覺是必要的，因為說來不幸，除此之外沒有其他事實存在。假使有一男或一女，因自己或他人的緣故陷入了一種悲慘、被社會視為反常、荒謬（隨我們怎麼說）的處境，他們就維持這種狀態，忍受下去，一直以這種狀態示人，而他們之所以對自己的處境視而不見，可能是出於盲目，或某種令人無法置信的天真；因為一旦他們看見了——好像有人在他們眼前放了一面鏡子——他們便無法繼續忍受下去，他們將對此產生無比的憎惡，進而掙脫這種處境，而假使他們無法掙脫的話，他們甚至不惜一死；假使真有這種狀況呢？假使一種被社會視為反常的處境被接受了，即使它在鏡子前被看見了——在此種情況下，鏡子支撐我們的錯覺——然後，只要我們還能繼續戴著我們因自己、迫於他人或迫於殘酷的命運所戴上的那只令人窒息的面具演出，換言之，只要面具下那份屬於我們的真情沒被傷得那麼深，不至讓我們心生反叛，去撕毀並踐踏那張面具，我們就會繼續以這種狀態示人，並忍受隨之而來的一切磨難；假使真的有這種狀況呢？

「那麼，突然之間，」評論家說：「人性便會流淌在這些人物當中，傀儡頓時變成有血有肉的生物，而他們的嘴裡會說出燃燒靈魂、撕心裂肺的話語。」

最好如此！他們發現了自己被覆蓋在面具之下的赤裸面孔，面具使他們成為自己或他人的手中的傀儡；使他們一開始顯得僵硬、粗糙、不圓滑、不優雅、不細緻、複雜、尖銳，就像一切不是出於自由意願而是出於需要被加上的東西一樣，使他們陷入一種不正常、不自然、弔詭的狀況的處境，一種搞得他們忍無可忍最後挺身突破的處境。

因此，如果真有所謂的「混亂」的話，那也是刻意安排的；真有所謂的「結構」的話，那也是刻意安排的；但並非出於我的手筆——而是來自於故事本身及人物本身；而事實的確如此，這一點很快地就可以被看出來——這往往是刻意佈署的，在眾目睽睽之下佈署安排的——這是一張用來表演的面具；是一場不同陣營間的競技；是我們想要成為或應該成為的東西；是別人想像中的我們（而某種程度上而言，我們是什麼，我們自己也不知道）；是我們對自己的一種笨拙而不確定的隱喻；是我們為自己杜撰的，或別人幫我們杜撰的一個錯綜複雜的故事——所以說，沒錯，真有一個結構，而在這個結構裡——我重申——每個人都是自己的傀儡，一切都是刻意安排的；接著，最後，輪到摧毀一切的那一擊。

我想，我現在只能恭維自己的想像力，因為顧忌之餘，我的想像力成功地讓它刻意安排的那些破綻呈現為真實的破綻——人物給自己和自己的人生杜撰的虛構故事，所導致的種種破綻，或者他人加諸於這些人物的虛構故事，所導致的種種破綻——總之，就是面具被揭開以前的破綻。

*

但是，如今再版的《死了兩次的男人》這本小說大約在二十年前首次出版的，那之後，我從生命本身，或說生活中發生的點點滴滴裡，得到更大的慰藉。

這本小說首次問世時，一片叫好之下，也不乏有人批評它不夠逼真。

儘管如此，人生選擇以一種非比尋常的方式向我證明這本小說的真實性，甚至涵蓋了當初從我的想像力油然而生的一些極有特色的細節。

1920 年 3 月 27 日的《晚郵報》裡刊登著以下內容：

一個活人來到自己的墳墓致意

一個丈夫被誤認死亡而造成重婚的奇案，近日被揭露出來。我們先簡單地描述一下故事的背景：1916 年 12 月 26 日在米蘭近郊的卡爾外拉特區裡，幾位農夫從「五閘」運河裡撈出了一具身著棕色毛衣和長褲的的男屍。警察接獲報案後，著手展開調查。不久之後，瑪麗亞・特戴斯基，一位風韻猶存、年約四十的婦女，以及兩位姓名分別為魯易吉・隆戈尼和魯易吉・馬佑里的男子，出面指認死者是一位名為安布羅鳩・卡薩堤・迪・魯易吉的電工。此人出生於 1869 年，是特戴斯基的丈夫。事實上，溺斃者長得很像卡薩堤。

而如今的調查結果卻指出，當初的指認，尤其是來自於特戴斯基和馬佑里的指認，其實別有用心。事實上，真正的卡薩堤還活著！但他在一年前的2月21日因侵犯財產而入獄而一直在坐牢。他與妻子長期分居，但兩人沒有依法辦理分居手續。服喪七個月之後，特戴斯基改嫁馬佑里，他們沒有遇到手續上的問題。而在1917年3月8日服完刑期的卡薩堤一直到近日才得知自己已經……死了，而他的妻子已經改嫁他人，而且不見蹤影。他前往位於密梭里廣場的戶政事務所申請一份文件時，才知道了這一切，窗口的職員冷冷地告訴他：

「可是您已經死了啊！您的戶籍地址是木梭柯公墓的四十四區五百五十號……」

他提出抗議，想要申報自己還活著，但都徒勞無功。卡薩堤爭取的是自己的……復活權，而一旦這個錯誤被更正過來，那位已經改嫁的「寡婦」的第二次婚姻便會自動失效。

同一時間，這個怪異至極的冒險一點也沒有令卡薩堤感到困擾：相反地，這件事似乎給他帶來了好心情，而渴望經歷新感受的他決定……到自己的墳墓走一趟，為了向自己的過去致意，他在墳墓上放了一束芬芳的鮮花，還點了一根蠟燭許願！

疑似發生了運河自殺案，撈獲的屍體被妻子和她的第二任丈夫指認；被指認的人死而復生，甚至回到自己的墳墓致意！這一切屬實，但少了可以賦予這一切普遍的人性的價值與意義的元素。

我不能假設這位名為安布羅鳩．卡薩堤的電工是因為讀過我的小說，才模仿馬悌亞．琶斯卡回到自己的墳墓供花的。

總之，人生愉快地睥睨了任何逼真的原則，它找了一位神父和一位市長，讓馬佑里先生和特戴斯基女士結為夫妻，而沒有留意一個簡單的事實，一個也許很容易便可以發現的事實，即——這位女士的丈夫，卡薩堤先生，他人在牢裡，而非地底。

當然，想像力因為有所顧忌，而忽視了這樣一個事實；現在，當初被指控為不逼真的想像力樂於向大家指出，人生能製造出多麼不可思議的點點滴滴，還不知不覺地複製了小說的情節。

死了兩次的男人 Il Fu Mattia Pascal

作者——盧易吉・皮蘭德婁（Luigi Pirandello）。譯者——吳若楠。發行人——林聖修。編輯——吳岱蓉。封面設計——永真急制 Workshop。出版——啟明出版事業股份有限公司。地址——新竹市民族路 27 號 5 樓。電話—— 03-522-2463。傳真—— 03-522-2634。網站—— www.cmp.tw。電子郵件—— sh@cmp.tw。法律顧問——北辰著作權事務所。印刷——煒揚印刷企業有限公司

總經銷——紅螞蟻圖書有限公司。地址——台北市內湖區舊宗路二段 121 巷 19 號。電話—— 02-2795-3656。傳真—— 02-2795-4100

中華民國 104 年 12 月 1 日 初版。ISBN 978-986-88560-4-2(平裝)。定價—— 380 元

死了兩次的男人 / 盧易吉. 皮蘭德婁（Luigi Pirandello）作 ; 吳若楠譯.
-- 初版. -- 新竹市 : 啟明, 民 104.12
面 ; 公分
譯自 : Il Fu Mattia Pascal
ISBN 978-986-88560-4-2 (平裝)
877.57　　104021227